JN208115

幸福への道

岡村靖幸

文藝春秋

幸福の欠片を探して。

この本は「週刊文春WOMAN」で連載している「幸福への道」という僕のインタビューをまとめたものです。毎回、ゲストの方々の人生を振り返りながら、その人なりの「幸福感」についてお話を伺うという対談形式の連載です。

僕は以前、「GINZA」という女性誌で「人はなぜ結婚するのか？　人間にとって結婚とは何か？」をテーマにさまざまな人にインタビューする「結婚への道」という連載をやっていました（僕に結婚経験がないことがきっかけでした。結局、いまだ独身なんですが）。そしてそれは、足かけ6年にわたって続き、総勢70人のゲストに登場いただくこととなり、2冊の本にまとめられました（『結婚への道』、『結婚への道 迷宮編』としてマガジンハウスより単行本化）。

時はめぐり2018年。「週刊文春WOMAN」が創刊されることになり、井崎彩編集長から声がかかりました。「また何か『探究』を始めてみませんか？」と。

僕が「結婚」の次に探究すべきものがあるとするならば、それは「幸福について」だと思いました。

——唯一わかったことがあるとすれば、それは「幸福」を追求することが人生にとっての最重要項目なのであり、結婚は、幸福へと至る一つの過程である、ということだ。つまり、僕が探究し続けたのは、「人間にとって幸福とは何なのか？」ということだったのではないかと思う。（『結婚への道 迷宮編』まえがきより）

そして、22人のゲストの方々に訊いた「あなたにとって幸福とは何ですか？」。その答えはもちろん十人十色。みなさんがどんなふうに幸福を見つけたのか、見つけようとしているのか、どんなことに幸福を感じるのか。幸せになるためのハウツーはありません。でも、前向きに生きていくための指針になるのではないかと思います。

岡村靖幸

目次

あなたにとって幸福とは何ですか？

神田伯山

WHAT IS HAPPINESS TO YOU？

神田伯山

実は僕、仕事の話を家で結構したい人間でした

2018年11月

かんだはくざん
1983年東京都生まれ。講談師。2007年三代目神田松鯉に入門。神田松之丞として活動開始。20年講談の大名跡である神田伯山（六代目）を襲名。YouTuberとして『神田伯山ティービー』を運営、ラジオ『問わず語りの神田伯山』などでの忖度なきトークも人気。

「週刊文春WOMAN」創刊号のスペシャル対談として、講談師の神田伯山さんにお会いしました。僕は伯山さんと初対面。それまで講談というものを観たことがなく、お会いする前に新宿・末廣亭の寄席を拝見、迫力ある話しっぷりに終始圧倒されました。終演後の対談では、彼の芸について、結婚について、さまざまな話を訊きました。そして、僕がお会いしたとき（2018年11月）は「神田松之丞」さんでしたので、本対談も当時の名前のまま掲載します。

岡村　ナマで観たら、やっぱり迫力ありますね。講談をすごく現代的にわかりやすく、嚙み砕いてくれる。傾いてるなと思いました。

松之丞　岡村さんにそう言ってもらえるのは嬉しいですね。

岡村　最後に師匠（神田松鯉）が出たじゃないですか。スタイルが似ているのかと思ったら、ぜんぜん違うんですね。師匠のほうはわりと淡々と話されていて。

松之丞　師匠も、若い頃は僕みたいににぎやかにやっていたかもしれないんですが、歳とともに淡々と引き込むようなやり方になって。あの抑制が利いた感じも、講談の魅力なんですよね。今回、岡村さんに末廣亭まで来ていただいたのは、いろんなスタイルや寄席の雰囲気を味わってもらいたいというのがあったので、よかったです。

岡村　とても楽しかったです。

松之丞　あと、同世代の落語家に岡村さんのファンが非常に多い。「岡村ちゃん、聴けよ」って年中勧められるんですけど、今回、その理由がわかりました。ＤＶＤなどを見ると歌唱やダンスも圧倒的だし、エンタテインメントとしての完成度もハンパない。その一方で、結婚に関する対談をまとめた新刊（岡村靖幸著『結婚への道 迷宮編』）を読むと、すごくフランクに話をされてるじゃないですか。こりゃ、みんな好きになるわって。

「飲む打つ買う」は芸に必要か

岡村　まさに松之丞さんも結婚されて、先日、お子様も生まれたとか。いま絶頂じゃないですか？

松之丞　客観的にはそうですね。岡村さんも絶頂ですか？

岡村　どうなんでしょうね？

松之丞　違うんですか（笑）。

岡村　絶頂にもいろいろありますが、まず結婚したことがないです。

松之丞　そういうベタな幸せのパターンも欲しいんですか？

岡村　欲しいですよ。

松之丞　本を読んで、正直「この人、本当に結婚したいのかな」と思ってしまったんですよ。

岡村　よく言われます。

松之丞　好きな人を見つけたいってことなんですか？

岡村　それもあるし、結婚したり、子供作ったりして、幸せになっているんですよね、みんな。

松之丞　たしかにわざわざ言わないですけど、幸せですね（笑）。

岡村　幸せだと芸に対してハングリーになれないってことは？

松之丞　ないです。そこは別です。そもそもかみさんは、僕の講談をそんなに好きじゃないんです。

岡村　えっ？　そうなんですか。

松之丞　そこが心地いいというか。たぶん岡村さんのつきあってきた人って、岡村さんの音楽も好きでしょう？　岡村さんと僕とを比較するのも失礼ですけど、僕の場合、いつか彼女（妻）に認められるようにがんばろうっていう感じがあるんですよ。お互い、一切、口には出さないですけど。

岡村　そういう関係はとってもいいかもしれない。

松之丞　すごく仲はいいんです。向こうも演芸の仕事をしてるので、何を話しても通じる。ラクなんです。結婚前は「家で仕事の話なんてしたくねぇ」と思ってたんですけど、実は僕、そういう話を家で結構したい人間でした（笑）。

岡村　そういう女性と出会えたからじゃないですか？　僕は真逆のことが多かったです。

松之丞　真逆、というのは？

岡村　女性と仕事の話をすることは一切ない。打てば響くし、話し甲斐もあるし、みたいなことならいいと思うんですけど、なかなかないですよね。松之丞さんは、昔の芸人がよく言う、「飲む打つ買う」みたいな遊びが芸の血となり肉となる、という考え方については賛同できますか？

松之丞　まったくできないですね。そういう時代もあったと思います。でも、いまはもう、将棋で言うと羽生善治さんみたいな感じですよ。あの方、将棋以外に興味なさそうじゃないですか。ああいう名人像のほうがしっくりくると思います。

岡村　たしかに。野球選手なんかもそうかもしれない。

松之丞　大谷翔平選手だって野球以外に興味なさそうですしね。きっと彼は野球が一番楽しいんです。岡村さんはどうなんですか？　世代としては、ちょうど上と下の世代に挟まれていそうですけど。

岡村　ええ、僕より上の世代には、何をやっても芸の血となり肉となるみたいな芸事に対する神秘性を持っている人は多いですよね。僕自身も、人に会ったりということが、作品の血肉となることがあるほうですね。

松之丞　例えば歌手だと、お酒を飲むことは喉に負担をかけますよね。それでも飲んだほうがいいこともあるんですか。

岡村　うーん、芸事という意味での善し悪しはわからないですけど、お酒を飲んだからできるコミュニケーションや会話はあるんですよ。

松之丞　なるほど、そうですか。

岡村　ミュージシャンは特にそうかもしれない。お酒を飲んで初めて見えた街の景色みたいなものを血肉化している人は多いですね。あとお酒で、惨めったらしい気分になることもあって、それもまた血となり肉となります。

松之丞　音楽って、ゼロからその人の世界を立ち上げる仕事だというのも大きいんでしょうね。岡村さんの世界は独創的ですし。

岡村　いろんなアーティストに影響は受けていますけどね。松之丞さんは、演芸の世界に興味をもったきっかけが談志師匠の落語だったんですよね。なのになぜ落語ではなく、講談だったんですか。

松之丞　大学に落ちて浪人中に初めて談志師匠の「らくだ」という古典落語を聴いた時に、これしかないっていう衝撃を受けて。こちらの若い感受性もあったと思うんですけど、帰りの道すがらずっと鳥肌が立ってました。それでいろいろと掘っていくと、談志師匠は講談も好きで、講談の要素を噺に取り入れていることもあり、その部分に僕は惹かれたんだなということがわかったんです。

岡村　談志から入って、講談に行き着いたわけですね。

松之丞　講談っていまもそうなんですけど、過小評価されているんですよ。聴いてるのもおじいちゃんばっかりで。でも、待てよ。これって明治時代には全盛を極めたエンターテインメントだったというし、町内に一軒は講釈場があったという。もしこの世界に賭けて、変えてみせようという講談師が現れたらどうなるんだろうって。そういうプロデューサー的な視点というか、青臭いうぬぼれもありまして。まあ、若気の至りで、生意気なんですけどね。

岡村　いや、面白いですよ。舞台見て発見だったのは、講談って二枚目の芸なんですね。

松之丞　僕自身はアレですけど、芸としては二の線ですね。

岡村　役者の仕事をやりませんかって言われたらどうします?

松之丞　興味ないですね。ポッと出のやつが出る、という行為があまり好きじゃないんです。もちろん役者でない人が素晴らしい芝居をするケースも知ってますけど。

岡村　むちゃくちゃ向いてると思いますけどね。

松之丞　岡村さんは役者をやられたことは？

岡村　何回かは。ぜんぜん向いてなかったけど（笑）。

松之丞　でも岡村さんのライブ映像を見てると、立っているだけで完全に場を掌握してるじゃないですか。あれ、すごく考えてやってらっしゃいますよね。ああいう能力は、役者でも生きそうですけど。

岡村　基本的にどのエンタメでも役者の要素はあるでしょうね。何かの役になったり、憑依したり。なんで松之丞さんにそれを聞いたかと言うと、役者のオファーがくるだろうなと思ったんですよ。

松之丞　一回ありました。「松之丞さんにピッタリの役が」って言われて、サイコパスのコンビニ店員の役でした（笑）。たしかにあってそうだし、出てもいいかなと思ったんですけど、スケジュールが合わなかった。

岡村　それは見てみたかったですね（笑）。

お互いぜんぜんモテなかった

松之丞　前から聞きたかったんですけど、岡村さんの歌詞って、モテない男の感情が生々しく描かれているじゃないですか。本当にモテてきたわけでもないのかもしれない、と思えるんですよ。

岡村　モテてきた歴史ではないです。逆にモテてたら、こういう感じにはなってないですよ。周りにモテモテの人っていました？

松之丞　バレンタインチョコを30個もらっているやつがいましたね。

岡村　真逆です、僕は。

松之丞　僕はその30個もらっているやつから7個ぐらい譲ってもらっていました（笑）。モテないことへのイライラはありました？

岡村　イライラというか、いかんともしがたいな、とは思いましたね。ただ、そうやって自分の思い通りにならないことのほうが、ある時は念となり、ある時は願いとなり、また、ある時は苦しみとなって、詞や音楽になるなと。

松之丞　だから岡村さんの歌は男にも共感されるんでしょうね。ウソがない。一方で、それをぶつける音楽の世界は、モテてるやつが多い世界でもあるわけですよね。

岡村　でもいろいろ見ていると、モテることに対する考察はけっこう深いです。ステレオタイプのモテそうな感じと、現実は乖離してますよ。

松之丞　たしかに一見モテなさそうでも、女性が放っておかない男性っていますよね。あれは何なんでしょう？

岡村　いろいろあると思います。女性に対する所作が心地いいとか、優しいとか。需要と供給の問題もありますよね。モテてるのかもしれないけど、そこは自分の住みたい世界じゃなかったり。

松之丞　素人じみた質問ですけど、岡村さんはご自分のどこが人気の要因になっていると思いますか。

岡村　わからないですけど、松之丞さんのお客さんは、「神田松之丞じゃないとダメ」でしょ？

松之丞　そうですねえ、うん。

岡村　それと同じですよ。

松之丞　いや、いま思ったんですけど、岡村さんのパフォーマンスがすごいからというのは当然として、飾らないですよね。そこがカッコイイなと。結婚したいとか、子供がほしいとか、ささやかな幸せをいまだ渇望されているところにも魅力を感じます。

岡村　でも、結婚も、子供を作ることも、「ささやかな幸せ」なんですかね？　長嶋茂雄さんも、ビートたけしさんも、ジョン・レノンさんも、みんなしますよね。

松之丞　たしかに。

岡村　ネットニュースとかを見ていると、誰々の第何子誕生みたいなニュースが多いですよね。お祝い事だからよく報道されるんだと思ってましたけど、あまりにもよく流れてくるんで、背後で何かが動いてる気もします。

松之丞　岡村さんがそういうニュースばかり気にしてると、自然とそうなるんじゃないですか（笑）。ネットで最適化されて。

岡村　そうか、僕がよく見てるから（笑）。それにしても多いなと。

松之丞　SNSも見るんですか。

岡村　インスタグラムは見ます。

松之丞　ツイッターは？

岡村　見ません。その世界には生きてません。

松之丞　批判に強いほうですか。

岡村　ゾッとするので関わりたくありません（キッパリ）。

松之丞　ハハハハ！

岡村　ネット、見ますか？

松之丞　僕は5ちゃんねるから何から、全部見ます。的外れな意見でも、批判を見るのが楽しいんですよ。岡村さんのレベルはまた違うと思うんですけど、僕ぐらいだと、アンチが増えるのは知名度のバロメーターにもなるというか。

岡村　音楽だと、わざわざ嫌いとかあまり言われないんですよね。松之丞さんの世界だと、毎日誰かの前や後ろに出て、拍手一つとっても勝負ですから、ピリッとしていますよね。今日も松之丞さんの後に登場された落語の師匠が面白かったです。高座に上がるなり、ポツンと「たったいま8人、お客様が帰られましたね」って（笑）。

松之丞　桂幸丸師匠ですね。おかげさまでお客様にいっぱい来ていただいて、僕がワッとやったあとに幸丸師匠が出てくるという状態が毎晩続いているんですよ。ちなみに師匠はもう60代なんですけど、売れようっていう意識がすごく強い人で、「こんな若造に」とか、「今日はいい感じにウケた」とか、そういう率直すぎる思いを全部ブログに書いてるんです（笑）。もちろん読んだ人に感情移入させて自分の客に引っぱろうという意識もあるんでしょうけど、包み隠さずすべて書いてしまうのが素敵だなと。

岡村　いや、あの師匠の気持ちからしたら、大変ですよ。松之丞さんみたいな時の人のあとに上がる心持ちたるや。しかも自虐から入って、落語に入るわけでもなく、漫談みたいな感じで盛り上げていくのがすごくドラマチックでした。

松之丞　寄席ならではの流れっていうのもありますね。当然、僕と幸丸師匠で楽屋での信頼関係はすごくあって、若手がガッといくのを、さらっとやってもり立てていただいたり。

岡村　フェスみたいなものですね。

松之丞　ええ、音楽の人と話すと、寄席とフェスが似ているという話によくなります。岡村さんも、フェスでは対抗意識を燃やすほうですか。

岡村　まあ、遊びにいっているわけではないので。

松之丞　いまでもそういうギラギラした部分は？

岡村　はい。

松之丞　そこで他の人と混ぜられても、「俺は負けないぜ」っていう自信があるわけですよね。

岡村　勝負な部分はありますね。

松之丞　「あれ？」ということも。

岡村　ときどきあります。

松之丞　実際、何勝何敗ぐらいですか。

岡村　うーん、どうでしょう。

松之丞　ご謙遜しなくて大丈夫です（笑）。

芸をアップデートすること

岡村　いや、舞台が大きくなればなるほど大変ですよ。

松之丞　こういうフェスはやりやすい、みたいなことはあるんですか？

岡村　アイドルのフェスみたいに接点のなさそうな人ばかりの場に出る時は闘いですし、また、やりがいもありますね。

松之丞　対策は練っていきます？

岡村　松之丞さんが寄席でやっていることと同じですよ。「わかりやすいことをやる」っていう。

松之丞　岡村さんって、「岡村靖幸」という独立ジャンルとして見られているところもありますよね。

岡村　みなさん、それを目指しているんだと思いますけど。

松之丞　中には昔の岡村ちゃんが好きだという人も多いでしょうし、それでも新しいことをやらねば、というプレッシャーはありますか。

岡村　アップデートした印象を与えることはとても大事ですよね。ただ「古い／新しい」で言えば、演芸と同じです。古典を大事にしている人もいるし、新作を大事にしている人もいる。テレビに出ることを大事にしている人もいるし、いやいやナマの舞台だって大事だよっていう人もいる。そこは各々のこだわりなので、どれが一番重要だっていうのは言えないです。

松之丞　非常にわかりやすい喩えですね（笑）。

岡村　ただ一つ言えることがあるとすれば、たとえ古典をやっていても、現代性は大事ですよね。古典でも、若い人が見に来たがるっていう。そこの感覚は磨いておく必要があるでしょうね。

松之丞　いまの若者って、純粋に一生懸命聴いてくれるのを感じるんです。講談なんてとても遠いような世界にも思えるんですけど、驚くほど熱心に勉強してくる。だから僕は次の世代に期待してます。

岡村　それはどのジャンルでも感じますね。いいモノや新しいモノに対する嗅覚も敏感になってる。いい映画『カメラを止めるな！』の大ヒットも、良質な作品を作れば、口コミで単館から全国にまで広がるいい例だと思うんです。だから、いま松之丞さんの講談に若い人が集まっているのもわかりますよ。

松之丞　岡村さんはそれを何度もやっているわけですよね。何度もブームを起こされて、常に若い人たちを惹きつけている。

岡村　それで言うと、僕の上の先輩たちも元気ですからね。

松之丞　たしかに。時代を捉えるというのは大事ですね。晩年の先代（林家）三平師匠は全盛期のウケ方をしないと高座から下りなかったそうなんですよ。視力が悪かったそうですけど、耳はどっかんどっかんウケた音を覚えていて、客席からその音が来ないと、持ち時間がすぎても下りなかったという。それはなかなか厳しい状況だなと。

岡村　僕はその逆を感じることがあります。昔は、内容やパフォーマンス、どこで盛り上げるかまで、すべて自分でコントロールして成功に導く努力をしてました。そういう気分はいまもあるんですけど、でも逆にお客さんのパワーやノリ、熱気を浴びて、二倍三倍良くなったなと思うことが増えてきました。それがどういう境地なのかは、まだわかりませんが。

松之丞　ＤＶＤとかを拝見すると、ファンの方がノリノリですもんね。

岡村　観客のおかげで二倍、三倍の力が出ることってないですか？

松之丞　ありますね。

岡村　「どうだ俺、傾いただろう⁉」みたいな（笑）。

松之丞　あります、あります（笑）。僕はいま35歳なんですけど、この歳の頃、岡村さんってどんな感じでした？

岡村　インタビューも全然受けなかったし、対談もほぼやらなかったです。ほとんどお酒も飲まなかった。

松之丞　意識的にそうしていたんですか。

岡村　いや、意識もしてませんでしたね。お酒はただ興味がなかったからですけど。あと、ともかく35ぐらいの頃は、虚栄心に翻弄されていましたね。

松之丞　虚栄心、ですか？

岡村　インテリアに凝ったりして、いろいろありました。

松之丞　それは物欲なんですか？

岡村　というか、虚栄心ですよね。

松之丞　みんなに「スゲー！」って言われたかった？

岡村　そういうことになるんですかね。

松之丞　現在の「結婚したいです！」というのとは、まったくスタンス違うじゃないですか（笑）。

岡村　ぜんぜん違います（笑）。何でしょうね、当時はそれを上手に手なずけることができなかった。

松之丞　いつ頃、「あ、これ虚栄心だわ」って気づいたんですか？

岡村　ずいぶん前のことですけど。

松之丞　年齢が解決してくれたんですか？

岡村　年齢も大きいかもしれません。ただ、その虚栄心みたいなカッコよくないものも、時には必要なんですよ。それが人を輝かせることもあるし、それにすがらないと成立しないような自分もいたのかもしれない。ただ、いまは飼い慣らしてるんです。以前は（リードを引っぱる動作をしながら）「おーい、待て待て！」みたいな感じだったんですけど、（なだめる動作をしながら）「どうどう」っていうのができるようになったんです。

松之丞　非常に参考になります。年上の方と話してて楽しいのが、職種は違えど、自分と同い歳の時にどんなことを考えていて、いまどうなっているのか？　そういうことが聞けるからなんです。でも、虚栄心が放し飼いの時期の岡村さんとの対談はキツかっただろうなぁ（笑）。

岡村　だからクローズにしてたんですよ（笑）。……（スマホの画面を見ながら）うん、聞きたいことはだいたい聞けたかな。

松之丞　僕と話すために、メモしてきてくれたんですか⁉

岡村　少しだけですけど。

松之丞　優しいなぁ、岡村さん。大物はみな優しさとサービス精神が共通しているっていうのが、最近の僕の持論です。

（対談構成：九龍ジョー）

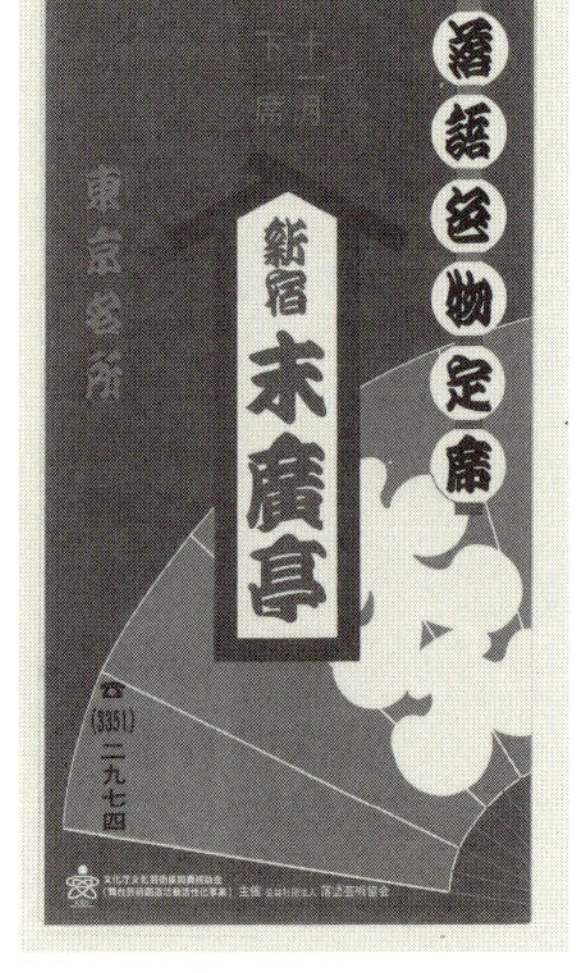

末廣亭での舞台を終えて対談を。

対談を終えて

講談を現代の世に知らしめた神田松之丞改め神田伯山さん。多面的な魅力がある方だろうと思っていましたが、その通りでした。そして、講談でもラジオでも、歯に衣着せぬトークが人気ですが、とても真面目な人だなと。また、伯山夫人の話もとても面白かった。夫人はもともと彼の講談のファンだったそうで、いまは彼の舞台のプロデュースなどをなさっている。「妻が一番の批評家です」とおっしゃっていたのがとても印象に残っています。

千原ジュニア

WHAT IS HAPPINESS TO YOU?

千原ジュニア

芸人は不幸せであり続けることが結果幸せ

2019年3月

ちはらじゅにあ
1974年京都府生まれ。芸人。進学校になじめず中高時代は登校拒否や引きこもりに。4歳上の兄・せいじに誘われ、吉本興業のNSCへ。89年兄と千原兄弟を結成。94年上方漫才大賞新人賞受賞。自伝的小説『14歳』がベストセラーになるなど多方面で活躍。

この対談を「幸福への道」というタイトルに改め連載を開始することになり、その初回のゲストが千原ジュニアさんでした。僕はもともとジュニアさんのファン。それまでチラリとお会いしたことはありましたが、ちゃんと話をしたことがなかったので、「ぜひゲストに」と僕が編集部にリクエストをしました。実は、ジュニアさんとはこの対談をきっかけにちょこちょことお会いするようになって、いまでは仲のいい飲み友達になりました。時は流れましたね。

岡村　こうやってお会いして話をするのは……初めてですよね？
ジュニア　ですね。ただ僕、フジテレビのキヅキくん（プロデューサーの木月洋介氏）の結婚式で岡村さんをお見かけして。最後、歌いはったじゃないですか。
岡村　はい、お祝いに一曲。彼が担当する番組（『久保みねヒャダこじらせナイト』）の主題歌（「愛はおしゃれじゃない」）を。
ジュニア　それがもうホントに素晴らしくて、めちゃくちゃカッコ良くて。強い衝撃を受けたんです。
岡村　ありがとうございます。実は僕、吉本興業に所属していたことがあるんですよ。
ジュニア　ああ！
岡村　まだ会社が神保町にあった頃。あるとき、会社の会議室でライブのリハーサルをやらせてもらってて。爆音を出してやってたんです。すると、隣の部屋でジュニアさんもリハーサルか打合せをやっていたんでしょうね、「うるさい」と言われました（笑）。
ジュニア　あははははは。すいません、全然覚えてないです（笑）。
岡村　もうずいぶん前の話ですから（笑）。とにかく僕は、ジュニアさんはすごいなって前から思ってて。出演されてるいろんな番組をチェックしてるんです。なかでも、ケンドーコバヤシさんとの『にけつッ!!』は毎週録画して楽しみにしてます。
ジュニア　へー!!　それは意外。ありがたいことです。

流れるままに結婚しました

岡村　僕は「結婚って一体何なんだろう？」とい

うテーマでいままでいろんな方々に「結婚って何ですか？」と問い続けてきたんです。で、今回はジュニアさんにも「結婚とは？」そして「幸福とは？」というテーマでお伺いしてみたいなと思ってて。結婚して何年になられました？

ジュニア　２０１５年ですから、今年で丸４年になりますかね。

岡村　一般の方と出会われたじゃないですか。芸能の仕事の現場ではなく。そういう出会いって、いままでままあったわけですか？

ジュニア　いや、全然ないんです。奥さんが初めてで。僕、休みができると後輩と沖縄の宮古島へよく行くんですけど、そのときに空港で出会ったんです。彼女は空港の売店で働いてる子やったんです。

岡村　羽田空港で出会われた？

ジュニア　そうです。それ以前にも何回か空港で見かけてて。「あの子、前も見たことあんねん」ってポロッと後輩に言ったら、後輩は、僕と2人で行く旅を楽しみたいから僕のテンションをちょっとでも上げようと思ったんでしょうね、「ほな連絡先聞いてきます」って彼女のところへ行ったんです。それで、後輩が「電話番号教えてください」って言ったら、彼女は「いえいえいえ」って断って、「ほんならLINEを交換してください」って言ったら交換してくれたと。それで、後輩が彼女とLINEで連絡を取るようになって……というのが始まりなんです。そこから3人でちょくちょくご飯に行くようになって。

岡村　出会って半年くらいだったそうですね、結婚を決めたのは。

ジュニア　ある日の夜、2人で食事に行ったんです。2人だけで会うのも3回目ぐらいやったと思うんですけど、ご飯食べて、もう一軒行く？　となってバーへ行って。そのとき、ふと、「結婚する？」って僕が言ったんです。

岡村　それまでずっとモテ続けてきた人生だったでしょ？　年貢の納め時じゃないけれど、そろそろここでと思ったということですか？　それとも彼女と出会う前から結婚について考え、意識したりしていたんですか？

ジュニア　いや、全然。結婚したいなんて思ったことがないんです。

岡村　じゃあ、なぜ？

ジュニア　それが自分でもわかんないんですよ。アルコールじゃないですか、ホンマに（笑）。

岡村　その場の勢いですか？

ジュニア　振り返れば僕の人生、そういったことの連続なんです。吉本に入るときも僕は一切そんなことは考えてなかったですし。

岡村　引きこもりだった高校生の頃、お兄さん（千原せいじ）に誘われて、ということですもんね。

ジュニア　そうです。で、東京へ行くというのも、会社から切符渡されたからやし。機は熟した、よし行くぞ！　みたいなことが僕の人生では一回もないんです。なんとなく流れでずっとここまで来た、っていう感じで。だから結婚もそういう感じなんですよね。

岡村　運命に動かされるままに。

ジュニア　運命というほどたいそうなもんじゃないんですけどね。

結婚後も生活に変化なし

岡村　ジュニアさんはご自身のエッセイの中で、結婚に関しては、運気だったり、モチベーションだったり、あるいは、いまの生活のルーティンに飽きてきていたことだったり、とにかく自分のバイオリズムのようなものが全部影響してるんじゃないか、と書いていて。僕は共感したんです。変わらないんですよね、ルーティンが。

ジュニア　そうなんです。

岡村　いい生活していても一人だとなにも変わらない、人生がスパイラルしていかないなと。ずっと同じところをくるくる回ってる感じがするんです、独身のままだとね。でも、結婚すると変わっていくじゃないですか。じゃあ子どものために貯金しようとか、庭付きの家に住もうとか、情操教育にもいいから犬飼ってみちゃう？　思い切って軽井沢に別荘買ってみる？　とか。妄想かもしれないけれど、人生が豊かになっていく感じがするんです。スライドして上がっていく感じというか。自分のためだけに稼ぎ、食べ、寝る、そういう状況から脱しよう、そう思った部分はやっぱりありました？

ジュニア　そう思ってたわけではないんですが、それの最終段階やったなあとは思いますね。

岡村　結婚してみてどうですか？　仕事面でも変わりました？

ジュニア　やっぱり相手でしょうね。結婚したから、というよりも。

岡村　いい相手に巡り会えた。

ジュニア　僕は、転職をしたことがないから、この世界のことしか知らないんです。なんやったら、吉本に入る前日まで芸人をやるなんて思ってなかった。なんて言うんか、たまたま放った1発目がたまたま貫通してしまったというか。それが寒がってて弾かれてたら、じゃあ次、その次といくんでしょうけど、運よく最初が貫通した感じがあって。だから、結婚もそうやと思うんです。この先、離婚することもないと思うし、1発目がたまたま貫通した感じがしますね。

岡村　こういうのはないですか？　芸人たるもの、いろんな人と出会い、いろんな女性と出会うことが芸の肥やしになる、血となり肉になる、という考え方は。

ジュニア　後輩と一緒にメシとかは全然行くし、みんなで泊まりでどっか行こかとなると行くし。生活のサイクルは独身の頃とまったく変わってないんです。帰る時間が遅くなるのも気にしてないし。奥さんはだいぶ我慢してるやろなとは思います。ただ、彼女は覚悟を決めたんやと思うんです。芸人の嫁になるということを。そういうことに関してはなんも不満とか言わないんです。

岡村　奥さまと2人で出かけることは？

ジュニア　もちろんありますよ。だから、いままでの生活に、奥さんや子どもとの時間がプラスされている感じなんですよね。

岡村　後輩とよく一緒にいるのは、後輩を育てることが大事だから、ということですか？

ジュニア　いや、まったくそういうつもりはないんです。笑いのことに関して意見するとかアドバイスするとかは皆無ですし。だからなんやろ、かる〜いスパーリングしてる感じですかね（笑）。

岡村　なるほど。音楽の世界では、そういう先輩後輩の関係ってあんまりないんですよね。

ジュニア　でもそれは、東京と大阪でもちょっと違うと思います。バカリズムなんかは家でずーっと考えてパソコン叩いてるような人ですからね。というか、関東の芸人って、ファミレスでパソコン開いてネタを作るっていうんですよ。関西の芸人にそれはちょっと考えられへん。僕ら公園やから。公園でしゃべりながらが基本ですから。

岡村　え、いまも？

ジュニア　いまはさすがに（笑）。会議室で僕がしゃべったことを、書記がメモってくれて、それを持ち帰ってまとめる、というスタイルです。でも昔は公園。リビングのソファに座ってても面白いことなんて起きひんやろっていう。だから、へんに行儀良くて、ちゃっちゃ進める要領のいい後輩のほうが疎遠になっていくというか。2泊3日の旅行でレンタカーを3台つぶす後輩のほうが、なにしてくれてんねん！　って言いながら密にいるみたいな。なんであんなヤツといるんですか？　って言われても、だってそっちのほうがオモロいやんって。そういう感覚ですよね、後輩との関係も。

岡村　「兄さん！」みたいな関係って、僕はずいぶん憧れたことがあるんです。ああいいなあ、カッコいいなあって。自分も言ってみたいし、言われてみたい。芸人さんの「兄さん感」って素敵だなあって。でも、最近の芸人さんって「兄さん」ってあんまり言わなくなったそうですね？

ジュニア　言う人と言わへん人がおるかなあ。関東の人はあんまり言わないかもしれませんね。

オレ、4番打つねん

岡村　ジュニアさんはいろんなことをやっているでしょ。MCとして番組を回す場合もあれば、ボケにまわることもある。役者さんをやることもあれば、小説やエッセイも書かれる。自分の舞台も作るし、最近は落語もやる。芸人さんに限らず、人って40歳を過ぎると、わりと役割が固定化されるじゃないですか。でも、ジュニアさんの芸はすごく幅広い。オールラウンダーというか。そこは常に意識されているんですか？

ジュニア　どうなんですかねえ。本当のことを言えば、なにひとつ、自分からやりたくて、ということではないんです。声をかけられて、「じゃあ、やってみましょうか」ということでしかないんで。

岡村　自分発信ではない？

ジュニア　全部受け身ですね。

岡村　でも、非常に稀有な存在だと思うんです。変幻自在ですし。ジュニアさんはいま、どういったところを目指しています？　芸の仕事において、この先の野望みたいなものってあったりしますか？

ジュニア　野望はあります。まだ完全に絶望しきれてないんで。しがみついてる感じがあるというか。

岡村　というと？

ジュニア　みんな4番を打ちたくてこの世界に入ってくるんです。でも、長くやるうちに、ああオレは違うねんなとわかって、それぞれのポジションに収まっていく。オレは1番バッターやなとか、7番バッターやなとか、いやオレはランナーコーチやなとか。でも僕はいまだに15歳でこの世界に入ったときのまんま、「いや、オレ、4番打つねん」っていうところにしがみついてる感じがあるんです。

岡村　バカリズムさんと対談したとき、『IPPONグランプリ』で対戦して、この人はすごいと思った人は誰ですか？」って聞いたら、「圧倒的にジュニアさんです」って即答したんです。

ジュニア　でも、まだ4番打ってないんでね、僕は。というか、そもそもスタメンでもない。

岡村　おそらく、これを読んでる人たちはみんな、「え、ジュニアさんは4番でしょ」って言うんじゃないかと思いますが、要は、ジュニアさんらしくとんがったまま、妥協したり迎合したりにじり寄ったりせずに「4番を打ちたい」ということですもんね。それって、非常に困難を伴うし、みんながマネできることでもないと思うんです。ちなみに、ジュニアさんの思う4番というのは？

ジュニア　日本の中心、ですよね。

岡村　いまその打席には……。

ジュニア　松本(人志)さんじゃないですかね。

岡村　じゃあ、ジュニアさんが4番になるには、松本さんを押しのけなければならない?

ジュニア　それが、1チームじゃないのが救いなんですよ。いろんなチームがいる中で、松本さんも、(明石家)さんまさんも、(ビート)たけしさんも4番なんです。

岡村　そういった人々とは違うチームで4番を狙うのだと。

ジュニア　最悪、軟式でもいいですからね(笑)。

結婚後に嫁の意外な面を知る

岡村　家庭を持って良かったと思うのはどんなときですか?

ジュニア　やっぱり、子どもの存在を感じるときでしょうね。

岡村　息子さんができて変わった部分ってありますか?

ジュニア　あります。たとえば、赤ちゃんを抱いてるお母さんを見たときに、いままでは「ああ、赤ちゃんを抱いてるお母さんや」と思ってただけやけど、いまは「腕しんどいやろな」とか「重たいやろな」とか、物理的な重さを感じるようになったというか。いままでいかに自分の想像力が欠如していたかと思いますよね。

岡村　そうすると、ネタを作ったり、小説書いたりエッセイ書いたりする糧にもなりますよね?

ジュニア　明確にコレというのはまだわかんないですけど、家族ができたことで、フルで下ネタができるようになったということはあります。免罪符ができたというか。

岡村　免罪符?

ジュニア　家庭というブレーキができたからこそ、思いっきりアクセルが踏めるようになったという感じがあるんですよ。

岡村　ほお！

ジュニア　いままではブレーキのついてないクルマやった。だから、こうかな、ああかなと自分で加減しながらやってたんです。でもいまは、家庭という最終的なブレーキがついたんで、逆に思いっきり踏み込めるようになったんです。

岡村　へえ！　それは面白い感覚だなあ。家族がいるんだから、こういうことはできない、とか、そういうことではないんですね？

ジュニア　まったくないんです。その辺は恵まれてます。それこそ『にけつッ!!』でケンドーコバヤシと「こないだ風俗行って」みたいなことをしゃべっても、なんの問題もないんです。

岡村　ほ〜！　すごいなあ！　え、奥さまってどんな人なんです？　寛大な人？　ジュニアさんのいわゆる「タイプ」だったんですか？

ジュニア　タイプかといわれれば、そうでしょうね。色白でかわいらしくて、いい意味で無気力な、鼻息の荒くないタイプといいますか。目標に向かって一生懸命頑張る！　みたいな人ではない人とずっと付き合ってきたんで。

岡村　野心丸出しではない？

ジュニア　苦手なんです（笑）。

岡村　わかります（笑）。僕も、おだやかでユーモアがある人がいいと常々言ってるんです。

ジュニア　うちの奥さん、楽しい人ですよ。でも、そういった部分は付き合ってるときに全然見せなかったんで、結婚してから見えてきた感じはありますね。ああ、こんなに面白い子やったんやって。

岡村　たとえば？

ジュニア　突然動画が送られてきて、なんやろって見てみたら、ZOZOスーツ着て踊り狂ってて。

岡村　あはははは。

ジュニア　友達がたくさんおるタイプではないし、いままでこういった衝動をどうやって抑えてたんかなあって（笑）。

無様なまでに地上波にしがみつく

岡村　息子さんも生まれ、愉快な奥さんもいて、仕事も順調で。幸福度はいま非常に高いですよね。

ジュニア　ただ、僕らって、キザな言い方をすると、幸せなほうが不幸せですから。不幸せであり続けることが結果幸せというか。だいたい、幸せな芸人がテレビに出ててもみんなさほど面白みを感じないじゃないですか。ドキドキさせられない気がしますし。

岡村　じゃあ、子どもがかわいいと思っちゃう自分に葛藤がある？

ジュニア　あります。だから、子どもを抱っこしてタクシー乗ってる間はロシア人同士のケンカの動画をずっと観たりして、それでバランスを取ってますから（笑）。

岡村　あははははは。でも、最近は、家庭が円満であることや、子どもがいて幸せであることを面白さにかえる芸人さんも多いでしょ？

ジュニア　そういう時代ですから、いまは。でも、そんな世の中、ひっくり返るでしょ、そのうちに。

岡村　ですかねえ？　コンプライアンスとか年々厳しくなってきてるように思いますけれど。

ジュニア　ただね、それも厳しければオモロいことがなんもできへんのかというと、そういうことではないんです。ルールの中でもやれることはいっぱいあるんです。

岡村　地上波だけじゃなく、Amazonプライム・

ビデオとかNetflixなどへ移っていっている部分もありますよね。
ジュニア　いつも遊んでる公園が、花火したらアカン、キャッチボールしたらアカン、大声出したらアカンって言われるようになって。そしたら、あっちに何やってもいい公園ができたらしいぞと。そういう感じですよね、いまは。でも、花火がアカンのなら、花火じゃなくて他のことして遊ぼうかって、そういう感じもあるんです。
岡村　つまり、家族ができたことでブレーキがついたことも含め、コンプライアンスや厳しい制限がある中で面白いことを追求するということに醍醐味を感じると？
ジュニア　だと思います。自由なアメリカンスクールに行ってるヤツより、制服があってガッチガチの校則で縛られてるほうが私服がおしゃれっていう、そういう感覚はあるかもわからんですね。
岡村　さっきの4番の話にもどると、やっぱり、ジュニアさんが打つ場所は元の公園がいいですか？
ジュニア　最初に入った遊び場がそこやから。地上波がいいです、やっぱり。そこに無様なまでにしがみついてるところがあるというか。ただ、松本さんにしてもさんまさんにしてもたけしさんにしても、芸人になるために生まれてきてはるんです。たとえば、辰吉丈一郎は、ボクシンググローブをはめて生まれてきたっていう感じがするじゃないですか。そういう人って、それぞれのジャンルに何人かいると思うんです。そういう意味でいえば、僕は、岡村靖幸という人は、確実に、ギターを持って生まれてきたんやろなって思いますし。でも僕は、そういう人種ではないんです。そこでのあがきはありますよ。簡単に言うと、天才とそうではない人間、というね。
岡村　自分はお笑いのために生まれてきた人間、とは思えない？

ジュニア　まったく思えないです。偶然ここまで来ただけですから。1発目が貫通したんで、たまたまここまで来た。他にも穴はあったんだろうと思いますしね。

系譜が見えない岡村靖幸

岡村　でも僕は、お笑いのことはよくわかりませんが、ジュニアさんの総合力は圧倒的だと思うんです。『IPPONグランプリ』を観るといつも思います。あれって、大喜利だけじゃなく、度胸、アドリブ力、画力、タイミング、すべてにおいての総合力が試される場じゃないですか。それは、エンタテインメント界すべてに通じることでもあって。音楽もそうなんです。歌がうまい、詞曲がかける、それだけじゃなく、戦略家であるとか、そういった部分も大切な気がするんです。だから、総合力がある人は素晴らしい、と僕は思うんですよね。それも特殊な才能のひとつだなって。

ジュニア　でも、自分ではそんな力があるとはまったく思ってない。中途半端やなって感じがすごくするというか。あのね、ナジーム・ハメドっていう天才ボクサーがいたんです。20年くらい前、フェザー級のチャンピオンになって。でも当時、どこのボクシングジムでも「ナジーム・ハメドのビデオは観るな」と言われていたんです。普通、チャンピオンのビデオを観ながら練習するもんなんですけど、ナジーム・ハメドの場合は、あまりにも独創的でトリッキーすぎるから悪影響しかないと。ボクサーを目指すならナジーム・ハメドは観るなと。彼、リング上でむちゃくちゃ踊るんです。

岡村　へえ！

ジュニア　〝プリンス〟っていうあだ名で、〝悪童王子〟とも呼ばれてて。だから、ナジーム・ハメドを観るたびに、僕は、岡村靖幸を思い出すんです。これはね、ボクシングファンならみんなわかると思うんです。めちゃくちゃナジーム・ハメドな感じなんです、岡村さんは。岡村さんのダンスの感じとか、妙なしなやかさがソックリで。唯一無二というか。系譜が見えないじゃないですか、岡村さんは。僕なんかは見えますもん、インスパイアー先が。でも、岡村靖幸という人のインスパイアー先は見えへん。岡村さんの下には連なっているでしょうけど、岡村さんはどっからどうなってこうなったんかはわからない。ナジーム・ハメドもそういう系譜の見えないボクサーなんです。

岡村　そう言っていただけると非常にうれしいです。ナジーム・ハメドの試合、観てみたい。さっそくネットで検索してみます(笑)。

ジュニア　ぜひ。親近感がわきますよ、きっと(笑)。

対談を終えて

結構リラックスしてざっくばらんに等身大の話をしてくれたジュニアさん。テレビのイメージとは違う顔を見ることができました。前述したように、彼とはこれをきっかけに距離が縮まり、いまはいろんな世間話をする仲になりました。お笑いの話をしたり、音楽の話をしたり。そう、仲良くなってわかったんですが、彼は非常に音楽好きなんです。ジュニアさんの親友で音楽プロデューサーの蔦谷好位置さんを交えて飲むこともあるんです。

伊藤蘭

WHAT IS HAPPINESS TO YOU?

伊藤 蘭

幸福はふいに感じるものだからこそうれしいし追い求めたくなる

2019年7月

いとうらん
東京都生まれ。俳優・歌手。1973年キャンディーズとして歌手デビュー。77年コンサート中に突然の解散宣言。解散後の80年俳優として活動再開。2019年、41年ぶりにソロ歌手としても活動を開始。以降3枚のアルバムを発表。23年にはデビュー50周年を迎えた。

元キャンディーズの伊藤蘭さん。キャンディーズ解散以来、人前で歌うことのなかった蘭さんが初のソロアルバム『My Bouqet』をリリースされ、初のソロライブも行った、ということで、彼女の「幸福への道」とはどんなものだったのか、芸能界に入る前からのことも含め、お話を伺ってみました。しかし、何を隠そう、僕は子供の頃からキャンディーズの大ファン。中でも蘭さんは一番の憧れだったので、口から心臓が出そうなほどドキドキの対談となりました。

岡村　ライブを拝見しました（注：2019年6月に開催された「伊藤蘭　ファースト・ソロ・コンサート2019」）。もう、ただただ感激で。「春一番」のイントロが流れたときは、なんとも言えない気持ちになって涙が出ました。僕、キャンディーズの歌が好きでした。リアルタイムで聴いていましたから。

伊藤　岡村さんは今おいくつですか？

岡村　1965年生まれなので、キャンディーズ解散は中学に入った頃だったんです。だから、キャンディーズが出演する番組もよく観てました。『8時だヨ！全員集合』とか『みごろ！たべごろ！笑いごろ!!』とか。

伊藤　ありがとうございます。

岡村　今回、蘭さんがステージで歌うのは、解散コンサート以来、実に41年ぶりだったそうですが、もっと早いタイミングで歌おうとは思わなかったんですか？

伊藤　全然なかったんです。自分から断ち切ってしまったので、そうそう簡単に歌ってはいけないと思っていましたし。でも、60代になって、この先残された時間はそんなにないなと思ったとき、まだエネルギーがあるうちにもう一回歌ってみてもいいかなって。

岡村　41年ものブランクを感じさせない歌声だなと感心しました。キーもあんまり変わってないんじゃないですか？

伊藤　当時のキーのままで歌える曲もあります。女優の仕事をコツコツとやってきたからだなと思うんです。たまには舞台で歌う機会もありますし。

母の反対を押し切り芸能界へ

岡村　蘭さんは東京の吉祥寺生まれでいらっしゃるんですよね。

伊藤　そうです。わりと自然の多い、緑の多い場所で育って。活発で、体を動かすのは好きなんですが、どちらかというと大人しい、口数の少ない子でした。

岡村　テレビに出て歌を歌うことに興味を持ったのはいつですか？

伊藤　中学に入ってからでした。6歳上の兄がいるんですが、兄がビートルズにハマっていたので、家ではいつも音楽が流れていて。ある時、『プラチナゴールデンショー』（注：日本テレビの音楽バラエティ番組）を友達と一緒に観ていたら、フォーリーブスのバックで踊る「スクールメイツ」（注：渡辺プロダクションが設立した、俳優やタレントを育成する「東京音楽学院」の選抜メンバーによるグループ）の募集をしていたんです。友達に「一緒にやらない？」って。

岡村　はい（注：スクールメイツ出身の女性デュオ）。「じゅん&ネネ」ってご存じですか？

伊藤　じゅん&ネネをその子と2人でよく歌ってたんです。それで自分たちもスクールメイツに入ってやってみようよって。でも、そのときは母に反対されて断念して。だけど、どうしてもあきらめきれなかったので、また次の年に受けて。今度はちょっと強めな説得で許してもらいました。

岡村　スクールメイツって、今で言えば、アイドルの研究生のようなものですよね。当時はいろんな歌番組でバックダンサーをやったり、コーラスをしたり、歌ったり。僕らの世代だと、NHKの歌番組『レッツゴーヤング』によく出ていたイメージがあるんです。キャンディーズも確か、NHKの歌番組から出てきたんですよね？

伊藤　『歌謡グランドショー』という番組のマスコットガールに選ばれたのが最初でした。スクールメイツ全体でオーディションがあって、スーちゃん（田中好子）、ミキちゃん（藤村美樹）、私の3人がピックアップされたんです。

岡村　他にどんな人が当時のスクールメイツに？

伊藤　太田裕美ちゃん。裕美ちゃんは私と同期でした。私の意識としてはクラブ活動の延長みたいな感じだったので、当時の自分にプロになるという強い志があったかどうか。なれたらいいなあ、くらいだったと思います。あの頃の芸能界って、キラ星のごとくの時代でしたから。いわゆるスターと呼ばれる方々とスタジオですれ違ったりするのも楽しかった。「あ、布施明がいた！」「あ、ジュリーだ！」って(笑)。

「内気なキャンディーズ」

岡村　『歌謡グランドショー』の番組プロデューサーに、「キャンディーズ」と名付けられたことから始まったそうですが、3人は以前から仲良し？

伊藤　仲はいい方でした。前からの知り合いで友達という印象でしたし。でも年は1個ずつ違うんです。私がいちばん上で、スーちゃんがいちばん下。私とスーちゃんは同期だけど、ミキちゃんは1年遅れて入ってきていて。私たちが選ばれたのは、背格好がそろっていたということもあるでしょうね。

岡村　最初は、番組のアシスタント業務が主だったけれど、そのうち音楽プロデューサーの目に留まり、73年に「あなたに夢中」でデビューすることになって。キャッチフレーズは「内気なキャンディーズ」だったそうですね。

伊藤　私たち、それぞれ大人しいほうでしたから気質も似ていたかもしれません。

岡村　デビューした後はどんな感じでしたか？

伊藤　すぐにヒットチャートに入ったかというと、そうでもなく。いろんなお仕事をしました。デパートの屋上で歌うとか、吉祥寺のキャバレーで歌うとか(笑)。

岡村 キャバレー!?

伊藤 どうしてここで歌うの? って(笑)。でもすごく楽しかったんです。

岡村 そういったハングリーな時期があったことが、後の成功に関係していると思いますか?

伊藤 うーん、どうでしょう。でも、そういったことを知らないよりは経験できて良かったとは思います。つかの間でもね。

岡村 昔は、シングルのリリースタイミングって早かったですよね。

伊藤 3ヵ月に1回でした。

岡村 キツくなかったですか?

伊藤 でもあの頃はみんなそういうローテーション。それが普通でした。

岡村 シングルを出す度に、曲の雰囲気に合わせてイメージも変えるでしょ。衣装や髪型を変えて。例えば、「その気にさせないで」のときは大人っぽいムードだけど、「春一番」は健康的でさわやかで、「やさしい悪魔」になるとセクシーになる。そういった衣装は自分たちで決めてたんですか?

伊藤 自分たちでアイディアを出すこともありました。「やさしい悪魔」の衣装はアン・ルイスさんがデザインしてくれて。こんなのいいんじゃない? って。

岡村 あれは子供心にもドキドキしました(笑)。セクシーなキャミソールのようなドレスに網タイツ、みたいな。

伊藤 そうそう(笑)。

岡村 観る方としては楽しいんですが、やる方としては、タームが短い中、振付を含め覚えることもたくさんあったでしょうし、大変だったんじゃないかなと。

伊藤　そうですね。他にも、歌番組のレギュラーを持っていると、そこで他の洋楽を歌うことも多かったので。

岡村　そうだ、キャンディーズって、ライブを観たり聴いたりすると洋楽をたくさん歌っているんですよね。アース・ウィンド・アンド・ファイアーとか。いわゆる歌謡曲を歌うより、そういった洋楽を歌うほうが好きでしたか？

伊藤　ええ、当時のマネージャーと音楽の好みでは意見が一致していたので、「私たちは、こういう曲をやりたい」と伝えて、やらせてもらいました。

岡村　だから、ザ・歌謡曲というよりも、アイドルでありながらアーティスティックであろうとするムードがあったように思います。

伊藤　でも、3ヵ月に1回出すシングル曲に関してはまるでノータッチ。上のスタッフが決めてその通りに従うという感じでした。

岡村　じゃあ「え、これ歌うの？」という曲もあったわけですね。

伊藤　ありましたねえ（笑）。「ハート泥棒」という曲があるんです。いま聴くとポップで可愛い曲なんですが、「彼の名前はミスターX」という詞が出てくるんです。当時、「ミスターX」が話題になってたからだと思うんですが、私たちは「この曲、売れないかもね」って（笑）。

岡村　「ミスターX」？

伊藤　ほら、あの頃、ロッキード事件があったじゃないですか。

岡村　ああ、ロッキード事件に登場する「ミスターX」だ（笑）。

伊藤　あと、「春一番」がヒットしたから「次は暑中お見舞いだ」とかね。「え？」って。そういう感じは持ちつつ（笑）。

岡村　大好きでしたよ、「暑中お見舞い申し上げま

す」。僕は「年下の男の子」でギュギュギュッとき
たので、それ以降の曲はホント、どの曲も好きな
んです。

伊藤　そうだ、YouTubeで観ました。岡村さんが「年下の男の子」を歌っていらっしゃる映像を。主人と一緒に観ました。

岡村　恐縮です（笑）。しかし、キャンディーズの音楽を振り返ってみると、Jポップへの架け橋だったなと思うんです。かわいい曲はもちろんあるけれど、怪しかったり、色っぽかったり、ロックテイストもあったり。それがアーティストとアイドルの中間への布石にもなったし、アイドルの進む道に幅を持たせたと思うんです。例えば、今で言えば、Perfumeとか。キャンディーズとPerfumeってすごく似てる気がするんです。それぞれの役割分担も含めて。

伊藤　Perfumeさんは、アミューズの大里（洋吉）会長がやっていらっしゃいますものね（注：大里氏はキャンディーズの元マネージャー）。そういえば、大里さんもライブに来てくれました。

普通の自分でいたいと思ったから

岡村　デビューから5年、キャリアも人気も絶頂期のときに「普通の女の子に戻りたい」と言って解散することになります。改めて聞きますが、なぜ辞めたんですか？

伊藤　22〜23歳ぐらいだったと思うんですけれど、やっぱり仕事だけの日々が続いていると、もう誰とも関係を育めないし、世界も広がらないし、不安になったんだと思うんです。それぞれが。誰からともなく、「解散しよう」と。意見が一致したんです。もう少しやろうよと言う人もいなかった。

岡村　芸能界に対する未練みたいなものはなかっ

たんですか？

伊藤　やり尽くした感がそこですでにあったんです。仕事量としてもたくさんこなしてきたし。

岡村　とにかく一旦すべてをストップさせたかった？

伊藤　個に戻りたかったんだと思います。このまま行くと、世間のことを何もしらない大人になってしまうという危機感もあって。このままでいいとは思わなかった。

岡村　普通の22～23歳の女の子が体験する、普通の生活を体験してみたかったと。

伊藤　まったくその通りです。人が当たり前に感じることを感じられる「普通の自分」でいたいと。

岡村　山口百恵さんが引退されたのは、キャンディーズ解散後でしたが、わかるわって感じでした？

伊藤　百恵さんの場合は、三浦友和さんとの結婚という、ハッキリした理由があったと思うんです。でも、私たちの場合は、もっと漠然としていたと思うんです。世間の方々からすれば。

岡村　確かに。当時の社会状況を思えば、女性が仕事を辞めるときに、「結婚するわけじゃないのにどうして辞めるんだろう？」という空気感はあったでしょうね。

伊藤　ありました。若さゆえに突き進んでしまったというか（笑）。

岡村　しかし、絶頂期に「さよなら」と言ってしまったから、長嶋茂雄さんの「わが巨人軍は永久に不滅です」じゃないけれど、キャンディーズの幕引きもそれに匹敵するぐらい有終の美を飾れたと思うんです。だからこそ、41年ぶりのライブを観て、僕も感極まってしまったんです。ファンクラブの方々もたくさん駆けつけていらっしゃった。掛け声も当時のままですごかったし。

伊藤　あんなにたくさん来てくれて、あんなに喜んでいただけるなんて。たぶん、思い出というフィルターをかけて観てくれたんだろうなあとは思います。

岡村　そして、蘭さんは解散から2年後の80年に女優としてカムバックされましたが。

伊藤　芝居はもともと興味がありました。中学のときも演劇部に入っていましたし。もう一度この世界で何かやるのであれば、芝居をやりたいなと。

岡村　歌よりも好きだった？

伊藤　歌は苦手意識があって。いまでもそうなんですけれど（笑）。

岡村　じゃあ、ドリフでやってたコントはわりと好きでしたか？

伊藤　嫌いじゃなかったです。面白いこと、楽しいことは好きでしたし。とにかく、演技は、こうすればできるというのが見えてくるんですが、歌は難しいです。

岡村　でも、キャンディーズはハーモニーが素敵なグループでした。

伊藤　やはり、3声というのは、素晴らしいと思います。ソロがあって、ユニゾンがあって、コーラスがあって。いちばん理想的な歌のカタチだと思いますね。今回一人で歌ってみて、余計にそう思いましたね。

母は結婚する必要はないと

岡村　水谷豊さんとは、結婚されて何年になりますか？

伊藤　何年だろう。娘が29歳になるので、30年……かしら（笑）。

岡村　ドラマでの共演で出会われ、6年ほどお付き合いされ、34歳で結婚されて。蘭さんは、そもそもあまり結婚願望はなかったと、以前のインタビューでおっしゃっていましたけれども。

伊藤　なかったんです。まさか自分が結婚するとは、と。

岡村　蘭さんのお母さんは、「結婚する必要はないよ。好きなことをやって暮らしなさい」とよくおっしゃっていたそうですね。

伊藤　母は、自分の結婚生活を省みてそんなふうに言ってたんだと思うんです。うちは、父が途中で家を出てしまったんですね。だから、家にいるのは、母と兄と私と、そして、父の母。母は、父が家を出た後も、ずっと姑と一緒に暮らしていたんです。とっても仲の良い嫁姑だったので。

岡村　お父さんだけがいない。

伊藤　たま〜に家に来ることはありましたけど。だから、結婚がいいものとは私も思ってなかった。兄と母から「言い寄ってくる男の人はみんな下心があるから」ってよく言われていましたし（笑）。

岡村　じゃあ、水谷さんはお兄さんやお母さんに気に入られた？

伊藤　あ、そういうことでしょうか（笑）。主人とお付き合いを始めた頃、「早く恋愛時代の先に行きたい」と言われたことがあるんです。「落ち着いた関係になってからのほうが僕は好きだ。そのほうが安心するから」と。ちょっとビックリしたんです。「え？　どういう意味？」って。私もまだ若かったですから、恋愛のほうが華やいでいると思うじゃないですか。なのに、そういった時期を早く乗り越えたい、と主人は言ったんです。でも、しばらく経ってみると、ああ、なるほどと納得しました。お互いに信頼し合い、穏やかな関係になることを望んでいる人だったんだなと。

岡村　恋のトキメキはいらないと。

伊藤　どうですか？

岡村　うーん。トキメキと落ち着きと、両方あるほうが僕は好きですけれど。両立は無理なのかしら。蘭さんは、そう言われて「一緒になろう」と思えたわけですか？　ある意味、プロポーズの言葉のようでもありますけれど。

伊藤　そのときは、ああ、そういう考え方もあるんだなと思ったことはよく覚えているんです。このまま結婚するのかなとは漠然と思ったかもしれません。

岡村　しかし、どちらも第一線で活躍していらっしゃるから、二人でいるとどうしても場の空気が華やいでしまうでしょ。例えば、お子さんの学校のこと、ご近所さんとの付き合いのこと、どうやって一般の空気に溶け込んでいるのかなと思ったりもするのです。

伊藤　その辺に関しては、主人は柔軟性があるんです。まだ娘が小さかった頃、普通の仕事をしているお父さんよりも時間に余裕があったりするので、ときには、ママ友の会に参加したりとか（笑）。

岡村　へえ〜！

伊藤　何気なく家に上がり込んでお茶したりするんです。幸い歓迎してくれていたようです。

岡村　そりゃあ、水谷さんが家に来てくれるなら、大歓迎ですもん。

伊藤　楽しかったみたいです、ママの中に入って会話するのが。迎えに行ったついでに上がり込んでお茶してお菓子をいただいて、ということはしょっちゅうやってました。

岡村　ほほえましい話ですね。

伊藤　だから、主人に対してストレスはないんです。何かやって欲しいことがあれば、すぐにやってくれる。キッチンには立ち入らないんですが、それ以外はなんでも。

岡村　ママ友とお茶ですか……。

伊藤　岡村さんも、そういう立場になれば、きっとできます。

岡村　そうでしょうか（笑）。

いつも誰かが背中を押してくれた

岡村　娘さんの趣里さんは、最近、演技派女優として注目を浴びていると聞きました。

伊藤　年々、たくましくなってきているなと思います。主人は、この世界に入ってきてほしくないという気持ちはあったみたいです。私もできれば、違う仕事をしてほしいと思っていました。家族に違う生業の人がいれば、ひとつ世界が広がるじゃないですか。でも、同業の良さもあるなといまは思います。

岡村　仲良し親子ですか？

伊藤　わりとなんでもしゃべる間柄です。

岡村　隠し事はない感じですか？

伊藤　とは思ってます。

岡村　恋の話とか？

伊藤　でも、恋の話をすると、主人がすぐ人に言ってしまうので、「もう二度としない！」って娘は言ってましたけど（笑）。

岡村　あはははは。

伊藤　まだどうなるかもわからないのに、そういう兆しがあると、すぐ人に言いたくなるようで。

岡村　水谷さんは、「こんな男と付き合うのは許さん！」とか怒ったりしないわけですか？

伊藤　まったくないです。逆に、娘にはそういった頼りにできる存在がいてくれたほうがありがたいって思っているのではないでしょうか。

岡村　趣里さんは、反抗期のような時期は？

伊藤　なかったですね。

岡村　しかし、お父さんお母さんの名前があまりにも大きかったから、プレッシャーもあったのではないでしょうか？

伊藤　そういう時期もあったと思います。でもとにかく、仕事に対して一途に、一生懸命で、とってもまじめなんです。

岡村　どちらに似ていらっしゃいますか？　内面的な部分は。

伊藤　ひとつのことを突きつめるという部分では、主人の気質だと思います。私は逆に途中で面倒くさくなっちゃうタイプ（笑）。絶対にあきらめないところは主人に似てるなあと。

岡村　蘭さんも、「あきらめないタイプ」ではないですか？　スクールメイツに入るときも反対を押し切ってやられたし、普通の生活を送りたいとキャンディーズを解散したし、復帰後は本当にやりたかったお芝居の道を選ばれた。

伊藤　でも私の場合、常に受け身なんです。誰かいろいろと教えてくれるいい人がいれば、やってみようかなと思える性質なので。よーしやってやるぞ！　というタイプではないし、自ら積極的に発信できるタイプでもないんです。

岡村　じゃあ、そのときそのときに出会う人から、こういうことをやってみたら？　というサジェスチョンがあって進んできたと？

伊藤　そうなんです。こういう感じがいいんじゃない？　と背中を押してくれる人が偶然いたからここまで来た。だから、そういう人がいないと、ずーっとなにもしないタイプなんです、私って（笑）。

岡村　水谷さんもアドバイスをくれますか？

伊藤　主人は、発信力のある人ですが、私にはそういうことは一切言いません。たぶん、尊重してくれているのだと思いますが、そもそもそんなに私のことを考えてないのかも（笑）。

岡村　いやいや、蘭さんに興味がないわけがない。2日間のライブも両日来られて、リハーサルも見学されたと聞きましたし。蘭さんのことを相当リスペクトされているように思います。新しいアルバム（注：初のソロアルバム『My Bouquet』）については何かおっしゃっていましたか？

伊藤　いいアルバムができたねって。ちょこちょこ聴いてるみたいです。ライブに関しては……何て言ってたか忘れちゃった（笑）。

岡村　あはははは。

伊藤　でも、考えてみると、こういった穏やかな関係が、主人の言っていた「安心する気持ち」なのかもしれないと思いますね。

岡村　では最後に、蘭さんにとっての「幸福」とは何でしょう？

伊藤　幸福って一瞬だと思うんです。風のように一瞬感じるもの。だから、それが永遠に続く風かどうかはわからない。今日吹いて、次はいつ吹くかはわからない。でも、ふいに感じるものだからこそ、うれしいし、追い求めたくなる。それが幸福じゃないかなって。

対談を終えて

憧れの人との初対面。思わず舞い上がってしまいました。しかしキャンディーズって、たった5年しか活動していないのにずっとテレビで活躍していたような存在感があったし、ファンに惜しまれながら非常に幸福な終わり方をしたグループでした。解散から四十数年経ってもいまだ人気が衰えないのは、人々の心に彼女たちの幸せな姿が焼き付いているからだと思います。蘭さんの「幸福は一瞬のもの」という言葉はそれをよく表しています。

能町みね子

WHAT IS
HAPPINESS TO YOU?

能町みね子
恋愛感情のない結婚がこんなに快適だなんて

2019年11月

のうまちみねこ
1979年北海道生まれ、茨城県育ち。エッセイスト。『私みたいな者に飼われて猫は幸せなんだろうか？』『お家賃ですけど』『皆様、関係者の皆様』『私以外みんな不潔』など著書多数。18年サムソン高橋さんと同居を開始、その生活を綴った『結婚の奴』を19年に上梓。

エッセイストの能町みね子さん。ライターのサムソン高橋さんと「結婚（仮）」し、その生活を元にした自伝的小説『結婚の奴』を上梓したというとことで、「結婚（仮）」に至るまでのことをじっくり訊きました。僕は、彼女とはテレビ番組『久保みねヒャダこじらせナイト』などを通じて昔からの知り合いなんですが、能町さんにとって「結婚」とは何なのか？　その先に「幸福」はあるのか？　今回はいつものようなおふざけはナシでまじめに語り合いました。

岡村　「(仮)」の結婚ですか。
能町　法的にはしていないので。
岡村　法的にはしたくない？
能町　いえ、「していい」と思っていたんですが、相手はそうでもないので。同居してる感じですね。
岡村　心地いいですか？
能町　快適ですねえ。こんなにいいなら、みんなどんどん結婚すればいいのにと思うくらい。
岡村　へえ〜。ゲイの方ですよね？　お相手は。
能町　誰かと一緒に住もうとするとき、恋愛を絡めるからダメになるんだと思ったんですね。好きな人と一緒になる、恋愛結婚こそが素晴らしい、そういう思い込みがうまくいかない「元凶」じゃないかと。それで、自分の恋愛対象ではなく、向こうにとっても私は対象にはならない人を探そうと。ならばゲイだと。ゲイの知り合いの中から気が合いそうな人をということで、パッと思いついたのがサムソン高橋さんだった。言ってみたらどうにかなった感じです(笑)。
岡村　じゃあ、ルームシェアみたいな感覚なんですか？
能町　それよりも密です。ご飯も作ってもらってますし。昭和の家庭の男女逆バージョンみたいな。
岡村　お互いに対する情は？
能町　情……どういう種類の？
岡村　相手が怪我したり病気したりすると心配になるとか。
能町　まあまあですかねえ。そもそも密に連絡を取り合うというのがなくて。ないというのは、普通の夫婦ほどはないということで。私は仕事でも遊びでも1人で旅行することがたまにあるんですが、そういうときはほとんど連絡を取らないんです。メールも送らない。よっぽどのことがない限りは。

岡村　ルームシェアより密で、相手を思いやる感情がまああって、でも恋愛ではない。家族みたいな感じってことですか？

能町　結果的に。向こうが家族っぽくなっちゃったというか。私はサムソンさんの恋愛や性の話をいろいろ聞きたいんですけどね。

岡村　彼の恋愛を知りたい？

能町　彼はゲイだし、それなりに遊んでる人。いわゆるハッテン場とか行くんですよ。私はそういうカルチャーを知らないから、聞きたいんです。ハッテン場とはどういう場なのか、どういうことが起こるのか。行ったんだったら、どんなことがあったのか。でも、彼は言いたがらないんですよ。それを、他の人がなぜと問い詰めたら、「お母さんや妹に言うような気分になるからすごいヤダ」って(笑)。そういうところはあるんだなって。

岡村　能町さんにとっても、彼は親や兄弟のような存在ですか？

能町　どうだろう……。私は自分のセックスの話くらいは彼に言ってもいいと思ってて。実際、言ったこともあるんです。すると「そんなこと言われても」って(笑)。私は、向こうが家で素っ裸でいたとしても平気なんですけど、それもイヤみたい。私もさすがに素っ裸にはなりませんけど、そこはそういう感じみたいです。

岡村　スキンシップはあります？

能町　皆無ですね。

岡村　ハグとか。

能町　気持ち悪いです(笑)。

岡村　握手は？

能町　握手ですらした記憶がない。でも1回ベロンベロンに酔っ払って、他の人が大勢いるときにキスしたことはあるんです。それは周りがおだてたからノリでやっただけで。普段でそれはちょっと考えられないですね。親兄弟でスキンシップのない人って多いじゃないですか。そういう感じでしょうね。

岡村　結婚してどのくらい経ちましたか？

能町　1年半ぐらいです。

岡村　泣いたところを見せたことはありますか？

能町　あります。私はあります。人間関係がうまくいかないことをグチってそのまま泣いたんです。

岡村　そのときサムソンさんは？

能町　慌ててました（笑）。

ゲイの夫と暮らして健康的に

岡村　どういう方なんですか、サムソンさんは？

能町　もともとゲイライターで。ゲイ雑誌の編集やゲイビデオを制作してたんですけど、いろいろあって、辞めて。それからフリーでライターをやりつつ、いまは昼のお店でパートもしてます。

岡村　何歳なんですか？

能町　51、もう少しで52。本人があんまり働く気がなくて。野心がほぼないので、極力働きたくないみたいで。ヒマがあるとすぐ海外に1人で行っちゃうんです。

岡村　趣味は合いますか？　生理的な部分とかは。

能町　趣味は合います。好きなものより嫌いなものが一緒のほうがいいってよく言いますけど、茶化したくなる対象がだいたい一緒です。毎朝、なんとなくテレビを観るんですが、ご飯食べながら朝のヌルめの番組を、主に私がディスりながら茶化すんですよ（笑）。

岡村　ははは（笑）。生活のサイクルはどうですか？　何時に起きて何時に寝るみたいなのは。

能町　彼と生活をともにすることで、それはすごく修正されました。1人のときは、明け方に寝て、昼前ぐらいに起きて、何も食べずに出かけて、だったんですけど、いまは遅くとも深夜1時2時には寝て、朝は8時9時には起きて、彼が作った朝ごはんを食べて。

岡村 健康的ですねえ。え、寝室は一緒ですか？

能町 別です。フロアーが違うんですよ。サムソンさんが以前買った築50年の狭小3階建て住宅をリフォームして住んでるんですが、私の部屋は3階で、サムソンさんは2階。朝、2階でごそごそ音がして、ああ起き出したなと思うと、私も降りていく。2階はダイニングも兼用なので。あと、屋上がサムソンさんのスペース。彼はバラを大量に育ててるんです。

岡村 へえ～！

能町 まるでバラ園なんですよ。私は一切手出ししないですが。

岡村 2人で外食をしたり映画を観に行ったりとかはありますか？

能町 外食は月に1～2回くらい。映画は……。ああ、何回かありますね。旅行もあります。

岡村 なんだ、すごく仲良しじゃないですか（笑）。

能町 気は合うんですよ。一緒にいて不愉快なことがないし。もともと私は彼が書く文章がすごく好きで、ツイッターもずっと見てたんです。趣味とかもいいセンスだなって。一回り上の人に対してエラそうな言い方ですけど（笑）。

結婚するために近づきました

岡村 友人として戯れるのではなく、「一緒に住む」に至るまではどんな感じだったんですか？

能町 元はというと、友達ですらなかったんですよ。知り合いではあったんですけど、何人かいる中で、挨拶はしたことはあるっていう、その程度。

何かのキッカケで彼のツイッターを見てみたら、面白かったのでフォローして。向こうは向こうで私の本を読んでいたらしく、面白いと思っててくれていたみたいで。それから4〜5年は何もなかったんです。お互いにSNSでときどきやりとりする程度。会うわけでもなく。

岡村 ネット上だけでの交流。

能町 そうです。それで私が、「結婚しよう」と決めて、誰かいないかなと思ったときに、パッと思いついて。最初から結婚目当てで近づいた感じです（笑）。

岡村 へえ〜！

能町 だから、「友達になろう」という気もそもそもなかったんですよ。いきなり「この人と結婚したい」と思って近づきましたから。

岡村 でも、いくら興味を持ったとはいえ、一緒に住む、結婚する、となると、生理的なものを共有することになるわけでしょ。そこは大きな賭けじゃなかったですか？

能町 だから、慎重すぎるぐらい慎重でした。ツイッターでいきなり、「結婚前提で付き合いたい」みたいなことを、冗談ぽく言ったんです、最初は。すると向こうも、ノリで「いくらでもどうぞ」みたいに返してきたんで、この感じでジワジワいけばイケるんじゃないかと（笑）。で、ご飯を食べに行って、共通の知り合いがいる飲み会に行って、家に行って。じわじわと、ホント、一歩一歩詰めていって。向こうにそこまで拒否感ないなと思ったし、こっちもイケるというのが、ならし運転しながらだんだんわかって。最初に思いついてから同居するまで1年半。そのうち1年ぐらいは週1で彼の家に通ったんですよ。ホントに付き合ってるかのように（笑）。

岡村 しかし、ライフスタイルが違い過ぎませんか？　僕は、ハッテン場へ行く人の生活がどんなものかはわからないし、もちろん、そこには切実な思いがあるだろうと理解はするんですが、享楽的なイメージがあるんです。能町さんとは真逆なんじゃないかなって。

能町　ハッテン場に行くのは彼にとってごく普通のことで。そういうマンガの原作をあの人は書いているんです。世界のハッテン場に行くマンガを。『世界一周ホモのたび』っていう（笑）。ヒドいタイトルですけど、5巻も出していて。でもまあ、ゲイの知り合いは何人かいますけれど、みんながみんなハッテン場へ行くわけではないし、中には享楽的な感じの人もいたりはしますが、それに比べると彼はダウナー。めちゃくちゃ穏やか。何に対してもずっと斜に構えてるところがいいというか。

岡村　シンパシーを感じた？

能町　友達として、確実に仲良くなれるタイプだとは思ったんです。

岡村　仕事面ではどうですか？

能町　逆にやりやすくなりました。仕事の効率面ですごく良くなったんですよ。私は家で仕事ができないタイプなので、外に出て喫茶店を渡り歩きながら書くんですが、以前は昼前に起きてたからスタートするのが昼過ぎでものすごく遅いんです。結局、集中力がなかなか湧かないまま夜中になだれ込む、そういう日々で。でもいまは、朝ちゃんと起きて、彼が作ってくれるご飯を食べ、午前中には家を出る。スタートが早まったんです。喫茶店巡りするのは相変わらずですけど、夕方には仕事場にたどり着く。いまは自宅以外に仕事場があって、友達と一緒に借りているんですよ。だから、仕事場も家も誰かいる状態で。それまでずっと一人きり、根詰めてやってたんで、暗い気持ちになりがちだった。なんでこんな仕事をしてるんだろう、誰が何のために読むんだろう、そういう根源的な方向へ行っちゃって。でも、誰かがいれば、そういった気持ちが絶対に起こらないんです。ドツボにハマることもなくなりました。

恋愛はめんどくさい

岡村　つまり、仕事のパフォーマンスを上げたいという気持ちもあったから、結婚しようと思った。

能町　完全にそうです。精神的に安定したいというのが大きかった。あと、今後恋愛があるかも？と思うのがイヤになったということも大きくて。

岡村　能町さんの過去のインタビューを読むと、恋愛に関して、「アタックされるけどうまくいかない」とよくおっしゃっている。

能町　今回、結婚の経緯を本（『結婚の奴』）に書いたとき、その辺を突き詰めて考えたんですけど、そもそも私は、人をそんなに好きになったことがないんですよ。恋愛という意味で。みんながよく言うような、「いつも一緒にいたい」とか「夢中になる」とか「誰かに取られたくない」とか、そういった強い気持ちを持ったことがあんまりなくて。それがずっとモヤモヤしていたというか。

岡村　能町さんの幼少の頃のエピソードを読むと、子供の頃からそうだったと書いてましたね。好きとか愛してるとかがメインのJ-POPがピンとこなかったと。

能町　それはそうですね。

岡村　生来そういう感じということですか？　それとも、たまたま、夢中になれる人と出会えていないということですか？

能町　40年ずっとこうだと、もうないんじゃないかと。それはやっぱり生来だと考えるべきだなと。仮にあるとしても、それを待つのにも疲れちゃった。だったらもう、結婚の形態を先取りしたほうが気持ち的にラクだなと。それをね、「間違ってる」と言われることがたまにあるんですよ。飲みの場とかで、「それは本当に好きな人と出会ってないだけだ」って（笑）。そういうのを力説されると、ホント腹立ってくるんですよ。

岡村　ははははは。

能町　ないものはないんだよ！　って（笑）。そういうのもイヤになっちゃって。それよりも、誰かと暮らしたほうが精神的にラクだなって思ったんですよ。

岡村　実際、快適なんですもんね。

能町　快適です。とにかく、恋愛というものに向いてないから、恋愛を踏んで結婚へ至るのは無理。好かれたら好かれたで面倒くさいし、好かれたからという理由だけで結婚しても私が不満を抱えるばっかりになる。お互いに合理的な意味でのパートナーのほうがいいなって。だから、こういう結婚のあり方は、精神的にもラクになるので、みんなに勧めたいとは思うんです。もちろん、結婚したいのになかなかできない岡村さんにもいいんじゃないかなあと。

岡村　どうかしら（笑）。

子を育ててモラトリアムを脱出？

能町　岡村さんは、友達と同居の経験は？

岡村　ないです。でも、『テラスハウス』みたいなのはやってみてもいいですけどね。

能町　え？　岡村さんが『テラスハウス』の住人になるなら、めちゃくちゃ観ますけど（笑）。

岡村　以前、20代30代のキャリア女性たちと話したことがあって。結婚の話題になったときに、「子供は産みたくない」と彼女たちは言ったんです。妊娠・出産となると体が大変だし、その後仕事に復帰するのが大変になるから、子供を持つなら、代理母出産がいい、それが難しいならアンジェリーナ・ジョリーみたいに養子がほしいと。僕はちょっと驚いたんです。能町さんは共鳴できます？

能町　あー。まあでも、ちょっとわかるかなあ。なんでみんな子供が欲しいのかなというのは最近よく考えるんです。最近はいろんな結婚のカタチがあるじゃないですか。私は男から女になったので妊娠はできないですが、女から男になって、女の人と結婚して、友達の精子で妊娠して、子供を迎えた夫婦が知り合いにいるんです。でも、そんなのはっきり言って無茶苦茶めんどくさいなと私は思ってて。養子を迎えるとなっても、資格が大変じゃないですか。

岡村　大変です、日本では。

能町　そういうのを見ると、そこまでして子供っている？　っていう気になるんですよ。別に否定するわけではなく、それを突き詰めていくと、よくわからなくなってきて。家を継ぐためというのも、いまの時代はあんまりないし。

岡村　自分の子供がほしいというのは、ロジックじゃないんだと思うんですよ、男も女も。本能としてあるものじゃないですかね？

能町　そうはいっても、人間だから理性がある。なのに「作らなきゃ」に至る理由はなんだろうと。

岡村　遺伝子情報の第1番目に書いてある最重要項目だからじゃないですかね？

能町　種の保存？

岡村　種の保存は遺伝子情報の最重要ワードですよ、人間もアリもキリギリスも、どんな生き物も。

能町　とすれば、弱くない？　って思いません？　結果、保存しない人も結構いるし、そのキャリア女性たちも自分の子じゃなく養子でいいと思ってしまう。それが最重要ワードなら、女性はみんな子供が作りたくて仕方がなくなるはずだけど、そうはならないし、少子化になってる。子供を産むという欲望は、人間の理性ぐらいで抑えられるんだと。それも不思議で。

岡村　確かに。文明が進めば進むほど少子化も進んでいく。

能町　そう考えていくと、「子供がいたら面白いから」とか「生活が変わるから」とか、言ってみれば親のエゴなんですけど、「だから産む」んじゃないかなと思うんですよ。種の保存というよりも。

岡村　それは言いかえれば、子供以外に面白いことがあれば産まなくなるということですよね。働くことや、自分で何かをクリエイトすること、子育て以外の面白いことがあればあるほど、少子化へ向かっていくのだと。

能町　その面もあると思います。

岡村　社会政策で少子化を防いでいる国もありますよね。例えばフランスとか。

能町　確かにフランスは増えてはいますが、そこまで劇的には、っていう感じじゃないですか。やっぱり、子供がいると人生に起伏ができて面白くなるから「欲しい」と思うんじゃないかなって。人って、小学校中学校高校と、ふしぶしでの記憶ってわりとあるけど、学生生活が終わってしまうと、区切りがなくなるからダラダラしてしまうじゃないですか。10年20年単位でだらっとしてしまうし、時の流れもどんどん早く感じてしまう。でもそこに子供という要素が入り込むと、強制的に子供の文化が入ってくる。そういった区切りがほしいから、子供がいたほうが面白いのかなと。

岡村　延々と続くモラトリアムからの脱出のために子供を育てる。

能町　そう。人生に波風を立てるために子供を作るのかなって。だから、これから先、ダラダラと続く人生に、どう区切りをつけるかというのは、考えてしまいますね。相当規模は小さくなりますけど、動物飼おうかなって（笑）。

岡村　僕も考えるときがあります。

能町　仕事場の1階に野良猫が住み着いていて、手なずけたから連れて帰りたいんですけど、3階に住んでるおばあちゃんがご飯をあげてるから、勝手に自分ちの猫にするわけにもいかないんですよ。

岡村　いいですよねえ。猫はいい。癒される。最近、猫動画ばっかり観てるから、おすすめでいっつも出てくるんですよ。あなたはどうせ猫でしょって（笑）。

何にも媚びません

岡村　じゃあ、いまは仕事がいちばん大事ですか？

能町　うーん。そうでもないんですよねえ。何が大事かなあ……。でも、ものを書くのが好きなんだろうなと自分では思うんです。仮にものを書く仕事が皆無になったとしたら、執筆欲が湧きまくると思うんですよ。もともとそんなに仕事がないときにブログを毎日書いたんです。何気ない日記だったんですが、それがやがて本になり、仕事になっていった。だから、文章を書けるということがいちばん大事なことだとは思います。

岡村　幸せですか？

能町　だと思います。岡村さんはどうですか？　いま幸せですか？

岡村　ある程度は。

能町　100でいうとどのくらいの幸福度ですか？

岡村　78……ぐらいですかね。

能町　あ、結構高い！

岡村　そうですか？　でも、仕事もプライベートも、いろんなことを含めて全部で78、ですよ？

能町　それって結構高いですよ。

岡村　能町さんもいまめっちゃ幸せだって言ったじゃないですか。

能町　「めっちゃ」とは言ってないですけど（笑）。

岡村　でも幸せなら、78ぐらいは余裕で行きませんか？

能町　確かに、いまは78とか80ぐらいはあります。ただ、人生のグラフがいままでずっと低かったんで、ようやくここまで上がってこれたなと。岡村さんは、いままでで最高、何点ぐらいにいったことがあるんですか？

岡村　87ぐらいですかね。

能町　かなり高いですね！

岡村　そうかしら。でも、定期的にありますよ、そのくらいは。

能町　ええっ？

岡村　そんなにビックリしなくても（笑）。エンタテインメントを生業としているので、人を喜ばせることができたとき、幸福度はグッと上がります。

能町　そうか、そうですよね。瞬間でいえば、それは私も90ぐらいまではありますね。「『週刊文春』で連載しませんか？」って言われたときは、90越え（笑）。すごくうれしかったですから。

岡村　でも、うれしかった文春にもビシッと言いましたよね。抗議で休載したこともあったし。それは正義感からですか？

能町　というより、パンク精神みたいな部分でしょうね。やっぱり、なんでもいいからやるっていう姿勢はイヤ。ものすごくカッコいい言い方をしてしまうと、「仕事なんていつでも辞めてやる」っていう（笑）。折れてまで媚びたくない、何に対しても。って、結局、相撲のことですけどね（笑）。

岡村　相撲のことになると熱いですよね。相撲はいつ頃から好きになったんですか？

能町　中学生ですね。若貴ブームの頃から。両親がチケットをもらって相撲を観に行ったんですよ。私は家で留守番してて、親がテレビに映るかもと思って、最初から最後まで相撲中継をちゃんと観て。そこからハマったんですよ。

岡村　なぜですか？

能町　理由はいろいろあるんですが、スポーツと伝統芸能のちょうど中間にあるということかなあ。

岡村　力士を好きになったりは？

能町　めちゃくちゃ盛り上がりますけど、それは恋愛じゃないんです。お相撲さんと付き合いたいとは思わないし。妄想はしますけど。妄想は、自分が自分ではないものとして想像するので、自分がこういう女性だったら、こういうお相撲さんと付き合いたい、ってことになるんですよ（笑）。

対談を終えて

何だかとっても幸せそうでした。充実した日々を過ごしているんだろうなあ、ということがすごく伝わってくる対談でした。そして、彼女のライフスタイル、いろんな人が影響を受けてトライする人が出てくるのでは？　流行っちゃうのでは？　とも。「恋愛はめんどくさい。結婚したほうがラク」という言葉は独身の僕にはズキンとくるもので、すごく印象に残りました。能町さん、最近は会えば溺愛する猫の話ばかりなんですけどね。

阿川佐和子が高倉健養女を直撃
週刊文春
進次郎の足を引っ張る滝クリの「金銭感覚」
貴乃花自伝のオフレコ部分
教師イジメを生んだ40代女教師の「恋愛感情」
ラグビー桜の戦士15の秘話
札幌虐待死2歳女児見殺しにした児童相談所長を直撃
週刊文春
学習院長を「出入禁止」
秋篠宮家悠仁さま教育の混乱
「これ以上、公務はできない」
紀子さまの自信喪失
半沢直樹 最終回直前
池井戸潤の世界
丸岡いずみ
完売御礼!!
週刊文春
祝
SWEAT PANT

川谷絵音

WHAT IS
HAPPINESS TO YOU?

川谷絵音

僕の人生がエンタメとして消化されてしまうならここで倒れないのもエンタメ

2020年2月

かわたにえのん
1988年長崎県生まれ。ミュージシャン。2014年「インディゴ ラ エンド」と「ゲスの極み乙女。」の2バンドでメジャーデビュー。17年には小籔千豊、くっきー！らとともに「ジェニーハイ」を結成。現在5つのバンドを掛け持ちしながらソロとしても活動中。

川谷絵音くんは気の置けない友人。「週刊文春WOMAN」編集部からのリクエストもあり、対談をすることに。それにしても、彼と文春は「あの騒動」で因縁があるわけで、いわゆる「文春砲」なるスラングも彼の騒動がきっかけになったとも。そんな彼が編集部に堂々と現れたときは、さすがにピリついたムードがあり、編集部員もドギマギしていたのは印象的でした。ということで、彼にとっての「幸福」とは。「あの騒動」のことも振り返りつつ訊いてみました。

川谷　もう、「週刊文春」は売上げの何パーかを僕に払ってほしいですよ、ホントに（笑）。

岡村　あはははは。

川谷　すんごい貢献したもん。

岡村　絵音くんとはプライベートでわりと仲良しで。出会ってからの期間も結構長いです。

川谷　知り合ったのは、２０１４年とかその辺でしたよね。もともと、うち（ゲスの極み乙女。）のドラムのほな・いこかが岡村ちゃんの大ファンで。彼女が仲良くなったのが最初。いまでは僕のほうが全然会うようになりました。

岡村　さて、絵音くんについて意外と知らないことがいろいろあって。僕は対談前にいろんな資料を読むんだけど、絵音くんってとてもエリートなんですね。国立の大学に進学して大学院まで行ってたって。

川谷　エリートではないですけどね、東京農工大学というところに行ってました。

岡村　勉強がめちゃめちゃできる。

川谷　親が教師なんで。高校の。だから家で勉強しなくちゃいけなかったんです。しかも、自分の部屋でやるとサボるから、親の目の前で、リビングルームで勉強しなくちゃいけなかったんですよ。

岡村　うわー！　何の先生？

川谷　世界史です。僕は理系なんですけど、世界史だけは高得点を取らないといけなくて。同じ高校ではなかったんですけどね。

岡村　理系って地頭が良くないといけない感じがする。

勉強は好き長崎は大嫌い

川谷　勉強は嫌いじゃないんです。子供の頃から勉強は好きで。常に勉強だけはやってましたね。勤勉なほうだったと思います。

岡村　なぜ、農工大へ？

川谷　東京の大学へ行ければなんでも良かった。高校がイヤすぎて。中高と全然いい思い出がないんです。お腹が弱くて、すぐ壊しちゃうんで、授業に出るのもイヤだったし。昔から、特に目立つ子供でもなく、ねじ曲がってたんです。ものすごく負けず嫌いだし。でも、コイツらよりもオレは勉強ができるっていう自負はあるのに、勉強ができるよりも腰パンしてるヤツのほうがエラいみたいな（笑）、中高生の頃ってそういうのがあるじゃないですか。中学で長崎市に転校したんですけど、めっちゃ田舎だし、学校は不良が多くてめちゃくちゃ荒れてたし。だから早く抜け出したかった。東京へ行こうと。私立はお金がかかるから国立、東京の国立で理系と考えて、農工大にした、ただそれだけ。何がやりたくてというのはないんです。

岡村　結構、転校してたんだ。

川谷　親が教師だから県内で異動するんです。生まれは松浦市、その後に佐世保市、そして長崎市。

岡村　長崎という風土は、自分に影響を与えたと思いますか？

川谷　いやあ……。田舎ってわりとどこもそうなんじゃないかと思うけど、他人の成功をあんまり良く思わない人が多いというか。

岡村　妬まれますか？

川谷　妬みはいちばん多いかも。

岡村　僕、全然関係ないのに長崎県人会に行ったじゃないですか。

川谷　へえ、そうですか。

岡村　って、あなたに誘われて行ったんですよ。

川谷　ああ、そうだそうだ（笑）。

岡村　僕、長崎には縁がないのに絵音くんに誘われ、長崎県人の集いに参加して。ああ、絵音くんは長崎出身を誇りにしてるんだなって。
川谷　あれは、東京で頑張ってる長崎の人たちの会なんです。東京で出会ってるんで、あんまり長崎という感じもしないし。僕は、もう地元には帰りたくないんです。
岡村　そうですか。
川谷　長崎というより、育った環境が合わなかったんですかね。
岡村　で、なぜ大学院へ？
川谷　大学3年のときに就活しようと思ったんですが、まったくやる気が起きなくて。スーツを着るという時点でイヤだったんです。人と同じことをするのもイヤだったし。とにかく、モラトリアム期間を長くしようと思って、大学院へ行くことにして。たまたま推薦が取れたんで、そのまま。
岡村　やっぱ、めちゃめちゃ頭がいいなあ。どんな研究を？
川谷　セラミックの研究を4年生の頃からしてたんです。酸化ジルコニウムを燃料電池に使うという。普通は温度が高くないと作動しないんですが、僕は温度を下げる研究をずっとやってたんです。
岡村　当時、音楽活動も並行してやってました？
川谷　そうです。大学で軽音部に入って、3年生の頃からミクシィで募った人とバンドをやるようになって。で、4年生でインディゴ・ラ・エンドを結成して。研究室に行きながらやってました。それもあったからモラトリアム期が欲しかったというのもあるんです。

ヒット曲が大好きだった子供の頃

岡村　音楽との出会いというのはどういうものでしたか？
川谷　長崎の五島列島に祖父がいて、「源ちゃん一座」っていう劇団をやってるんです。五島では結構有名で、歌や踊りや芝居や漫談のある劇団で。僕が3歳か4歳のとき、みんなの前でよく歌わされたんです。「川の流れのように」とか「一円玉の旅ガラス」とか。すると、結構歌が上手かったらしく、「音楽家になりなよ」と言われたのが最初です。

岡村 へえ〜。じゃあ、意識的に音楽を聴くようになったのは？

川谷 小学生の頃からですね。

岡村 どんな音楽が好きでした？

川谷 7つ上の兄と6つ上の姉がいるんですが、基本は兄ちゃん姉ちゃんが家で聴いてたやつです。T.M.Revolutionとか、久保田利伸さんとか。あとは、父が井上陽水さんが好きだったんで、「心もよう」がいつも流れてて。

岡村 音楽があふれてる家だったんだ。お祖父さんの劇団も含め。

川谷 そうですね。とにかく、小1の頃からずっと、J-POPの1位から10位までの曲を、TSUTAYAで毎週借りてたんです。だからJ-POPにはめちゃくちゃ詳しかった。毎週欠かさず、それを6年間ずっと続けてたんで。

岡村 絵音くんが作るものって、ポップでメロディアスで、人の心をギュッとつかむ音楽だなと思うんですが、子供の頃にヒットチャートを追いかけていたことが元にあるわけだ。当時はどんなベストテン・ソングを聴いてたんですか？

川谷 モー娘。が全盛期でしたね。バンド系だと、ミスチル（Mr.Children）、スピッツとか。あとはDo As Infinity、ゆず、ELT……。そのあたりが毎週ベスト10に入っていた、そういう時代だったと思います。

岡村 さっきの長崎県人会もそうだけど、僕は絵音くん主催の会に何度か呼ばれたことがあって。ミュージシャンだけでなく、お笑いの人やクリエイターや、ヒップな人たちがたくさん集まる会で。絵音くんって大集合が得意ですよね。

川谷　大集合（笑）。確かに、会を催すとどんどん人は増えます。

岡村　不思議なのは、絵音くんは会の首謀者であるにもかかわらず、冷めた感じというか、所在ない感じでいることなんですよ。

川谷　あはははは。

岡村　しかも、僕は絵音くんに呼ばれて行ったのに、「あれ？　なんで来たんですか？」って。

川谷　「なんで来たんですか？」までは言ってないですよ（笑）。でも、確かに、岡村さんがせっかくいらっしゃっても二言ぐらいしかしゃべらなかったかも（笑）。

岡村　放置されました（笑）。この人とこの人を引き合わせたらどうなるかの実験でもしてるの？

川谷　いやいや（笑）。連絡先を交換して、「今度飲みましょう」みたいなことを社交辞令で言う人、多いじゃないですか。僕は、ちゃんとそういう場をセッティングするし、いちいち呼ぶんです。するとちゃんと来てくれるんですよ、みんな。ああ、来てくれた、うれしいなって。僕はそれで満足しちゃう。「ああ、いい光景だな」と思いながらみんなの様子を遠くから眺めていたいんです（笑）。

岡村　子供の頃からそういうタイプでしたか？

川谷　小2ぐらいまではすんごくうるさい子供でした。でも、小3で暗くなりました。

岡村　なぜ？

川谷　自分に気づいちゃったんです。俯瞰で自分を見るようになって。なんか気づく瞬間があったんですよね。そこからヘンな自我が芽ばえるようになって。テンション上げて騒いだりするのは恥ずかしいと思うようになって。

岡村　じゃあ、クラスの中心人物ではなかったんだ。クラスの子を集めてお楽しみ会を催すとか。

川谷　まったくないです。こういうことをやるようになったのはつい最近、２０１７年からなんですよ。それまで僕、お酒自体あんまり飲んでなかったし。要は、16年にいろいろあって、人と会わないようになって。会わないの度が過ぎるぐらい誰とも会わなかったんで。５ヵ月６ヵ月、家に閉じこもっていたから、その反動なんでしょうね。とにかく、人と会いたい、話したいことがいっぱいある。人と話をする場が欲しかったんです。

僕の音楽を多面的に知ってほしい

岡村　絵音くんはバンドをたくさんやってるでしょ。インディゴ・ラ・エンド、ゲスの極み乙女。、ジェニーハイ（注：小籔千豊、くっきー！、新垣隆らと結成）。意識的に増やしているんですか？

川谷　自然に増えちゃった感じです。ジェニーハイは小籔さんに誘われたので僕が作ったバンドではないですけど、曲は作ってます。

岡村　音楽誌のインタビューを読むと、「売れる」ということにすごくこだわっているんだなと思ったんです。でも、「売る」こととバンドをたくさんやることはつながっているのかしら？

川谷　こだわってるってインタビューで言ってました？

岡村　そういう気持ちが滲み出ているように感じたんです。

川谷　たぶん、昔のインタビューじゃないかと思うけど、負けず嫌いな部分が出ていたんだと思います。よく思ってたんです、このバンドが売れるのに、僕のバンドが売れないのはなぜだろうと。それればっかり考えてた時期があって、それで曲づくりのやり方を変えてみたりしたこともあったんです。もともと僕が聴いてきたものはポップスだし、大勢の人に聴かれてこそのポップスだと思ってた。だから、「こんなにいい曲なのになぜもっと聴いてもらえないんだろう」という気持ちだったんです。

岡村　ものすごくいい天丼が出来たんだけど、めちゃくちゃ美味いからたくさんの人が食べるべきだし、食べてほしい、と。

川谷　そうですね。結局、遊びで始めたゲスがバーンと売れて、ああ、やっぱりこういうことなのかと。つまり、聴いてもらうキッカケをたくさん作ることだと思ったんです。インディゴはそんなに売れてなかったのに、ゲスが売れたことで一緒に底上げされて、いまでは中野サンプラザ2デイズを完売するし、国際フォーラムでワンマンもできるようになった。ゲスをやっていたら、いつの間にかそうなったんです。そして、ジェニーハイをやることで、ゲスやインディゴを聴く人もまた増えた。僕はそれを狙ってるわけじゃない。どれかがダメだとしても、他が売れれば底上げされる。それもダメならまた作ればいいという考えなんです。聴いてもらえる「面」を増やすというか。

岡村　見え方や視点、イメージをどんどん変える。

川谷　そう。だからいくらでも増やせるといえば増やせるんです。

岡村　やっぱ戦略家だなあ。

川谷　いや、戦略というほど深くは考えてなくて。僕は、毎日楽しいことをしたいだけ。楽しければそれでいい。でもその「楽しい」にするためにも、音楽を聴いてもらいたい。いい曲を作ってるからそれでいいとは思わないんです。たくさんの人に聴いてもらってナンボだと思ってるんで。僕がいろんなバンドをやっていることは、音楽好きは知ってるけれど、一般層はゲスで止まったまま。だから、ジェニーハイで「ミュージックステーション」に出たとき、お茶の間は「あれ？」となったと思うんです。前は、Yahoo!ニュースのコメント欄にいるような人たちとは一生わかり合えないと思ってましたけど、「アイツ結構いい曲作るじゃん」という再評価コメントが少ないけど増えたんです。ああ、こういう人たちを無視しちゃいけないなって。そもそも、たくさんの人に聴いてもらいたいというのは「傲り」じゃないですか。いろんな人種がいるのに、全員に聴いてもらおうとしてる時点で誤解も甚だしいというか。だから、ヤフコメにいるような人たちは自分には合わないと切ってしまうのではなく、そういう人たちにこそ聴いてもらいたいと。結局、ジェニーハイでそういったファンが増えたので、僕のやってきたことは間違いではなかったなって。

岡村　それは何ていうんだろう、迎合的なニュアンスですか？

川谷　いや、迎合してるつもりはないです。聴いてもらうために音楽性を下げているわけでもない。というか、ゲスだって、もともとすごく変な音楽なんです。でも、やりたいことをやって、それが受け入れられたわけですから。

岡村　すごくポップだし、キラキラしてるし、詞もオリジナリティがありますもんね。

川谷　だとしたら、変えなくていいのかなと。例えば、いまヒットしてるキングヌーだって、いったらかなり音楽的じゃないですか。それが万人に受け入れられている。米津玄師もそう。未来は暗くないなと僕は思っているんです。

人を信じないより信じたい

岡村　もうひとつ、絵音くんの謎があって。そうやって死ぬほど曲を作り、死ぬほどバンドをやっているのに、ソロアルバムは絶対に作らないでしょ。なぜですか？

川谷　こういうのもなんですが、バンドではあるけれど、僕のソロみたいなものでもあるんです。昔、インディゴを出す前、自分名義で作ったことはあるんです。自前で手売りしたので枚数も限られていたものでしたけど。でもまあ、これからもバンドでいいかなって。

岡村　川谷絵音という名前でアルバムを出すのがイヤですか？

川谷　イヤというか、自分の名前が先立ってしまうと、どうしても音楽以外に焦点がいってしまう。先入観なしで聴いてもらいたい、ということなんでしょうね。まあでも結局バンドという形態が好きなんですよ。

岡村　ところで、最近の絵音くんの恋愛ってどんな感じですか？

川谷　まあ、落ち着いてるというか。なんだろう……ちょっと疲れちゃいました（笑）。

岡村　でも、モテるんでしょ？

川谷　そんなのないですよ。

岡村　そうですか？

川谷　ないっす、ホントに。インディゴの曲って失恋の曲ばっかりなんですけど、ずーっと悲しい思い出のまんまここまできてるというか。ずーっとそういう曲ばっかり書いてるから。

岡村　へえ〜！

川谷　そもそも失恋から始まったバンドなんです、インディゴ・ラ・エンドは。大学のときの失恋が元で。時を経て、対象が変わるときもあるんですが、結局、戻るのはそのときのことなんです。

岡村　忘れられない恋だった？

川谷　思い出って、時間が経つとどんどん濃くなっていくじゃないですか。しかも、それを曲にすることで、どんどん美化するし、ファンの人も思い入れがあると言ってくれて、ライブでもやったりするうちに、ああ、ものすごく大きな失恋だったんだなと思ってしまう。ホントはそこまでじゃないかもしれないんですけれど（笑）。

岡村　どんな女性が好きなんですか？　タイプとかあります？

川谷　気づいたんですけど、タイプってあんまりないんですよね。

岡村　自分からアタックします？

川谷　それはほぼほぼないです。もともと恋愛経験豊富でもなく。週刊誌に追いかけられたやつぐらいしかないんですよ、本当に。やたらと恋愛してるみたいに言われますけど、ないんですよ。

岡村　恋多き男ではない？

川谷　数少ない恋愛がクローズアップされただけ。それだったらもっとバンバン撮られてます（笑）。

岡村　ちなみに、文春に追いかけられたときはアタマにきました？　編集長があのときのことを聞けと言うので聞きますけど（笑）。

編集長　横から急にすみません。当時、私は「週刊文春」でデスクをやっていたんです。その節は大変お世話になりました。

川谷　ホントですよ（笑）。これ、ちゃんと書いてもらいたいんですけど、バイク8台くらいで追いかけられたんですよ。あれは酷かった。ほとんど犯罪でしたよ、あれは。そんな追いかけてどうするのっていう。

岡村　文春、怖いなあ（笑）。

川谷　でも、そういうのに慣れてくるとうまく撒けるようになるんです。駐車場に入って別の車に乗り換えるとか、出口がいっぱいあるところで車を降りて走って逃げるとか。負けず嫌いなんで、絶対突撃させないぞって（笑）。

編集長　あの頃、記者が電話すると、いつも出てくれましたよね。ちゃんと話をしてくれるから、こっちもだんだん川谷さんファンになっていっちゃって（笑）。

岡村　おー、やはり人たらしですね（笑）。

川谷　いつもかかってくる記者さんの電話番号、登録してたんです。「文春記者●●さん」って。女性だったんですけど、しゃべり方がいいなと思って。電話がくると、あ、来た！　出よう！　って。電話が取れなかったときは折り返したこともあるし。話し相手になってもらってたんです。あの頃、家にずーっと籠もってたからヒマだったし、しゃべる相手もいなかった。家族でもない、友だちでもない、顔も知らないアカの他人だからしゃべりやすかったんだと思うんです。翌週にはしゃべった内容がしっかり記事になってましたけど（笑）。

岡村　女性不信に陥ったりすることはなかったですか？

川谷　女性というより人間不信に陥りました。週刊誌がどうのというより、自分の周りにいる人の方が怖かった。次々に個人情報が売られたりするのはキツかったですね。

岡村　でもいまは、大集合できる仲間がたくさんいるでしょ。

川谷　やっぱり、人を信じないより信じたほうが楽しいじゃないですか。信じて裏切られることもあるけれど、自分が裏切ることもあるだろうし。信用できる人は信用したい。人を疑ってかかるのはやっぱりさびしいじゃないですか。

岡村　性善説ですよね。人を信じたほうが楽しく生きていける。

川谷　結局、能天気なんでしょうね、僕は（笑）。

音楽をやることが幸福への道

岡村　では最後に、この対談は「幸福」がテーマなので、絵音くんにとっての「幸福とは？」を聞きたいです。

川谷　幸せかあ……。日々、すごく小っちゃなことで感じますけど、やっぱり、ライブに人がいっぱい来てくれたりすることがいちばんです。ああ、オレは恵まれてるなって。僕の音楽を聴くのは非国民扱いをされていたときもあるのに、こんなにたくさんの人が聴いてくれるんだなって。音楽ってやっぱりすごいなって。自分が生みだしたものというより、音楽自体の力がすごい。音楽をやってて良かったなって。それはしょっちゅう思います。岡村さんは？　音楽やってて良かったと思いませんか？

岡村　僕は、音楽以外の人生は想像つきませんもの（笑）。でも、絵音くんはめちゃめちゃ頭がいいから何をやっても頭角を現したでしょうね。政治家にもなれると思う。

川谷　それは無理です。

岡村　政治に興味がないからでしょう。興味を持てばできちゃうと思う。人たらしだし。だって、ビズリーチからめっちゃ連絡がくるって言ってたじゃないですか。

川谷　あはははは。いろいろあったときに、音楽以外の道も考えなきゃいけないのかなと思って登録したんですよ。そうしたら、めっちゃメールが届く。一瞬、面接に行こうと思ったこともあったけど、いやいや違うでしょと思い直して（笑）。いまでもメールは来るんです。社長を募集していたりして面白いから解除してないんです。そろそろ迷惑メール設定にしようと思ってますけど（笑）。

対談を終えて

文春と絵音くん、どうなるだろうとヒヤヒヤしましたが、編集長が横から出てきて「その節は大変お世話になりました」と言ったのは面白かった(笑)。とにかく彼は、どんなに最悪な出来事もいい方向へ進むよう瞬時に舵を切ることができる人。文春編集部員もファンにさせてしまうし、バンドもたくさんやって「結局、絵音くんって何なの?」ってわからなくさせてしまう。とってもクレバーな人なんです。そこが彼の魅力なんですよね。

WHAT IS
HAPPINESS TO YOU?

小林麻美

残りの人生を考えたとき
ここで私自身を
解放してもいいのかなって

2020年5月

こばやしあさみ
1953年東京都生まれ。モデル、俳優、歌手。17歳で歌手デビュー。CMなどで人気を得る。84年松任谷由実が日本語詞を担当したカバー曲「雨音はショパンの調べ」が大ヒット。91年極秘出産と結婚を発表し引退。2016年芸能界に復帰。

1980年代のある時期を、アンニュイでデカダンな色気で席巻し、結婚を機に表舞台から去ってしまった女性。僕にとって小林麻美さんはとてもミステリアスな存在で、彼女の秘密は一生明かされることはないだろうと思っていました。が、2016年、25年の時を経て突如カムバック。昔のイメージのまま再びメディアに出るように。彼女はなぜいなくなり、なぜ再び登場したのか。彼女の生い立ち、芸能界へ入るきっかけ、結婚。小林さんの半生を訊きました。

小林　私の長いキャリアでも文藝春秋社に来たのは初めて。ほかの出版社はすごくあるのに、ここだけは（笑）。なんかドキッとするじゃないですか、後ろめたいことなんてな〜んにもないのに（笑）。

岡村　この対談は「幸福」について聞くものなのでご安心ください。

小林　良かった（笑）。

岡村　以前、別の雑誌で『結婚への道』という対談連載をやっていたんですが、これはその発展系で。僕、結婚したことがないんですよ。

小林　ゼロ？

岡村　ゼロです。だからこそ、なぜみんな結婚するのかを知りたかった。結婚した人、離婚した人、1人で生きている人、同性愛の人、いろんな人の話を聞いたんです。

小林　結論は？

岡村　当たり前ですが、結婚＝幸せの形ではないんだなと。だから、ますます結婚がわからなくなりました（笑）。ただ、お子さんがいらっしゃる方のほとんどが、「とにかく子供だ」と。子育てを通して得がたい経験ができるのがいい、それが幸せであるとおっしゃって。

小林　その通りだと思います。子育ては最高。私もそう。子供の存在はすごく大きかった。

25年間、遮断された世界で

岡村　小林さんのオーラル・バイオグラフィー（延江浩著『小林麻美　第二幕』）を読みました。60〜80年代の東京のカルチャーが六本木のレストラン「キャンティ」を中心に描かれていて興味深かったです。

小林　ありがとうございます。

岡村　小林さんは、高校生の頃に芸能界に入られましたが、スカウトされたのがキッカケだったと。

小林　そう。それが15ぐらいの頃。で、仕事を始めたのが17。いくつかCMをやって、18で歌手デビューするんですが、売れなくてやめて。ハタチ前ぐらいからモデルをやるようになって。そこでようやく開花した、そんな感じかな。

岡村　資生堂やパルコのCMで一世を風靡して、ファッションアイコンになって、ドラマや映画でも女優として活躍して。そして、30代後半で所属事務所社長だった15歳年上の田邊昭知さんと結婚された。以後25年ですか、表舞台に出ることは一切なかった。本にも書いてありましたけど、田邊さんと出会わなければ、いろんな恋愛をして「大女優」になる道もあったのかもしれない、と(笑)。

小林　そんな、「大女優」は言い過ぎ(笑)。10代の頃の私は結構奔放だったんです。だからもし、20代の初めに主人と出会わなければ、奔放なまま年を重ねたでしょうし、そのほうが女優としては大成したのかもしれないなって、そういう意味。ただ、いまも自分の中にはそういうファクターはあると思う。奔放というところは。

岡村　でも、「そうじゃない人生」を選ばれました。

小林　結果的に。それは、彼に言われたからではなく、自分が「そうしよう」って決めたんです。「この人で貫き通す」と決心してこの生活に入ったので。そこはずっとブレなかった。とにかく、子育てがホントに楽しかった。いまはもう息子も独立しましたが、子育てを必死にやっていたあの頃がいちばん幸せだったと思うほど。

岡村　本でもそうおっしゃってますね。「最高の25年間だった」と。

小林　もちろん、子供が病気になったとか、言うことを聞かないとか、みなさんそうですが、大変だったこともあるんです。でも、振り返れば、なんて贅沢な時間だったんだろうって。主人には本当に感謝しているんです。子供のことだけを考え、子供の生活を第一にするのを許してくれましたから。

岡村　しかし、まるで消えてしまうように家庭に入られたでしょ。僕らからすれば、人気絶頂で突然いなくなっちゃって、なぜ？　っていう感じだったんです。

小林　やっぱり、何かを得るためには何かを捨てなければいけなかった、私は。実際、そうだったし、結果、それで良かった。あと、子供が生まれたとき、主人に言われたんです。「子供はおもちゃじゃないし、ファッションの道具じゃないんだぞ」って。そんなことはこれっぽっちも思ってない！って思いましたけど、でも、どこかでそういう気持ちはゼロではなかったのかもしれない。だから、そこからはもう何も考えず、子供のことだけ。変な言い方ですが、25年間、遮断された世界で暮らしていたんです。芸能界の友達とも一切連絡を断って。自ら望んでそうしたんです。子供の学校の友達とか、ママ友とか、そういう人にしか会わなかった。会いたいという気持ちも起こらなかったなあ。

岡村　大親友のユーミン（松任谷由実）さんとも連絡を取らなくなってしまったそうですね。

小林　彼女は音楽界のスーパースター、私は主婦。住む世界が違い過ぎると思ったんです。私はもう連絡してはいけないなって。

岡村　だけど、ご主人は芸能界のど真ん中にいる。まったく関わらないわけにもいかないでしょ？

小林　一切ないんです。彼の会社にも行ったことがありませんし。息子もそう。仕事の関係者とは交わることがないんです。

岡村　へえ〜！

小林　だから余計、そういった世界からは隔離されていたというか。息子の学校とママ友と近所のスーパーと私の実家、それが自分のテリトリーでずっと生きてきた。でもそれがとっても楽しかった。

岡村　奔放だったとおっしゃいましたが、もともと少女時代から好奇心が旺盛で。スパイダースやタイガースといったGSが大好きで、追っかけをしたり、米軍基地へ遊びに行ってはいろんな人と交流して。映画やファッション、音楽が大好きだったそうですね。

小林　そう。大好き。

岡村　子育て期間中も、音楽を聴いたり映画を観たり、カルチャーに触れることはしていました？

小林　まったくないんです。流行った音楽も知らなければ、テレビで流行ったドラマも知らない。子供と一緒に観る番組しか観ないんです。だから、後で知ったんです。こういうのがあったんだあって。まるでエアポケットのようにその時代がない。恥ずかしいほど何も知らない生活でした。

岡村　とはいえ、少しは自分の時間もあるでしょ？　そういうときは自由なんじゃないですか？　好きなロックを聴くとか。

小林　全然。子育て以外に興味がわかなかったんでしょうね。だから、その反動で、最近は、再発されたロックのCDをクルマでガンガン聴いてるんです（笑）。

岡村　よく、バリバリ働いていた人が突然子育てに入ると、「本当の私はこれじゃない！」って思うことも多いと聞きますけれど。

小林　私は、37で子供を産んでるんです。それまで、好きに暮らしましたし、仕事でもプライベートでも海外にもよく行きました。やり尽くしたとまでは言いませんが、ある程度のことはできたのかなって。だから、その後も仕事を続けたい、という気持ちはなかったのかな……。うん、なかった。だから子育て中心の生活に切り替えることがつらくなかったんです。

退廃の美に惹かれ恋愛では父性を

岡村　小林さんの子供時代は結構孤独だったそうですね。

小林　そうなんです。

岡村　お父さんは外に恋人がいて帰って来ない、お母さんは美容師として忙しく働いていて。小林さんの「子供中心」は、そういう家庭環境も影響していますか？

小林　反面教師かもしれませんね。子供より自分の人生を謳歌する親だったので、私はいつも1人でした。でも、それが心の傷になったということではないんです。1人だったからこそ自由奔放でいられたし、そこで培ったものもすごく多かった。放っておいてくれてありがとうって感謝してるんです、いまとなっては(笑)。だけど、学校から帰ったら母には家にいてほしかったし、土日は父と一緒にどこかへ行きたかった。お小遣いなんていらないから、そういう生活をするのが夢だった。

岡村　しかも、10代の頃は病気がちで入退院を繰り返されていた。そういった部分も人格形成に影響を与えたと思いますか？

小林　でしょうね、振り返れば。

岡村　というのも、小林さんって、どこか陰があるんです。今回、お会いするので小林さんが出ていらした80年代のCM集を改めて観たんですが、憂いのある表情が多いんです。アンニュイというか。そもそも「アンニュイ」という言葉は、小林さんのイメージとともに流行りましたし、ユーミンさんが作詞した「雨音はショパンの調べ」も小林さんの憂いのある歌声とともに大ヒットした。こうしてお会いしてみると、とってもサッパリした楽しい方なのに（笑）。

小林　せっかちなんです、私。大田区大森の下町育ちなんで（笑）。

岡村　江戸っ子ですよね。

小林　結局、暗いイメージで、と注文される仕事が多かったからなんですが、根がそうだから、というのは多分にあるでしょうね。15、16の多感な頃は、ずっと病院で過ごしていましたし。悪い病気だといわれ、もしかしたら死んでしまうのかもしれないと思いながら。しかも、両親は自分のことに忙しい。母は毎日来ましたが、父はまったく。病院でも1人。そのときの心の形成が、後々の仕事に「役立った」のかなって（笑）。

岡村　何の病気だったんですか？

小林　最初は神経性の胃潰瘍。それから骨髄炎という足の骨の病気になって。で、その治療が原因で肝炎になってしまった。院内感染。

岡村　それは大変だ。

小林　ある種の死生観がそこでつくられました。だから、10代のときに惹かれた映画や音楽って、暗くて陰のあるものばっかり。ルキノ・ビスコンティの耽美的な映画とかにすごく惹かれたし。

岡村　『ベニスに死す』的な世界観ですよね。独特の色気がある。

小林　そう。滅びゆくものの美しさ。退廃の美学。そういった趣味嗜好っていまも変わらないんです。最近観た映画で『コールド・ウォー　あの歌、2つの心』っていうポーランドの映画があるんですが、めちゃくちゃ暗い。人生の中でも1位2位を争う暗さ（笑）。でも、すごく好き。そういう系統のものがピピッと琴線に触れるんです。探知犬みたいに「あ！」って。だから、岡村さんの音楽もそう（笑）。送っていただいたアルバムを聴いたんですが、聴いた途端、めっちゃ好きになりました。

岡村　ホントですか！

小林　私、踊り出しちゃったもの（笑）。突然狂ったように踊り始めたから犬がビックリしちゃって。すっごくカッコ良かった。すっごくセクシー。GOOD！（笑）

岡村　それはうれしい！

小林　ジミ・ヘンドリックスとかプリンスとか、ちょっと危ない香りのする人が大好きなんです、私。MIYAVIさんとかね。若かったら私もタトゥー入れちゃうかも！　ってぐらい（笑）。

岡村　ははははは。

小林　そういうタチなんです。

岡村　本によれば、そんなお父さんへの愛憎入り交じる思いが、ご自身の恋愛観をつくったのかもしれないと。やっぱり恋愛では父性を求める感じでしたか？

小林　それはあったと思う。だから結局、ファザコンですよね。

岡村　包容力のある人が好き？

小林　包容力……。逆だと思うんですよ（笑）。ただ、強い人が好きというのはありました。

岡村　付き合ってきた人の傾向はだいたい似ているんですか？

小林　ハタチで主人と知り合ったので他をよく知らないんです。10代の頃は奔放でしたけど、10代の恋愛だから、同級生の子と楽しく遊んでいただけ。でもやっぱり、ちょっと陰のある人が好きだったかな。いちばん最初のボーイフレンドはドイツと日本のハーフ。お父さんが日本に亡命してきた人で、なんともいえない独特の暗さを纏ってた。ロックを聴くようになったのも彼の影響。男の人の影響を受けやすいんです、私（笑）。

岡村　「染まるタイプ」ですよね。

小林　染まります（笑）。

岡村　極道の奥さんになったらいい「姐さん」になれるかもって。

小林　そういうところは昔女優だったのでね（笑）。やっぱり、退廃の美学じゃないけど、ちょっと陰があったり悪かったり、ミステリアスだったり、どこかつかみきれない人に惹かれてしまう。だからきっと、私のことを大好きって言ってくれて、一生幸せにしてあげるよ、なんて言われたりしたら、「ああ、じゃあもういいです」ってなるのかも（笑）。追っても追っても完璧に自分のものにはならない、だからこそ憧れるんでしょうね。そう思う。でも、恋ってそういうものじゃないですか？

岡村　ありますよね。

小林　ね？　そんな感じでしょ。簡単に振り向かれちゃうとね。

岡村　その根本は、やはりお父さんが「自分のものにはならない」存在だったからなんでしょうね。

小林　うちは本妻で、「二号さん」じゃない。でも、「パパは今度いつ来るの？」っていう感じだった。だからこそ余計に追いかけたし、好きだったんだと思う。

岡村　じゃあ、恋をすると、積極的にアタックするのではなく？

小林　待ちます。ずっと待ってる。

岡村　田邊さんとは結婚まですごく長くお付き合いをされましたよね。十何年も。なかなか難しいと思うんです、そんなに待つのは。

小林　やっぱり、小さい頃から「待つ」ことが苦じゃなかった。母もなんだかんだいって、最後まで離婚をせずに父を送ったわけですし。なんだろう、自分でもよくわからないんですが、好きだったから「待った」んだと思うんです。「戻るに戻れない」というのもあったのかもしれないけれど。

岡村　本にもありましたね。結局、彼を超える人が出て来なかったと。すごく魅力的な男性なんですね。

小林　魅力的です。非常にモテる人ですし。ただね、「私、待ってます」ということでもなかったと思うんです。気がついたら、「え、私、もう35じゃん？」というのが正しいと思う。ただ、32ぐらいのときは、この先どうなっちゃうんだろうというのは思ってた。その頃は若かったし、結婚に夢もあったし。幸せな家庭を築きたいという夢がありましたから。

岡村　それは伝えていたんですか？　結婚したいということは？

小林　いえ、彼は、自分の人生に結婚はないと言っていたし、私も、結婚だけが愛の形だとは思ってなかった。ただ、子供はほしかった。女性にはタイムリミットがあるし、私の頃は37でも「超高齢出産」といわれた時代。30代半ばになると、子供がほしいと思いつめた時期もあって。でも、あるとき達観したんです。結婚する1年ぐらい前だったかな、子供のいない人生でいいじゃないって。ふと、自分の中で決心したんです。クルマを運転しながら。そうしたら、その後、思いがけず、子供ができて。これはもうぜったいに産もうと。結婚なんてしなくてもいいからって。

岡村　田邊さんって、どんな方ですか？　精神的にすごく影響を受けたと本にはありましたけど。

小林　影響されましたね。とにかく名言の多い人なんです（笑）。私がまだ十分若くてきれいだった盛りの頃、「若さなんてあっという間になくなる。それを肝に銘じて生きなさい。60でも70でも80でも魅力のある女性でいるためにブラッシュアップを続けなさい」って。

岡村　「子供はおもちゃじゃない」もそうですが、心に重く響く言葉です。あと、本にもありましたが、「虚と実を華麗に行き来しなさい」もすごい言葉だなって。

小林　名言おじさん（笑）。それでいえば、岡村さんの音楽は「虚と実」を行き来してる感じがすごくする。岡村さんは、どういう音楽を聴いて育ったんですか？

岡村　いろんなものが好きでした。プリンスももちろん好きでしたし、マイケル・ジャクソンも、ビートルズも大好きでしたし、松田聖子さんのような歌謡曲も好きでした。『ザ・ベストテン』をよく観てましたから、その影響をすごく受けてるんです。そういう世代ですね。

小林　私も歌謡曲は大好き。カラオケに行くと、松田聖子さんの「SWEET MEMORIES」はよく歌うんです。テレサ・テンさんの「つぐない」、石川さゆりさんの「天城越え」とか。八代亜紀さんの「舟唄」は聴くだけで涙が出ちゃう。あと、ユーミンはもちろん好きですけど、中島みゆきさんも大好き。20代の頃は、「悪女」をよく聴いて泣いてたのね（笑）。

岡村　「私のことだ！」（笑）。

小林　そうなの。「これは私のための曲だ！」（笑）。

30年ぶりに友情を復活

岡村　そして4年前、突然ファッション誌の表紙を飾って復帰して。センセーショナルでした。25年前とイメージが同じで驚いて。カッコよく年を重ねたんだなって。

小林　ドキドキだったから、うれしい。そう思ってもらえると。

岡村　やっぱり、女性が憧れる女性だなと改めて思いました。小林さんの視線って、男性に向いてないんですよね、昔から。女性なんです。女性だけを見てる。

小林　するどい（笑）。確かにそう。カッコいい男性ではなく、カッコいい女性が大好き。それは例えば、太地喜和子さんとか加賀まりこさんとか、あるいは、ジェーン・バーキン、ドミニク・サンダ、シャーロット・ランプリング。

岡村　シャーロット・ランプリングはいまもめちゃめちゃカッコいいですよね。僕も大好き。

小林　シワが結構あるんですが、それが美しいしカッコいい。そういう女性に憧れちゃうんです。

岡村　そして、ユーミンさんとの友情も何十年ぶりかに復活されて。

小林　「キャンティ」でね。

岡村　ユーミンさんとの最初の出会いもキャンティでしたよね？

小林　ハタチの頃。当時は、事務所がキャンティの向かいにあって、社食のように毎日通っていたんです。そこで出会って仲良くなって。

岡村　同い年ですよね？

小林　そう、学年が一緒。ついでにノリも一緒で、以心伝心でつながってる感じというか。「じゃ行く？」「うん行く」って、2人で買い物をしまくって、キャンティでご飯を食べて、おしゃべりして。実は昨日も電話で話してたんです。ユーミンが「いま曲を作ってるけど、なかなか詞が書けなくてつらい」って。「あの頃のユーミンも、私書けない！ってよく泣いてたよね」って言ったら、「うん、いまも泣いてる」って（笑）。

岡村　いい話（笑）。

小林　古き良き時代を一緒に生きたって感じかな。だから、去年、30年ぶりにユーミンに再会したとき、すごく不思議だった。まったく違う世界で過ごしていたのに、キャンティのいつもの席に座った瞬間、「先週も一緒にここでご飯食べたよね」って一気に時間が巻き戻ったの。「じゃあ、いつものを食べよっか」って。

岡村　ユーミンさんも小林さんも、「連絡を取り合わなくても心の中ではつながってる」とお互いにずーっと思っていたそうですね。

小林　思ってた。「いつかまた交わることがあるはず」って。だから30年ぶりのキャンティは涙、涙。

岡村　ところで、なぜ、「第二幕」を開けようと思いましたか？

小林　ここで私自身を解放してもいいのかなと思ったのが正直な気持ちかな。残りの人生を考えたとき、ずっと家にいる生活から、もっと可能性を広げてもいいのかなって。こんな人生もある、あんな人生もあると、いまは選択肢がいくつかできたかなというところです。女性って、結婚して子供が生まれるとキャリアを捨てる人が多い。いまは両立する人も増えたけど、私の世代はあきらめる人がほとんど。でも、自分のキャリアって少しでもあれば、それはまた違うカタチで生かせるときがくると思う。その年齢なりにね。そういう希望を持ってるんです、私は。

岡村　息子さんは応援されてますか？　お母さん、きれいだよとか。

小林　ははははは。そんなこと言うわけないじゃない（笑）。

岡村　息子さんはどんな人です？

小林　やっぱりお父さんに似てるかな。厳しいことをバシッと言うんです。「お母さん、その服、みっともないよ」とかね（笑）。母と息子ってそんなものだと思う。どうですか？　父と息子って？

岡村　僕ですか？　どうかしら。父はとてもしっかりした人なので対照的な部分が多いかと思いますけれど。

小林　うまくいってますか？

岡村　僕、50過ぎですから（笑）。父も80に近づいていますし、思いやりの気持ちでいっぱいですね。

小林　そうか。岡村さんぐらいの年になると思いやれるんですね。

岡村　父はコンサートにもよく来てくれますし、余生を楽しんでほしいなって。たまに旅行とかも2人で行くんです。京都へ行ったりニューヨークへ行ったり。

小林　仲いいじゃない！

岡村　仲いいですよ（笑）。

小林　そうかあ。うちはまだまだぶつかり合うことが多いんです。

岡村　田邊さんは現役バリバリですもの。僕も父が現役の頃は軋轢（あつれき）みたいなものもあったかもしれません。でもいまは穏やかです。

小林　いつか仲良く2人で旅行できる日が来るんですね？

岡村　絶対に来ます。

小林　息子が岡村さんの年になる頃、主人は100歳超えちゃうんですけど（笑）。

岡村　大丈夫。長生きします。

対談を終えて

「強い人」というのが率直な印象です。家庭に入って仲のいい友人との交流も一切断つ、なんて並大抵のことではできません。でもそれは自身の「幸福への道」を揺るぎないものにするため。強い信念を感じました。ところで、小林さんの『CRYPTOGRAPH～愛の暗号』(1984年)というアルバムは、彼女の親友ユーミンさんのプロデュース。ユーミンさんは他アーティストのプロデュースをほとんどしないので稀有な作品なんです。

通訳：張克柔
コーディネート：近藤弥生子

WHAT IS
HAPPINESS TO YOU ?

オードリー・タン

性別も政党も最も勢力がある2つがすべてではないのです

2020年8月

オードリー・タン
中国語名は唐鳳。1981年台北生まれ。両親は元新聞記者。IQ180超。14歳で中学を中退。プログラミング言語「パール6」の開発に大きな役割を果たし、19歳でシリコンバレーで起業。2016年台湾政府のデジタル担当大臣に就任。22年には数位発展部の大臣に就任。

2020年、夏。世の中はコロナ真っ最中。ふと彼女の話を訊きたい！　と思いました。台湾のデジタル担当大臣（当時）、オードリー・タンさん。トランスジェンダーであることを公表し、天才プログラマーであり、コロナ禍においては、国民全員にマスクが行きわたるシステムを構築、台湾におけるコロナ感染拡大を防いだことで話題となりました。編集部にリクエストをしたところオンライン対談が実現、オードリーさんのユニークな人間像に迫ってみました。

岡村　こんにちは、はじめまして。今日はよろしくお願いします。

オードリー　こちらこそ。お会いできて光栄です。

岡村　僕はエンタテインメントの世界にいるのですが、今、日本のエンタメ界は深刻なフェーズに直面しているんです。コロナの影響で音楽イベントが軒並み中止となり、コロナがいつ収束するのかもわからないので、再開のめども立たず、業界全体が混乱し、前に進めなくなっているんです。台湾のエンタメはどうですか？　コンサートやイベントはいまだできない状況は続いているんですか？

オードリー　今、市中感染がない状態なので、スポーツやエンタメを含むすべてのイベントは通常開催になっているんです。

岡村　そうなんですか。すっかり元にもどってる感じですか？

オードリー　もちろん、入場のときの検温、手指消毒、マスク着用は、基本中の基本で、そういった対策をとった上で、です。キャバクラやクラブのような夜の街の店も、存在を抹殺する必要はありません。これまでのような濃厚接触はできないですが、営業しています。お客さんは記名制ですが実名でなくてもいい。その代わり連絡先は残してもらっていますね。

岡村　コンサート会場には、お客さんは普通に入っていますか？

オードリー　入っています。室内では、席を1つ空けて。そうじゃない場合は、マスク着用で満席にすることもあります。アウトドアの場合は、1mのソーシャルディスタンスを守っていれば制限なし。まったく元通りではありませんが、エンタメ業界の被害はだんだん少なくなっています。

岡村　オードリーさんの活躍のおかげですね。日本とは全然ちがう。

オードリー　日本のようにまだ市中感染が見られる状況ではイベントを開催するのは厳しいと思います。でも、テクノロジーで解決できることもあると思っていて。台湾は今、国内全域どこでもWi-Fiを無料で使えるので、国民のインターネット環境がもっと充実すれば、バーチャル・リモート・イベントもできるかもしれない。

岡村　新しいカタチのエンタテインメント、ということですか？

オードリー　そうです。「XRスペース」という、誰でも簡単にバーチャルの空間づくりができるようなソフトがあって、それが普及すれば、これまでイベントができなかったような、山や海辺、川辺でも娯楽が生まれるかもしれない。台湾には、「顔と顔を合わせると情が3倍湧く」ということわざがあるんです。ただ、マスクをつけたりリモートやオンラインになると、3倍どころか1倍にもならなくて、情がどんどん隔離されてしまう。テクノロジーの進化で、どれだけその情を補えるのか、2倍、2・5倍と、もともとの3倍までどう近づけるかという工夫を考えていかなければなりません。

岡村　ちなみにオードリーさんには、コロナの収束のシナリオは見えているでしょうか。

オードリー　長い目でみなければと思っています。台湾には、「国家チーム」という概念があるんですね。国民は台湾というチームの一員という考え方ですが、これからは「マスク国家チーム」なのだと言っています。国民全員が、いつマスクを外せるのかという考え方を捨て、ニューライフスタイルを、新しい日常を心に刻まなければならないと。これからの私たちはマスクをつけ、生きていくんだという考え方に変わらなければならないということなんです。

岡村　オードリーさんはさまざまなインタビューで、カナダのソングライターで詩人でもあるレナード・コーエンの歌「Anthem」の一節をよく引用されていますよね。「すべてのものはひび割れている。しかし、そこのひび割れからは光が差すだろう」と。今、光が見えている感じはしますか？

オードリー　今、私に照らされている光は、ノートブックパソコンの画面の光と、机の上にあるライト、という状態です（笑）。

性別は「無」
IQ180は身長でしょ

岡村　ここからは、オードリーさんご自身のことをいろいろお伺いしたいと思います。まず、子どもの頃のことについて聞かせてください。オードリーさんは、生後8カ月で言葉を話し始め、小学1年生で連立方程式を解き、8歳でコンピューターのプログラミングをマスター、14歳で中学校を中退、アメリカの大学教授たちとインターネットで直接やりとりされるようになった、と聞いています。同年代の周りの人たちと理解し合えない、話が合わない、そういった苦悩もあったんじゃないかと想像するのですが、どうでしたか？

オードリー　悩むことはなかったですね。ＩＱ180と言われることも、それは身長のことでしょって（笑）。人よりも身長が高いことのほうがＩＱよりもはっきりしていますから。

岡村　そして、トランスジェンダーでいらっしゃる。20歳のときにホルモン検査を受け、自分は男女の中間にいることがわかったと。ご両親にそれを伝えることに躊躇はあったりしましたか？

オードリー　ありませんでした。本当に普通に、今までとは違う性別でもう一度やり直します、と伝

えただけです。その頃はもう成人していましたし、男性として生まれ、男性として成人していたわけですけれど、今度はオードリーという女性としての思春期を、これからもう一回経験しますと。

編集部　編集部からも質問をしていいでしょうか。ご両親は新聞記者出身で、「男はこうあるべき、女はこうあるべき」という教育をされてこなかったそうですが、そういった影響も大きいですか？

オードリー　親が教えてくれたことは、「右利きになったほうが便利だよ」ということだけで（笑）。小1の頃、私は左利きだったんですが、親が学校の先生から「右手でも書けるようにしてください」と言われたんです。当時、左利きに対するイメージがあまりいいものではなかったし、パソコンを含め、あらゆる道具が右利きに向けて作られている。「左利きだけでやっていくと損をするよ」と親にすごく言われたんです。「そうか、私は右手も使わないとダメなんだ」と一生懸命練習して。それに関してはジレンマがすごく強かったので、今でもはっきりと覚えているんです。でも、トランスジェンダーであることに関しては、親から何も言われていませんし、普通にサポートしてくれていますね。そこに関するジレンマはあまりなかった気がしますね。

編集部　もう一つ。オードリーさんは、女性か男性かのチェックを入れるところにいつも「無」と入れている、と聞いています。それは、性別はない、ということですか？　それとも、男女両方持っている、という意味なんでしょうか？

オードリー　前者ですね。性別欄は「無」、何でも「無」です。ジェンダーは男女だけではなく、「両方」も存在しないんです。例えば、台湾には、中国国民党と民主進歩党の二大政党がありますが、政党はそれだけではないんです。台湾維新党、時代力量、そのほかいろんな政党があり選択肢がある。いちばん勢力を持つ2つがすべてではないのです。

岡村　そんなオードリーさんが今まで生きてきた中で、悟ったこと、達観したことってありますか？

オードリー　そう聞かれると、急に悟った気持ちになりますよね。

岡村　ははははは。では、深刻に悩んでいることはありますか？

オードリー　今いちばん深刻な悩みは、カメラ目線でいくと岡村さんの目に合わせられず、岡村さんの目を見るとカメラ目線にならないことですね（笑）。自分のパソコンはカメラ目線になるように調節してあるんですが、今日は会議終了後に駆け込んできて、他の人のパソコンを借りているから、なかなか岡村さんと目を合わせてしゃべれなくて。

岡村　「顔と顔を合わせると情が3倍湧く」のに。

オードリー　この状態では1倍にもなりません（笑）。

台湾はトランスカルチャーの国

岡村　オードリーさんって、すごく知的でクールな方なんだろうと想像していたんですが、今日こうしてお話をしてみて、すごくユーモアがあってチャーミングな方なんだなと思いました。怒りに震えたり、大笑いしたり、好きな曲に感動して涙する、みたいなこともよくあったりするんですか？

オードリー　もちろんです。私は共感性が強い人間なので、感情的になることはあります。でも、大きな怒りのような感情は、あんまり続かないかも。あったとしても10秒しかもたないでしょうね。

岡村　では、日々の生活の中で、オードリーさんがロマンティックに感じるのはどんな瞬間でしょう？　何をしているとき？

オードリー　今は世界各国の高官たちとリモート会議をすることが非常に多く、しかも先方もなかなかオフィスに行けないので、自宅でやることが多くなっているんですが、そうなると彼らの家庭内の様子を垣間見ることができるんです。壁に子どもが描いた絵があったり、家族の「ドアを閉めなきゃ」なんていう声が聞こえてきたり。普段は絶対に見ることのできない彼らの一面を知ることができて、すごく面白いなと思っています。

岡村　それが楽しいですか？

オードリー　楽しい。いろんなことを想像させるので、それはロマンティックな瞬間に感じます。

岡村　好きな食べ物は何ですか？

オードリー　炭水化物と脂肪とタンパク質（笑）。要は、バランスのいい食事ということですが。

岡村　さすがです（笑）。では、仕事以外で、何をしているときがいちばん楽しいですか？

オードリー　実は、私は趣味でデジタル担当大臣をやっているので、この仕事をしているときがいちばん楽しいんです（笑）。ある漫画で主人公が「自分は趣味でヒーローになった」と言う台詞があるんですが、それと一緒ですね。

岡村　ちなみに、大好きな音楽家はレナード・コーエン以外には誰かいたりしますか？

オードリー　『ハミルトン』というブロードウェイミュージカルを映画化したものを最近また観直したので（注：アメリカ建国の父・アレクサンダー・ハミルトンの生涯をヒップホップやソウル、R&B音楽でつづった異色ミュージカル）、ここ数日はハミルトンを演じ、脚本・音楽を担当したリン＝マヌエル・ミランダの映画音楽ばっかり聴いています。ちなみに映画版はオンラインでも観られますよ。

岡村　ぜひ観てみます。じゃあ、世界中自由に行き来できる世界に戻ったとします。オードリーさんは、いちばん最初にどこの国へ行きたいですか？やっぱりハミルトンのアメリカですか？

オードリー　日本ですね。今まで日本によく通っていて。東京や大阪はもちろん、地方のコンベンションにもよく参加しているので、日本の友達が結構多いんです。今はリモートでしか会えないのがすごく寂しい。安全な環境になったら、すぐ日本に行きたいんです。

岡村　日本人が好きですか？

オードリー　すごく話が合うんです。社会福祉に従事されている人たち、地方でイノベーションを起こそうとしている人たち、弱者の立場から世界をよくしたいと頑張っている人が多く、それは私たち台湾人の価値観とも一致しているので、とてもウマが合うんです。

岡村　その価値観ですが、今日本では、コロナで多くの人々の価値観が一元的になっているように僕は感じるんです。同調圧力が高くなっているといいますか。台湾ではどうでしょうか？

オードリー　価値観でいえば、台湾はトランスカルチャーなので、国から認められている言語は20種類以上あって、価値観もそれぐらい多種多様なんですね。今回、コロナの影響もあって、もともと台湾国籍の人ではなく、ただ台湾で働いている人、たまたま台湾にいてコロナの影響で出国できなくなった人やしばらく残るような人たち、ここに住みたくなった人たちも、台湾国籍をとったり、就職したりと、台湾人になろうとする人が多くなっているんですが、それも台湾では容認されているんです。ですから、台湾人にしてみれば、価値観が多くあることは当たり前、それが一元的になることはあり得ないんです。これからはもっと多種多様な、いろんな文化を取り入れ受容する、トランスカルチャーの国になっていくと思います。

岡村　なるほど。台湾は同性婚を認めるなど、アジアにおいては圧倒的にＬＧＢＴ先進国ですが、それもあらゆる価値観を認め合う寛容の文化があるからですか？

オードリー　やっぱりトランスカルチャーだからでしょうね。その中の多くを占める先住民のアミ族は、もともと母系社会の民族ですし、パイワン族では、リーダーになる人は必ずしも男性ではありません。台湾のエンタメ界では、映画やドラマなどでジェンダーやＬＧＢＴの話題について触れてきましたし、私たちはその中で育てられました。そういう背景もあって、昨年、同性婚が認められたわけですが、最終的には国民投票が行われ、その結果、「同性の個人は結婚していい」という特別法が定められました。

岡村　国民の総意なんですね。

オードリー　そうです。とはいえ、法的には夫婦双方の親や親戚なども含めた婚姻関係にはなりませんし、同性婚が認められていない国の人との婚姻は認められない。異性婚とまったく同じになったわけではありません。それでも、今まで不自由な思いをしてきた人々の多くが「認められた気がする」と納得しましたし、今年の世論調査によれば、同性婚に賛成する人が十数％また増えました。

岡村　台湾は、1980年代まで「白色テロ時代」が続き（注：1947年から約40年間、国民党政府が反体制派に対して政治的弾圧を行っていた）、戒厳令が敷かれていたそうですね。特権階級が多い民族とそうでない民族の軋轢もあったとか。そういったことも今の台湾社会に影響はあるんでしょうか？

オードリー　ありますね。例えば、今のSNS社会において、インターネットでの中傷など、ひどい言葉があふれているときに、「取り締まろうよ」とか「法律を定めて、それを禁止させてよ」とい

う意見が出るんですが、そうなると必ず誰かが、「え、じゃあ白色テロの時代に戻るのか」と。戒厳令の話が持ち出されると、みんな黙るわけです。もう絶対にあの時代には戻れない、戻りたくない、民主的な社会を目指すべきだと。戒厳令を経験してきた世代は敏感です。

岡村　戒厳令が解除されたのはいつでしたか？

オードリー　今からちょうど33年前です。ということは、33歳以下の若者はそういった時代を経験してこなかった世代。でも、昨年台湾ですごく注目を浴びた『返校（へんこう）』というホラーゲームがあって、後に映画にリメイクされたんですが、それが白色テロにちなんだテーマだったんです。そうしたゲームなりドラマなりを観て、かつてこういう時代があったという勉強になった若者もたくさんいる。国民全体が同じような意識を持っていると思います。

ラボのスタッフが家族
彼らと一緒に生きていきたい

岡村　ではまた質問を少し変えます。大富豪から100億ドルもらったら、何に使いますか？

オードリー　やっぱりテクノロジーの研究開発に使いたいですね。

岡村　このままテクノロジーが発展すると、AIが人間の領域を凌駕してしまうのではないかと僕らは心配になったりするのですが。

オードリー　私にとってAIはあくまでサポートなんです。例えば山登りが好きな人が、自分の部下に「山に登ってこい」とは言わないですよね。いつもの仕事を部下に任せ、休みを取って山に行く。AIはそういったときに部下の代わりになってくれる存在です。

岡村　ＡＩは便利な道具だと。

オードリー　そうです。科学はもともとそういうものなんです。例えば洗濯機が発明されたのは、洗濯する時間を節約するためであって、機械が主導して洗濯をするわけではないですよね。

岡村　とはいえ、チェスや囲碁といったゲームの領域ではＡＩは人間に勝ち始めています。僕の分野、例えばエンタメの世界にもＡＩはどんどん進出するでしょうか？

オードリー　先ほどの山登りの話に例えれば、ＡＩが山登りをすれば、人間より速く登頂できてしまうんです。スピード勝負になると人間は勝てない。ただ、エンタテインメントは共感が大事。アーティストの作品に共感し、その人をもっと知りたい、もっと作品を楽しみたいと思う、それがエンタテインメントです。ただ、その感覚は人それぞれ。共感する、共感しない、人はみな違う個性を持っています。もしも人間の感覚が全部同じなら、ＡＩがエンタメを勝ち取る時代が来るのかもしれません。でも、人間はそうではないです。

岡村　例えば酒、漬け物というものができる工程には発酵という過程があります。音楽や映画、小説もそうかもしれませんが、エンタテインメントも発酵を経て独自の存在になると思うんです。その発酵という不思議なプロセスは、ＡＩでもできると思いますか？

オードリー　それは可能だと思います。「ＧＰＴ－３」という文章生成ソフトがあって、書き出しを何フレーズか入れれば、その続きの文章を生み出せる、というＡＩなんです。詩や小説、あるいは、音楽なども生み出すことができる。ですから、そういった「発酵させる」プログラミングは可能だと私は思っていますね。

岡村　ところで、この対談が載る雑誌の兄弟誌は、社会的なこともよく取り上げますが、セレブリティのゴシップもよく取り上げるんです。中でも不倫の記事は注目度が高く、暴かれた人は世間からひどいバッシングを受けてしまう。オードリーさんは不倫についてどう思いますか? 同性婚が認められている台湾は、不倫に対してはどうなんでしょう、そこも寛容だったりするのでしょうか?

オードリー 不倫は私自身が経験がないことなのでなんとも(笑)。ただ、台湾では今年5月までは不倫は有罪でした。

岡村 へえーっ! 姦通罪があったということですか?

オードリー そうです。ただし、罰を受けるのは不倫相手であって、婚姻関係にある夫や妻は処罰されない。それが長年にわたっての法律でしたが、今の社会情勢において、それは不公平だという議論が起きたんです。そうなると、法律を改め、じゃあ社会が期待している正義とは何なのか、今の価値観というのは何なのか、を見直さなければならなくなった。つい最近、最高裁から、姦通罪は台湾の憲法に反する解釈なので5月からは適用しないように、という指示が出たんですね。ですから、これからは法律も変更されるでしょうし、それによって人々の感覚も変わるのかもしれません。

岡村 ちなみに、コロナは人間の恋愛のカタチを変えたと思いますか? 接触することに不安を抱くようになり、人間のコミュニケーションや恋愛が萎縮してしまうのか、それとも変わらないのか。

オードリー コロナが広がった当時、台湾のコロナ防疫センターの記者会見で、ジャーナリストから「75%以上のマスク率を達成するには、例えば恋人同士がいちゃいちゃしたいときはどうなるんですか?」という質問が出たんです。多分みんな気になったことだと思うんです。すると、センターの指揮官が、「いや、マスクをつけても、普通にいちゃいちゃできるんじゃないですか」って（笑）。

岡村　いい答えですねえ（笑）。

オードリー　これからの世の中はニューライフスタイルに従い、生き方を変えていかなければなりませんが、やりたいことはやっていい、ただし、やり方が違うんだよ、ということになると思います。

岡村　では最後に。オードリーさんは、これから自分の家族を持つという考えはあったりするのでしょうか？　この対談は「幸福への道」という連載ですから、オードリーさんにとっての幸福がどこにあるのかを知りたいのです。

オードリー　私にとっては、ここ、デジタル大臣のオフィスとはまた違う、「社会創新実験センター」というラボがあるんです。両方に属しているのですが、そこでいろいろ頑張ってくれているスタッフとともに生きていくことが、自分の家のような、本当の家族ができたような気持ちになれるのです。例えば、１分後にこのインタビューは終わりますけれど、「今から帰ります」と言って、「帰る」のは、自宅に帰るのではなく、ラボに帰るということなんです。

対談を終えて

オードリーさんと対談したのはコロナ第2波が叫ばれている頃。当時、台湾は日本よりもうまくコロナをコントロールできていて、オードリーさんの指揮下、ＩＴを駆使し、マスクがどこで買えるのか、どこで検査ができるのか、いろんな作戦を考え実行していたのはすごく感心しました。コロナの話はもちろん、彼女のセクシャリティーの話、戒厳令の話など、いろんな話を訊くことができました。とても意義のある対談になったと思います。

WHAT IS
HAPPINESS TO YOU ?

髙村 薫

私のような寡作な人間は
作品ができるのは何年に一度
それは特別な幸せな日

2020年11月

たかむらかおる
1953年大阪府生まれ。小説家。国際基督教大学卒。89年外資系商社在職中に書いた初めての小説が日本推理サスペンス大賞最終候補に。翌90年『黄金を抱いて翔べ』で大賞を受賞しデビュー。93年『マークスの山』で直木賞受賞。近年は純文学に活躍の場を広げる。

かねがねお会いしたいと思っていた髙村薫さん。『マークスの山』や『レディ・ジョーカー』など髙村さんが生み出してきた硬派な社会派ミステリーに魅せられ、一体どんな女性なのだろう、どんな話をする人なんだろう、どんな生活を送っているんだろうと興味がありました。髙村さんとの対談もコロナ禍真っ最中だったので、対面は叶わず、オンラインでの対談になりましたが、子供時代のことからご自身の抱える病気のことまで、つまびらかに語ってくれました。

岡村　髙村さんの幼少の頃のことを少しお伺いしたいんですが。

髙村　え、小さい頃ですか？

岡村　どんなお子さんでしたか？

髙村　集団が大嫌いで、みんなで仲良くお遊戯をするのが本っ当に大嫌い。いつも逃げてました。

岡村　人嫌いってことですか？

髙村　じゃなくて、みんなでつるんで何かをするのが大嫌いな子。

岡村　つまり、人に興味はあるけれど、群れたりはしなかった。

髙村　その通りです。基本的に、私は自分が空っぽだから、何でも受け入れられるし、「私が、私が」というのもない。何でも面白い。何でも興味がある。群れはしないけれど、1歩も2歩も引いたところで、いつもじーっと周りを見ている。そういう子どもでした。

岡村　小さい頃から読書好きだったそうですが、やっぱり小説家になるのが夢だったわけですか？

髙村　全然全然、まったく。自分が何になりたいとか、どんな大人になりたいとか、一切考えたことがなかった。本当に空っぽ。だから観察する。観察者にはなれるんです。空っぽだから。

親と反対のことをしなくちゃと思いました

岡村　ご両親の影響というのはどうでしたか？お二人とも音楽や絵画といったアートに強い関心をお持ちだったそうですが。

髙村　私は、親がいつも反面教師だったので、親と同じことは絶対にするまいと思って大きくなりました。特に母は、いろんなことを子どもに要求する人だったんです。子どもとしてはそれが鬱陶しい。

岡村　ああしろ、こうしろと？

髙村　そうそう。そして、その欲求や希望が高くて大きい。全部、私の望みではないことだったので、非常に悩まされたまま大人になりました。結果的に、親の望むことは何一つできませんでしたけど。

岡村　お母さんの要求というのはどんなものだったんですか？

髙村　まず勉強。成績です。「なんでこんなものがわからないの」と。母は化学者で非常に頭のいい人でしたから、子どもがひどい成績を取ってくると、我慢ならなかったんです。しょっちゅう怒られました。それから、小さいときからピアノを習わされましてね。ある時期からは、「ピアニストになれ」と。私にそんな気はさらさらなかった。

岡村　ストレスでした？

髙村　ストレスを感じるほど真面目にやってませんでした。親の要求に真面目に向き合うような子どもでもなかったんです、私は。

岡村　髙村さんは3人姉弟の長女でいらっしゃいますけれど、ご両親の教育というのは、弟さんたちにも同じようでしたか？　男の子と女の子で区別があったりは。

髙村　そこの区別はありませんでした。ただ、すぐ下の弟は小さい頃から非常に音楽の才能があったので、「この子はチェリストになる」「させる」と、徹底的に英才教育をしてました。残念ながら、私が大学生のときにガンを患い亡くなってしまいましたが、彼には全然別の期待をしていましたね。

岡村　お母さん自身にも相当な音楽の素養がおありだったんだ。

髙村　ただ、私は小さいときに気づいたんです。「あ、この人、音痴だ」って（笑）。母は自分でピアノを弾いてドイツ語で歌をうたう人だったんです。シューベルトとか。でも、それを聴いた私は、これは絶対に音程がおかしいと。
岡村　さすが観察者（笑）。それを指摘したりは？
髙村　いや、言わなかったです。まあいいかと（笑）。
岡村　でも、すごくモダンなお母さんですよね。化学者であり、ドイツ語で音楽も嗜んでいて。
髙村　父も母も大正生まれで大正教養主義にどっぷりの人でした。終戦後すぐに大阪フィルハーモニーのベートーヴェン・チクルス（コンサート）があって、そこで初デートをしたそうなんです。
岡村　なかなかおしゃれですね。音楽ならばご両親と価値観が共有できそうな気もしますけれども。
髙村　なかったです。とにかく、すべてにおいて、親と反対のことをしたかった、しなくちゃいけないと。親のようにはなるまいと。
岡村　僕も結構そういう部分はあったかもしれません。でも、本当に不思議なんですが、この年になって気づいたんです。ああ、自分には親と同じ要素があるんだなと。父と同じような口癖が出てくると、あれ？　って思うことがあります。
髙村　私も、外見は親に似てきたと言われます。でも、中身はまったく違いますから。まず、私は戦争の時代を生きた親ほど苦労をしていない。私なんか戦後のいちばんいい時期にのほほんと生きて大人になった世代。呑気で甘さがあるんです。自分は恵まれた人生だったなと思いますよね。
岡村　お話を伺っていると、お母さんの厳しさが、結果的に、髙村さんを作家たらしめたのではと想像を豊かにしてしまいます。
髙村　うんと広ーく捉えれば、そうでしょうね。普通に結婚して、普通に家庭築いて、普通の奥さんになって、という人生を選ばなかったから物書きになったんでしょうし、それは言い換えれば、親との関係があまりよくなかったから、と言えるのかもしれませんね。

岡村　夭折された弟さんのことはどうでしょうか？　高村さん影響を与えたのでしょうか？

高村　彼が亡くなったのは20歳、私が22のときですから、もう忘れるぐらい昔のことです。生きていたら、まず弟は間違いなく音楽家になっていたと思いますので、家族そろってみんなで弟のためにという人生になっていたと思います。だって、親は、チェロを買うために土地や家を売ると言ってましたから。ああいう楽器って億単位のお金がかかるんです。土地や家を売って、それで弟に楽器を買って留学させようと、そういう人生になるはずだったんです。

岡村　高村さんにとって、弟さんは小さな頃からいつも一緒、自分の片割れのような存在だったと。

高村　彼は体が大きかったものですから、周囲は弟がお兄ちゃんだと思っていたんです。私がいたずらをして親を困らせたりすると、弟が中に入って宥めたり。だから、弟が生きていたなら、私はモノ書きにはならなかったと思います。

岡村　弟さん亡き後、高村さんは大学を卒業され、いわゆるOLとして商社に就職された。そしてある日、小説を書こうという気持ちになったと。30歳になったのを機に書いてみたということですが、そのときはどんなお気持ちで？

高村　時間つぶしですね（笑）。パソコンを買ったから使ってみたかったんです、最初の動機は。当時は80年代半ば、パソコンはまだ高価でしたし物珍しかった時代。せっかく大枚を叩いたんだから何かしようと。それで最初は会社の仕事を持ち帰ったりしたんですが、そんなバカなと思いましてね。それで、1行書き、2行書き、3行書き。それが始まりでした。

戦争が起き、地震が起きても日本人の国民性は変わらない

岡村　いま、僕たちはコロナの環境下にいますけれども、どんなふうに感じてらっしゃいますか？

髙村　戦争や大地震ではなく、病原菌、感染症でこれだけ人間の価値観が変わってしまうということに、それで私たち人間の、21世紀のこの人間の暮らしが大きく変わっていくということに、ちょっと放心してしまっているというのが正直なところですね。

岡村　そうですよね。少しでも収束に向けてのシナリオがわかれば心の置き所もあるのですが、昨今はワクチンができたといわれ欧米では接種が開始されていますけれども、まだまだ先は不透明で。明確な答えが出ていないことにモヤモヤして、このモヤモヤがいつまで続くんだろうということにもモヤモヤして。かつて、人類がペストを乗り越えたときのように、コロナにもきっと大きな意味があるんじゃないかと思うしかないと、僕はいまそういう気持ちなんです。

髙村　私は観察する人間なので、日本人がこのコロナという感染症を経験して、どんなふうに変わっていくのか、あるいは変わらないのか、そういうところにいちばん興味がありますね。東日本大震災が起こったとき、私は、あれでさすがに日本人も変わるだろうと思っていたんです。でも、変わらなかった。ほとんどその価値観が変わらなかった。何年かすると本当に元の木阿弥でしたでしょう。これはきっと、戦争のときもそうだったんだろうなと。太平洋戦争を経験し、本当だったら劇的に日本人が変わって当然だと思うけれども、実は変わらなかったんじゃないかと。だから、この

コロナを乗り越えたところで、日本人は変わることができないのではないか、そういう悲観的な思いがしてしまう。前向きに捉えることができる人はもちろんおられるでしょうけども、大多数の日本人は、おそらく元の木阿弥だろうと。

岡村　それは国民性でしょうか？

髙村　国民性というか、日本人がそういう民族なんだろうなという気がします。例えば、いままではたくさんモノを作って、たくさん消費をして、高い経済成長をすることが善だったけれども、そういう生き方はもう続けられないんだと見定め、生き方を変える、暮らし方を変える、そういうことなんですが、そうではなく、GoToキャンペーンを開始してしまう。いまはさすがにそれもまずいと中止となってしまいましたけれども。

岡村　みたいですね。

髙村　あれって、お得なのでしょう？　みなさんパッと群がり、マスクをして観光地に出かける。とても滑稽ですよ。なぜ、マスクをして観光しなければならないんだろうかと。せっかく旅先でおいしいご飯が出てきても、お喋り一つできない。黙ってご飯を食べる。とってもおかしいですよ。GoToの捉え方一つでも、一歩引いて見ることができるはずなのに、そうではないんだなあと、私は眺めていますね。

岡村　２０２１年に開催されるであろうオリンピックについてはどう思われていますか？　僕は東京のいわゆる観光地と呼ばれる地域に住んでいるわけですが、地元の方々は、5年前、いや、10年以上前から準備を進めてきたんだろうなと思うんです。街自体が、それを全部見込んだうえでホテルや商業施設ができているんです。

髙村　おそらくいまの政権は、何が何でもやる、無観客でもやるだろうと思います。でもそれでは本来のオリンピックではないし、岡村さんの地元も盛り上がらない、本当に残念な大会になるだろうなと思います。だから、私もこのコロナで、これをどういうふうに新しい価値観や新しい生き方に結びつけていけるのか、わからないところがいっぱいあるんです。岡村さんなんかきっと、通常のようなライブパフォーマンスがいまできない状態だと思いますけれど、例えばこれをネット配信で披露するとなると、やっぱり違いがありますでしょう？

岡村　まったく違います。

髙村　そうでしょう。音楽のパフォーマンス一つとっても、あるいは野球やスポーツ一つとっても、こういった感染症の中で、人を集められない中で、どんな形があり得るのか、私は全然わからないんです。何か私たちが想像もしなかったようなすごく新しい形の何かが出てくるのかなあとも思ったり。わずかな期待もあるんですけれど。

実は2年前から鬱を患っているんです

岡村　コロナで世の中が萎縮していることとの因果関係はわかりませんが、最近、心を病む人が増えているのかなって思うときがあります。人生を儚む人も出てきている現実、髙村さんはこの世相をどう思われていますか？

髙村　実は私、もう2年ぐらい鬱なんです。鬱はいつどこから入ってくるものかわかりませんし、自分で選び取るものでもない。でも、ある日気がつく。「ああ、これ、たぶんそうだな」って。

岡村　そうでしたか。

髙村　私の場合、原因がはっきりしているんです。四半世紀一緒だった仕事上のパートナーが亡くなりましてね、突然病気で。ブックデザイナーの多田和博さん（18年没）。多田さんはずっと私の本を作ってくださって、二人三脚だった方なんです。傍から見れば、仕事上のパートナーが亡くなったというだけのことかもしれません。でも、私の中では、ある日どうしようもない穴があいてしまった。他人にはわからないけれど、私の中ではそれがわかる。ですから、いま、死にたいと思っておられる方に「どうして？」って聞いても他人にはわからない。その人の中で、とにかく穴があいてしまうし、穴があいてしまうと、どうにもこうにも埋められない。そっとしておくことしかできないんです。まさに日にち薬で、1年、2年とそっとしておく。そっと、そっと、生きていく。やっぱり、自殺してしまう方というのは、真面目で、一生懸命頑張ろうとする人です。その穴から出ようとして。自分が鬱だなと思ったら、いろんなこと放り

出して、ぼんやりすることだと思っています。

岡村　もどかしくはあるけれど、解決するのは時間しかない、と。

髙村　実は私、鬱になるのはこれで2度目なので、それがよくわかるんです。最初の鬱は、母を亡くしたときでした。あんなに大っ嫌いな母だったのに、亡くなったらやっぱり、自分の中にものすごく大きな穴があいた。ちょうど阪神淡路大震災と重なったんです。

岡村　1995年、ですね。

髙村　そうです。震災と母の死が重なって鬱になった。だから、よくわかるんですが、とにかく頑張らないことだと思いますね。

岡村　髙村さんの場合、具体的な症状というのはどういう？

髙村　とにかく何もやりたくない。やりたい気持ちが起こらない。いろんなことに興味がなくなる。つまらない。動きたくない。出かけるのも嫌。そういう状態です。今回、少し軽くて済んでいるのは、何かを頑張っているからではなく、体を動かしてるからだと思います。

岡村　どんなことを？

髙村　私は馬です。乗馬。何も考えないで馬に乗るだけ。そうすれば何も考えずに済むんです。何も解決しませんけどね。

岡村　最初の鬱からはどう回復されたんですか？

髙村　5年6年経って、書く小説がまったく変わったときでした。つまり、それまでずっとミステリーを書いてましたでしょ。それが全然違うところへ行って、「行けた」自分を発見したときに、1歩抜け出した気がしたんです。

岡村　それは、『晴子情歌』を書かれたときでしょうか？

髙村　そうです。それで純文学へ行ったんです。

岡村　ちなみに、ミステリーはもう書かれないいんでしょうか？

髙村　ミステリーは若い書き手さんがどんどん育っていきます。私なんかよりよっぽど上手にお書きになるので、わざわざ私が古びた頭で書く必要もない。どんどん若い方にそのステージを譲っていけばいいと思うんです。で、私は、若い人たちが絶対に書けないものを書き、周囲の方や読者の方が想像していなかったような世界へ行く。そういうことを自分に課しているというか、それが自分にとって、書くということに興味を失わないためのやり方なんです。

岡村　お気持ちはわかります。僕なりにですが。

髙村　30年もやってたら飽きてきますでしょう（笑）。でも飽きないのは、絶対に人が真似できないことをやる、と自分で勝手にハードル設けているからなんですね。

私の人生は「なぜ」でできている

岡村　髙村さんは、社会の歪んだ構造に切り込んだり、人間の闇や業を深く考察されて小説を書かれていますけれど、もともとそういうことに興味があったんですか？

髙村　興味というより、物心ついたときから「なぜこうなんだ」と。

岡村　疑問ですか？

髙村　疑問です。「なんで世の中には貧しい人がいるんだ」。大阪は西成というところがありまして、通天閣ってご存知ですか。

岡村　はい、もちろん。

髙村　通天閣のふもとには西成という労働者の町が広がっているんですが、それと隣り合わせに天王寺動物園があるんです。私は子どもの頃、親によく連れられて行きましたが、駅から動物園へと向かう道すがら、振り向くと、労働者が道端で寝ている、そういう風景なんですね。すると私は、動物園へ行くことよりも、道端で寝ている人々のことが気になってしまう。なんであのおじさんたちはああなのか。親になんで？　と聞いても答えは返ってこない。

岡村　黒澤明監督の映画でいえば『天国と地獄』のような世界が。

髙村　そうです。なぜこのような貧富の差が生まれてしまうのか。そしてもう一つ、子どもの頃に思った大きな疑問は、「なんで人は戦争をするんだ」。とにかく「なぜ」なんです。私の人生は全部「なぜ」でできている。それは観察をするとか興味があるとかじゃなく「なぜ」。考えても考えてもわからない「なぜ」。物心ついたときから「なぜ」一色です。

岡村　それはいまでも？

髙村　もちろん。

岡村　いまの「なぜ」は？

髙村　例えば、世界には、トランプのような人を支持する人が確実に半分はいる。「なぜ」ですよね。堂々と大声で嘘をつき、分断を煽り、人種差別をする、そんな人を支持する人たちがなんで5割もいるのか。日本もそうです。国のリーダーたちは、なんでこんなに平気で嘘をつくのか。見え見えの嘘をつきますでしょ。この人たちは恥ずかしくないのかと。非常に単純な疑問です。単純な「なぜ」。

岡村　その「なぜ」が題材となり小説になっていくわけですね。

髙村　ただ、若い頃は「なぜ」で小説を書いてたんですけれども、年を取ると、もっと自分にとって面白いことをやろうと思うようになりましたね。限られた人生ですから、社会に対して「なぜ」とやっていると、それで一生が終わってしまう。それよりももっと知りたいこと、自分自身が楽しいことをやろうと。私は「これは苦手」と思って手をつけなかったことがいっぱいあるんです。そういうことにいまは目が向きますね。手つかずのままだから新鮮なんです。

岡村 それは例えば？

髙村 例えば、『源氏物語』。私、苦手なんですよ、あの世界。

岡村 光源氏の恋愛世界が？

髙村 というか、平安貴族の……。

岡村 雅（みやび）な感じ（笑）。

髙村 そう、雅な（笑）。でも、いま、あの世界の言葉に惹かれるんです。こういう言葉を書き連ねていた当時の日本人は、一体どんな言語感覚だったのか、と。

岡村 それも「なぜ」ですね。

髙村 「なぜ」です。庶民の言葉はもっと違ったはずなんです。でも、庶民の言葉は残っていない。謎のまま。わからないんです。

岡村 ストーリーというより言葉に惹かれるということですか？

髙村 そうです。言語感覚に惹かれる。平安貴族の恋愛事情にはあんまり興味ないですわ（笑）。

岡村 恋愛小説とかは普段からあまり読まれませんか？

髙村 興味ないんです、若い頃から。恋愛よりも、「なぜ、なぜ」と思うことがいっぱいあったので、それで頭がいっぱいで。

岡村 男と女の「なぜ」よりも。

髙村 思春期の頃はもうベトナム戦争一色でしたから、時代的に。なんでこんな残酷なことをやるんだと。中国の文化大革命もそう。当時、みんなあの赤い『毛沢東語録』をかざして、世界中で若い人たちがデモしてましたでしょ。あんな残酷な文化大革命になぜみんな熱狂するんだと、私には謎だった。全然わからない。「何をしてるんだ、この人たちは」と。そんなんでしたから、恋愛というのはどこかに行ってましたね、私の中で。

岡村 結婚して家庭を持つみたいなことを考えたこともないですか。

髙村 私は、別に「一生独身で通す」なんて決意をしてたわけでもなく、単にご縁がなかっただけだと思います。目がどこについてるんだってよく男性の方に言われました。「あんたの目はどこ向いて、どこ見てるんだ」って。いや、本当、そうなんだろうなと。つまり男性を見てないんですね。その存在に目が行かない（笑）。

岡村 例えば、映画スターだったり、アイドルだったり、作家の方でもいいですが、恋い焦がれる存在みたいな人はいませんでした？

髙村 私、音楽が好きなんです。ロック。FENというラジオ放送がありましたでしょ（注：駐留米軍によるラジオ局。現AFN）。あれを学生時代はよく聴いてたんで、ずっとロック。もちろんクラシックも聴きますが、ロックが好き。ただ、ラジオですから、姿がない。いまみたいにミュージックビデオもない時代でしたから、私が慣れ親しんだロックやポップスには顔がなかった。だから、このミュージシャンがカッコいいとか、このパフォーマンスがいいとか、そういったビジュアルが私の中にはまったくない。音だけの世界。

岡村 ビートルズは？

髙村 好きでした。でも、それもラジオ。彼らが来日して武道館でコンサートをやったときだけはテレビを観ました。うちの親が珍しく「観ていいよ」と。親も観たかったんだと思います。普段テレビを観せてくれない親だったのに。

岡村　じゃあ、ロックを聴くのも制限されてる感じでしたか？

髙村　ビートルズを観ていいという親でしたから、そこは禁止ではありませんでした。それより「いい音で聴きなさい」と。だって、家には大きなＪＢＬ（音楽用スピーカー）がありましたからね。

岡村　へぇー!!

髙村　だから、レコードはたくさん持っていましたし、ロックもとびっきりいい音で聴いてました。でも、いかんせん顔を知らない。

岡村　耳で聴いて当時お好きだった音楽ってほかにはどういう？

髙村　ジミ・ヘンドリックス。あとクリームとか。

岡村　60年代ロック。髙村さんはロック少女だったんですね。その、ＪＢＬはいまも家に？

髙村　更新しながらいまもあります。当時のレコードもあるので、たまに聴きますし、人が来たら、ＪＢＬで聴かせてくれと。

岡村　ほ～！　しかし、僕もそうでしたが、昔はすぐに情報が得られなかったので、こうじゃないか、ああじゃないかと想像しながら聴くというのは、結果としてクリエイティビティを上げていたように思うんです。思考が毛細血管のように伸び、不思議なイマジネーションを広げていく。だから、顔のない音を聴いていたというのは、髙村さんの小説家としての力を育んでいたのかもしれません。

信じることができない宗教者はたくさんいます

岡村　髙村さんは近年、空海をテーマにした本を書かれたりしましたけれど、なぜ仏教に、宗教に関心を持たれたんでしょうか？

髙村　それも「なぜ」なんです。大きな「なぜ」。

なぜ人は信じることができるのかと。というのは、私にはそれができないから。一つわかったことは、宗教者、お坊さんたちにとっても、信じることがいちばんの難関だということです。信じることができない宗教者はたくさんおられる。だから、信じることができるところへ向かって皆さん修行なさるんです。ただ、いろんな勉強をして教義を学び、最後に「信じる」のは本当に飛躍、跳躍で、ポンと高いところへ飛ばなければいけない。それができるかできないか、それで信心を持てるか持てないかが分かれる。だから、信じることができないことは、悩むことではない。信じられなくて普通なんですね。

岡村　結局、信心って、快楽につながっているのではないかと僕は思うんです。苦行をしていても快楽物質は出てるんじゃないかって。

高村　エンドルフィンがね。信じることができたその状態というのは非常に楽なんだと思いますね。

岡村　そうじゃないと、かつてオウム真理教に若者たちが熱狂したことの説明がつかないなって。

高村　オウムがあれだけの人気を誇った大きな理由の一つは、若者が疑問をぶつけたときに、すぐに答えが返ってくるからだったらしいです。即答するのだと。

岡村　明解だったんですね。

高村　そう。明解さ。それから時短。すぐに解決する。既存の宗教と違い、すぐに答えが返ってくる、すぐに納得させてくれる。これが若者たちを引きつけた大きな理由。

岡村　僕が不思議だったのは、いい大学の出身者やインテリの若者たちが多かったことです。

高村　私が聞いたところでは、頭のいい人たちだからこそ、なんですよ。そういう人たちは、いろんなシステムにすぐ絶望する。そして、悩んで、オウムに相談に行く。すると、すぐに答えが返ってくる。「あんなに悩んでいたのにこれはすごい」となってしまうと。

岡村　ピュアだったんだろうなとは思いますが、それこそ「なぜ」とは思わなかったのかなと。

髙村　オウムのもう一つの大きな特徴は、もはやそれを疑うこともできないような、直接的な身体体験をさせたことです。例えば、薬物を使ったり、ヨガの特別な呼吸法をやることによって、超絶体験をさせる。いわゆる神秘体験ですよね。それを一旦経験してしまうと、どんなに頭のいい人でも否定ができなくなってしまう。「ほら、オウムは正しいでしょ」と。

岡村　なるほど。ところで、作家として、これからの具体的な計画というのはあったりしますか？

髙村　そんな働き蜂じゃないのでね（笑）。難しく構えて生きるということをもうしなくていい年ですし。やっぱり、書くにしても、体力的にはもちろん若いときのほうがいい。ただ、年を取ったからこその自由さがあるなと。

普通の日を過ごすことが幸せです

岡村　じゃあ、いまは、その自由な状態にいることが髙村さんにとっての幸福、ということですか？

髙村　この年になりますとね、悲しいことや嫌なことがとりあえずないことがいちばんなんです。身近につらいことがない状態、普通の日を過ごすこと、それが幸せであり幸福なんです、私にとって。

岡村　じゃ、こういうものが書けたら幸せだとか、そういうことってそんなに思わないですか？

髙村　もちろん、それはあります。でも、私のような、いわゆる寡作な人間にとって、それはめったにないことで。一つの作品ができあがるのは何年にいっぺん。それは特別な日ですからね。

岡村　僕、ずっと髙村さんのファンだったので、今日はとっても特別な、幸せな日になりましたよ。

髙村　私もとっても不思議な感じがしています。ライブでシャウトし、踊っている岡村さんとこうしてお話しできたことが。すごく慎重に、いろんなことを見極めようとしてらっしゃる方だなと思ったんですが、違いません？

岡村　できるだけ、そうありたいなと思っています。

髙村　石橋叩いて渡る方だなあって。猪突猛進ではないですね？

岡村　ではないですね（笑）。

対談を終えて

画面越しではありましたが、髙村さんの体温が感じられるような対談になったと思います。本を読むと、繊細で正義感と知の塊のような方という印象だったので、どう話をすればいいかと思案しましたが、少女時代のこと、弟さんのこと、恋愛観など貴重なプライベートの話をお訊きすることができてうれしかったです。そして、「なぜ」という思いがご自身の創作の原動力になっているとのこと、実に髙村さんらしいなと思いました。

WHAT IS
HAPPINESS TO YOU？

土井善晴

男性社会は時代遅れ。女性的価値観こそが世界を救うんですよ

2021年1月

どいよしはる
1957年大阪府生まれ。料理研究家。大学卒業後国内外で料理修業。92年「土井善晴おいしいもの研究所」設立。2016年『一汁一菜でよいという提案』が大ベストセラーに。近著に中島岳志との共著『料理と利他』、『学びのきほん　くらしのための料理学』など。

コロナ禍で料理をすることが多くなり、料理研究家の土井善晴さんのレシピを見よう見まねで作るようになりました。そう、土井さんが提唱する「一汁一菜」。「ご飯、味噌汁、漬物」を原点とする食事のスタイルです。それは、料理をシンプルなものとして捉えるための提案であり、「ご飯と主菜と副菜と汁物が日本食の定番」という固定観念を打ち破るもの。土井さんは言います。「食べたいものをなんでも味噌汁に入れれば、それで立派な食事になるんです」と。

岡村　最近、コロナ禍で自炊する人が増えましたけれども、僕も毎日やるようになって。で、いろいろと感じることがあるんです。

土井　感じるいうのは素晴らしいこと。どんなことを感じますか？

岡村　あらためて思うのは、家庭料理をきちんと作ることが健康に直結するということで。免疫力を上げることにつながるんだなって。そうすると、例えば、いままでやる必要のなかったことをやるようになったんですね。ショウガをするとか、ニンニクをするとか。

土井　……ええ（怪訝な顔）。

岡村　……いえ、もちろん、切ったり刻んだりは日頃からしてたんですよ。食事は毎日のことですから、バリエーション豊かに、今日はあれを作ろう、明日はこれを作ろうと、さまざまなレシピを見るんです。すると、料理によっては「すりおろす」ことが必要だと。あるいは、この間、うどをいただいたので酢味噌で食べようと、どうやって調理するのか調べてみると、まずは酢水に浸すとあって。そうなると、やっぱりちょっと面倒くさくなってしまうんです。作るのはいいんですが、後片付けを考えると、手間がかかるなあって。日々料理と向き合っていると、いろんな気持ちになってくるんです。

土井　あのですね、答えることはたくさんあって。どこからどう答えようかと思いますが（笑）。まず、家庭料理をきちんと作ろうという姿勢は素晴らしいと思います。思いますけど、料理というものに対する思い込みに囚われすぎ。

岡村　囚われすぎていますか。

土井　侵されてます、前世代的な考え方に（笑）。だいたい、毎日バリエーション豊かな献立って、何をそんないろいろ作る必要があるの？　レシピにおろせと書いてあった？　そんなん誰か知らん人が考えたことに従う必要があるの？　酢水に浸す？　家で自分が食べるだけのものやのに？

岡村　あらら（笑）。

土井　でも言ったら、そういう考えを引きずってる人はまだまだ多い。そういうことが料理のハードルを高くしてしまうし、面倒やということになっていく。この「面倒」という言葉は、非常に問題がある言葉。生きていくのが面倒だと言ってんのと同じだから。

岡村　料理は生きると同義だと。

土井　そうです。だから、「面倒くさい」という言葉を封印しなくちゃダメやと思う。生きる覚悟を持つために。そもそも、コロナで時間がいっぱいできて「暇だから料理をする」という考え方が間違ってるんです。暇でなくても「せなあかんこと」。男も女も人間いうのは理屈抜きでそれを知っているんです。それがいまは、代替えのものがいくらでもあるから、「料理は自分でしなくていいこと」と、まあ言うたら逃げ場を作ってるわけやから、「本当はしなくてもいいのにコロナだからやっている」となり、「面倒や」となる。なのに「健康でいたい」と言うわけ。生きるためのことを大切にしないところに矛盾があるし、そこにいちばんの苦しみがある。

岡村　確かに。矛盾だらけかもしれません。だからこそ、土井さんの提案「一汁一菜」がその解決方法としてあるわけですね。

土井　日々の食卓でいろいろ作らんでいいんです。「ご飯、味噌汁、漬物」の「一汁一菜」があればそれで十分やから、そこで食というものを一旦フラットにして捉え直しましょうよと。そういう考え方であり哲学なんです。

岡村　後学のためにお聞きしますが、うどは酢水につけなくても？

土井　実はね、和食いうのは簡単なんです。いちばん簡単で手がかからないもの。本当にそうなんです。それが味付けに気が行き過ぎるから手間がかかる。うどなんて、それは料理人の基本の調理方法で、料理人がやることがすべて正しいと思ってる人が書いたものでしょう。だけどね、料理人の料理と家庭料理は全然違うんです。家庭で誰がそんなんやってんの（笑）。酢水は何のためかというと白くするため。料理人にとっては白いいうことに価値があるんです。お客さんに出すための料理だから。なのに、私らが家で食べるだけのものがなんで白くないとあかんの。そのままのほうがおいしいし、白くなくてもきれいによそえば美しくなります。だから、私なんか大根おろしは皮のまんま。そしたら、「剝かないんですか」って聞かれますから「なんで？」って必ず言います。「なんで皮剝くのかわかんのやったら皮剝け」って（笑）。

岡村　ショウガもですか？

土井　剝かないほうが絶対おいしい。おろすときも、カレーに入れるときも、皮なんて関係ない。

岡村　確かにその通りかも。

土井　ある女性の話やけど、結婚したばかりの夫にほうれん草のおひたしを作ったら、「これ、おひたしじゃないやろ。おひたしいうのは、だしに浸すから『おひだし』いうんだ」と言ったらしく、もう一生この男に料理せんとこうと思ったと（笑）。「おひたし」いうのは、もともとほうれん草をただ湯がいただけのもの。でも、料理人はただ湯がいただけのものをお客さんに出せへんからだしに漬けて、ほうれん草にだしを染み込ませるんです。そうするとほうれん草がおいしんじゃなく、だしがおいしいとなるわけ。茹でたてのほうれん草がどんだけおいしいか。そういうことを知らんでもうね、最近の男の人は料理雑誌やらなんやらで、相当間違った思い込みをいっぱい持ってるから（笑）。

岡村　ははははは。

ええとこのボンボン「あかんたれ」でしたから

岡村　土井さんは、ご両親がともに料理研究家（父は故土井勝、母は故土井信子）という家庭で育って。子どもの頃はどう思ってらっしゃいましたか、料理に対して。

土井　それは楽しみですよ、無条件に。子どものときは日が暮れるまで外で遊んで、晩ご飯になるとお腹をすかして、もうこんなに幸せなことはないと。だから、家で勉強するいうこと知らなかった。「勉強しなさい」って一回も言われたことがないんです（笑）。

岡村　じゃあ、今日は何が食べられるかなというのが楽しみに？

土井　基本的に和食ですから選択肢はないんです。ある日ローストチキンがテーブルにのっていたとか、生まれて初めてエビフライをいつ食べたとか、ビフテキをいつ食べたとか、けっこう覚えてますよ、その瞬間を。それぐらいに何もなかったから印象に残ってて。

岡村　外食はよくされました？

土井　母が本に書いていて知ったんですが、家族で出かけたときに「今日、何か食べて帰ろか」って母が声をかけたんです。そしたら、父も私ら子どもたちもみんな、「なんで？」って（笑）。僕らからすれば、外で食べて帰る理由がないわけです。母にしたら、いまから家でなんか作るんもってというのはあったんだろうけど、そういうことの理由がわからなかった。それがその世代の男であり、家族だったんでしょう。母の負担にももちろんなってたと思うけど、母もそれに対して愚痴を言わなかった。まあ、そういう時代ですね。

岡村　やっぱり家でお母さんの料理を食べるのがおいしい？

土井　はるかにおいしい。それはいまでも思います。だから、おいしいものは家の外にある、高いレストランがおいしい、そう思い込んでる人は多いけれども、そんなことはないんです。

岡村　家ではどんなものを食べていたんですか？

土井　季節のもんですよね。春になったらフキがあって、タケノコがあってという。旬が大事だということを父はものすごく口を酸っぱくして言ったんです。それをずっと聞いて育ってるから、そこはいまも大事にしてますよね。

岡村　じゃあ、インスタントのものやファストフードは食べませんでしたか。思春期の頃とかは。

土井　私が生まれた頃にチキンラーメンが出てきて、万博（大阪万博。1970年）の頃にファストフードのお店ができて、「未来はこういうものをみんな食べるようになるんちゃうか」と父が独り言のように言ってたのは記憶にあって。もちろん、私も、一度や二度は食べたことはあるけれど、いま、それを食べる理由がない。ほかに食べるべきもの、食べたいものはたくさんありますから。

岡村　土井さんの青年期のエピソードを読みますと、料理だけではなく、ガッツリ青春を楽しんでいらっしゃって。いろんなカルチャーに興味を持っていらっしゃった。ファッションとか音楽とか。

土井　そうです、そうです。

岡村　ビートルズも大好きで。

土井　ポールがものすごく好きだったんです。ポール・マッカートニー&ウイングスの『ウイングス・オーヴァー・アメリカ』というアルバムがありますけども、あの当時はポールのお付きの料理人になって、一緒にポールと世界を巡りたいと思ってました（笑）。

岡村　そんな夢が。

土井　いや、夢想したいうことで。料理も何もしてない頃だったから。サーフィンをやりながら（笑）。サーフィンやってディスコ行ってめっちゃ遊んでましたから。

岡村　70年代の頃ですかね？

土井　ですね。あと、ファッションにしても、すごい好きなんやけど、オシャレしてるって言われるのは気恥ずかしいんですよ。それはいまもそう。オシャレはバレたら負けやと思ってましたね（笑）。

岡村　しかし、それだけ青春を謳歌なさってたのに、料理の道へ。

土井　やっぱり両親がそういう道にいたから、ほかのことを考えてなかった。私にとっては無条件の道だったというか。親は跡を継げとは一言も言わなかったんです。でも、なぜかわからないけど、子どものときに父がＮＨＫによく連れてってくれましてね。

岡村　『きょうの料理』の収録に。

土井　大きなスタジオで収録するんです。薄暗いんだけど、父のところにだけスポットが当たって。隅っこの椅子に座って見てました。

岡村　兄弟みなさんで？

土井　いや、私には兄と妹がいるんですが、なぜか私だけ。

岡村　じゃあ、土井さんに期待なさってたんだ、お父さんは。

土井　そんなことはないでしょう。父は、妹のほうが料理に向いてると言うてましたし。ええ加減なもんやと思いますよ、そのへんは。

岡村 そしてスイスとフランスへ修業に出て。なぜヨーロッパへ？　和食に囲まれた家だったのに。

土井 それはね、「料理いうのは一生勉強や」と両親が言ってましたし、家も和食が中心ではあるけれど、洋も中もみんなやるし、父のテキストにも載ってるから、全部やらなあかんと。でもまあ、言うたら、ただのええとこのボンボンですから（笑）。大阪でいうとこの「あかんたれ」いうのを私は自覚してるわけですよ。自分はあかんたれでできないと。それを直しに行ったんがフランスでした。

岡村 さまざまなレストランで働かれて。スイスの「ローザンヌ・パラス」とかリヨンの「ポール・ボキューズ」とか。僕の料理修業のイメージって昔のドラマの『天皇の料理番』とか『前略おふくろ様』とか、まずは洗い物からやってみたいな感じなんですが。

土井 それはそうですが、私は非常に恵まれていたと思います。外国人の私に、みんなとても良くしてくれましたから。父のおかげとも思うけど、時代が良かったんでしょうね。私がヨーロッパへ行ったときは、ヌーベル・キュイジーヌ（新しい料理）といって、フランス料理がどんどん進化し前に進む時代。みんな明るかったんです。

岡村 ところで、料理については、子どもの頃からご両親に手ほどきを受けたりしてたんですか？

土井 まったくやってない。やろうとも思わない。父の仕事を子どものときからそばで見てるもんだから、料理は簡単なことではないということはよくわかってましたし。とにかく、いつも最高のものを作らないといけないと思っていたんです。ですから、料理をするのはずっと怖かったし、始めたら始めたで、非常に苦しみました。思うようにならないのは、自分の責任だと思うと、自分の全てが見透かされているように思うでしょう。苦しみが取れたのはここ10年くらいかな。

岡村　そうなんですか。

土井　例えば、目玉焼き一つ焼いたとしても、昨日の目玉焼きと今日の目玉焼きは違うわけです。料理は自然を扱うものですから、絶対に同じにはならない。「昨日のほうがよかった」と、ごくわずかな違いが自分にはわかるんです。誰も気づかないし、気にも止めないけれど明らかに違う。それって音楽の世界にもありませんか？

岡村　あります。昨日と今日はまったく一緒にはならないです。

土井　でしょう。なのにそれを、お客さんに出す、尊敬するような人に出すいうのは、自分が丸裸でその人の前に出るような気持ちになるわけ。まあ言うたら、何もかも見られるわけです。料理というのは、それだけ心が見えてしまうもの。そりゃもう大変ですよ。

岡村　じゃあ、ご自身に揺るぎない自信を持てるようになったから、開き直ることができたと。

土井　見事な味だけを世の中の人は求めてるんじゃないと思ったからですよね。完全なものなんてない。一生懸命していれば、結果がどうあれ、それでいい。結構、時間はかかりましたよ、そういう心境になるまでは。だから私、いますごく楽しいんです。料理をするのも食べるのも。昨日の自分に頼らず、今日の新しい自分になって、いまあるものにちゃんと向き合う。そうすると新しい料理はいくらでも生まれてくるんです。俄然、楽しめるようになりました。

一汁一菜は
男性型社会へのアンチテーゼ

岡村　「一汁一菜」のお話をもう少し詳しく聞きた

いんですが。この環境下、家事や子育てで大変な人、主に主婦の方々にとって、土井さんの提案は、食事はもちろん生き方においてもいい指針になり、実際、それを実践して「解放さた」という声も多いと聞くんです。

土井　言うたら、何も考えない。「料理をしようとしない」ことです。「今晩何をしよう」ということがいちばん問題なんです。何を作るかということに悩まされる。プロだって、献立を考えるのがいちばんしんどい。それを毎日違うものをというと大変な作業。だから、基本、何もしない、何も考えない。味噌汁とご飯、時間があったら買い物も行くけど、行かれへんかったら冷蔵庫にあるものを食べる。それでいいんです。「足りない」って言われたら、おかわりをすればいい。「余裕あったらするけども、今日忙しいからできへん、しゃあないやろ」って（笑）。

岡村　手間を省いてもおいしいものはできると。

土井　いや、手を抜けとか楽をせえいうことではないんです。できる範囲で一生懸命に作る。それで十分。もちろん、サラダも食べたい、肉も食べたいいう日があれば食べればいいんです。

岡村　本に書いていらっしゃいました。日本人には日常の「ケ」と非日常の「ハレ」という世界観があり、一汁一菜は「ケ」の営み。

土井　そう。だから「ハレ」はたまにでいい。そもそも、「ご飯と主菜と副菜と汁物」の一汁三菜が日本食のスタイルだと言う人もあるけど、豊かな武家社会ではあったかもわからんけど、普通の庶民の家庭料理でそんなんはない。伝統でもなんでもないんですよ。

岡村　そうなんですか。

土井　いまの一汁三菜というご馳走文化は、高度経済成長時代に確立したスタイル。日本が戦争に負け、それで欧米流の栄養学指導が強化されたんです。日本人は背が小さくて力もない、タンパク質と脂肪が足りない、だから戦争に負けたんやと。そして、昭和31年頃、油脂でカロリーを摂取しようと「フライパン運動」いうのが起こり、栄養士が全国津々浦々、リヤカーにプロパンガスを乗せて栄養料理を指導して回り、それをみんな目を輝かせて習ったんです。そういう時代を経て、昭和50年頃に日本型食生活ができたわけ。

岡村　そんなに昔の話じゃない。

土井　そうなんです。だから、豊かさに対する憧れで、とにかくテーブルの上にいっぱいおかずを作るのがいいお母さんであり、いい家庭だと。当時は、アメリカ人のように大きな冷蔵庫に食材を詰め込むのがみんなの夢やったし、欧米型の食生活に憧れたんです。だから、タンパク質や脂肪を含む肉か魚がメインディッシュと考えるようになったわけ。本来、日本の食事にメインディッシュなんてありません。お味噌汁の中に豆腐と油揚げが入ってたらタンパク質と発酵食品が一つになってるわけやし、青みが入ってたら野菜が入ってる。だから、副菜を兼ねた主菜であるとか、主菜を兼ねた副菜が混在するのが和食なんです。

岡村　つまり一汁一菜は、本来の日本人の食の姿にもどすこと。

土井　そうすれば体は健康になるし、考え方、生き方もシンプルにできる、感受性も豊かになって自信がつきます。やっぱり、社会の常識はイデオロギーですから、男性社会の価値観なんです。それが家の中にまで入ってきてしまったから、本来のものとごちゃごちゃになって、何を作っていいかさえわからないということになる。最初に話した料理人のレシピもそう。おかずは3品作れ、皮を剝け、酢水に浸せいうのは社会の、家の外の価値観であり、料理屋の価値観。

岡村　そういった社会とは別のところに家庭料理はある、と。

土井　そもそも、日本の食を担ってきたのは女性であり、食文化は家の中にあるもの。家族のカタチや大切なものはそれぞれ違うのだから、家庭料理はそれぞれのやり方でいい。公共性という正義に潰されてもダメなんです。ですから、それぞれの思惑から生まれた手垢のようなものを家庭料理からなくそう、フラットにしよう、それが一汁一菜。終着点ではなく出発点。日本人の美意識や価値観、言うたら、わびさびも、もののあはれもすべてそこから。そういった「女性性」が大事なんです。

岡村　つまり、「男性性」がイデオロギーを生んだとすれば、「女性性」は食を生んでいる、ということなんでしょうか。

土井　最近、哲学者のジャック・アタリが、「人間は何を食べてきたか」という食の歴史を描いた本があるけれど、そこに書かれているのは男の権力の歴史であって、女性が何を思い、何を作ってきたかという視点が一切ないんです。「人間は何を料理してきたか」という視点を持てばまったく違う歴史が見えてくるはずなんです。やっぱり、女性は命を生みだす源なので、食とも距離が近い。男性が社会的な生き物とすれば、女性が持っているのは家族性。それは本来人間を幸せにするものであって、幸福の起源。それがなくなってしまうと、私たちには、安らぎというものがなくなってしまう。弱肉強食で殺し合いを続けるか、資本主義を継続して地球を壊して滅亡するか。それをストップできるのは、女性の価値観しかないんです。

岡村　女性的価値観が世界を救う。

土井　男性社会は時代遅れです。

お椀という有限の世界に無限の楽しみが広がる

岡村　実は今日、女性誌だから「先生、免疫力を上げるメニューをお願いします」みたいなことをお聞きしようと思っていたんですが、お話を伺ってると、それはちょっと違うなあって（笑）。

土井　みんなよく聞いてきますけども（笑）。それはね、言うなら、自分で作ることです。口幅ったいけれども、味噌汁を飲むこと。それに尽きる。この味噌汁いうのは、世界の命を守る食材ですよ。日本のアスペルギルス・オリゼ（コウジカビ）というのは、もう日本にしかない国菌なんです。中国にも韓国にもアジアにはみんな味噌はあるけど、日本にしか麴菌はないんです。1000年以上、目に見えないもんを飼うてきてるんです、われわれは。すごいことなんです。

岡村　菌のパワーもすごいそうですね。味噌に漬けるとほとんどのものが腐らないと。

土井　味噌を原因にした食中毒の報告例は1件もないからね。

岡村　やっぱり一汁一菜ですね。

土井　まずは一汁一菜。しかも、環境にもいい。持続可能という言葉が最近よく言われてますけども、一汁一菜を日本人が全員実行したら、家庭におけるフードロス、食品のロスはなくなると私は言っているんです。しかも一汁一菜は、「誰かと一緒にやろうね」なんて言わなくても、「あ、それはいいな」と思えばいつでもやればいいこと。そうすることで、誰もが傷ついた地球を労することができるし、自分も少し安心して健康になることができる。何て言うか、「慎ましさは大事への備え」ということなんです。

岡村　味噌と女性が世界を救う。

土井　その通りです。

岡村　ちなみに、お味噌汁の具のおすすめは？

土井　野菜とタンパク質が入ってると栄養バランスが取れますし、旬のものを入れてあげると季節感も味わえる。でも、基本的に、食べたいものを何でも入れたらええんです。豆腐でもわかめでもキャベツでもブロッコリーでもベーコンでも。入れたらダメなもんなんてない。お椀という有限の世界に無限の変化と楽しみがある。自分が意図しないおいしさも生まれてくるし、まずいものは決してできない。人間にまずくすることなんてできないんです、伝統的な製法で作られた健全なお味噌であればね。

岡村　昨日は影響受けて卵お味噌汁を作ってみました。子どもの頃によく出た卵お味噌汁。やさしい味でおいしいなって。なんだか幸せな気分になれるんです。

土井　卵を入れるとだいたいのものがおいしくなります。

対談を終えて

対談の初っぱな、意見が合わなくて険悪な雰囲気になりましたが（笑）。「一汁一菜は女性を料理から解放するため」というお話にはハッとさせられましたし、「男の権力の歴史じゃない女性の食の歴史を」というのも面白い視点だと思いました。お味噌汁は僕ももちろん実践しています。好きな具材は、玉ねぎ、トマト、卵……。というか、土井さんがおっしゃるように、お味噌汁は何を入れてもおいしい。お椀の中に無限に広がる宇宙ですから。

ロバート キャンベル

WHAT IS
HAPPINESS TO YOU?

ロバート キャンベル
早く蚊帳の中に入れてあげることが本当の意味での寛容な社会

2021年6月

Robert Campbell
アメリカ・ニューヨーク生まれ。日本文学者、早稲田大学特命教授。カリフォルニア大学バークレー校3年時に東京に留学。ハーバード大学大学院で近世日本文学を修め（文学博士）、27歳で九州大学研究生として再来日。東京大学教授、国文学研究資料館館長を経て現職に。

ロバート キャンベルさんは一度お会いしてみたい人でした。というのも、彼が書いた『井上陽水英訳詞集』が素晴らしく、キャンベルさん自身に興味が湧いたのがきっかけでした。ニューヨークのブロンクスで生まれ育ち、日本文学者となった彼は、一体どんな人生を歩んできたのだろう。古典がからっきしダメな僕からすれば、日本文学を理解できるというだけで尊敬してしまう。なんせ僕は三島由紀夫の『仮面の告白』さえ通して読むことができなかったので。

岡村　キャンベルさんはニューヨークのご出身で。

キャンベル　ヤンキースタジアムの近くです。ブロンクス地区。

岡村　どんな少年でしたか？　何に夢中になってましたか？

キャンベル　うーん。

岡村　映画とか漫画とか……。

キャンベル　あ、そうですね、テレビっ子でした。うちはちょっと複雑で、私が生まれて間もない頃、父が家を出ていってしまって母が1人で家計を担わなくちゃいけなかったんですね。ただ、母方の祖父母や親戚がすぐ近くに住んでいて、彼らはアイルランドから渡ってきた人たちなんですが、日中は祖母や大叔母たちが母親代わりで、入れ代わり立ち代わり、家に来ては紅茶を飲んだりケーキを食べたりしながらおしゃべりしていたので、寂しくはなかったんです。だいたいお昼頃から母が職場から帰ってくるまでの間、ずっとキッチンでしゃべってる。だから大人のおしゃべりをいつも聞いてました。子供に聞かせたくないことはアイルランド語なんだけど。

岡村　まるでウディ・アレンが描くようなニューヨークの下町家族。

キャンベル　そう。大人の言葉を洪水のように浴びて育ったんです。それでわりと早く言語を習得できました。で、キッチンの隣がリビングで。僕はいつもそこでテレビを観るんです。当時はコンソールといって家具調のテレビでした、白黒の。白黒テレビ、ご存じですよね？　私は岡村さんより7つぐらい年上だと思うんですけれど。

岡村　そうなのですね。じゃあ、白黒のテレビで何観てました？　カートゥーンとか？

キャンベル　観てました。土曜日日曜日、アメリカの朝の番組はカートゥーンばっかり。で、6歳ぐらいになると外で遊ぶようになって。当時はコミックスが12セント。それをお小遣いで買ったり、野球カードを集めて交換したり。

岡村 日本でも当時野球カードは人気でした。読書はどうですか？

キャンベル 大好き。小学校に上がる前、祖母に連れられ毎日スーパーへお買い物に行くんですが、祖母はとにかくおしゃべりな人で、絶えずしゃべりかけてくるんです、歩きながらでも。例えば、通りにタバコの「マルボロ」のビルボードがあって、すると祖母が、「馬に乗ってる男の人の看板、何と書いてあると思う？」と言うんです。だから、私が最初に読んだ英語は「Marlboro」（笑）。それが3歳4歳のときでした。読み書きできるようになったのは早かったんです。それでわりと小さい頃から図書館で本を借りて読んだり。

岡村 どんな本を読んでました？

キャンベル 今も覚えてるのは、『Myra Breckinridge』（『マイラ』）という、ゴア・ヴィダルの小説。1960年代にすごく流行った、トランスジェンダーを主人公にした話で。赤裸々なセックスのシーンだとかが書かれていて、子供が読んではいけない本だったんです。でも、アパートの部屋には母さん、そういう本が並ぶ棚がある。今から考えると、お母さん、もうちょっと頭を使ってよという感じがするんだけど、もうスイートスポットですね、そこは（笑）。バレて怒られたりしましたけれど。

岡村 大人の本はこっそり読みたくなるものです。

キャンベル あと、アンネ・フランクの『アンネの日記』を読んだのが13歳のとき。読みだしたら面白くて止まらなくて、徹夜で読んで。その後、ヴィクトール・フランクルの『夜と霧』も読んで。

岡村 『夜と霧』は衝撃的でした。ドイツの強制収容所の話ですが、僕が忘れられないのは、極限の場所で人間の尊厳も全部奪われ、そんな状況でもいちばん大事なのはユーモアだ、と書いてあって。

キャンベル　すごい話ですよね。

アイルランド村で育ったジュンサイ

岡村　しかし、キャンベルさんが育ったブロンクスも、戦時中のドイツと比べられるものではないですが、結構、ワイルドだったんじゃないかと想像するんですが。

キャンベル　物心がついた60〜70年代にかけてはいちばん治安の悪い時代。わりとサバイバルな場所でしたね。店に入るときなんか、必ず隅っこの席に行くんです。真ん中には座らない。エレベーターに乗るときは、必ずペタッと壁に背中をつけるんです。

岡村　背中を見せない。

キャンベル　それは鉄則。だから、祖母が、僕の靴の中に25セントコインを縫い付けてたんです。悪いやつに会ったときに無一文だと何をされるかわかんないから、それをあげなさいと。家を出るときも、帰ってきたときも、それをチェックするんです、ちゃんと入ってるかって。僕は使っちゃいけないお金なんです。実際それが役立ったこともありましたけど（笑）。

岡村　よくご無事で（笑）。

キャンベル　2年ほど前、40年ぐらいぶりに行ったんですよ、育った町に。当時住んでいたアパートはそのまま残っていて、何一つ変わってなかった。玄関のベルのチャイムの器具まで一緒。ただ、住人の名前を見ると、昔はイタリア、アイルランド、東ヨーロッパ系のユダヤ人の名前が多かったのが、今は中南米のドミニカとかコスタリカとか、ブータンとか。

岡村　住む人種が入れ替わった。

キャンベル　祖父母もそうでしたけれど、経済難民としてやって来て、仕事に食らいついて、そこで生きて、家族を作り、1世代ぐらいをそこで過ごし去っていく。循環装置みたいな町なんです。

岡村　アイルランドから来られたのは？

キャンベル　20世紀の初め頃。ただ、アイルランドの人たちは差別を受けていたので、ホワイトカラーの仕事はできなかった。だから、ブルーワーカー。労働者。祖父は地下鉄の運転手をずっとやってたんです。で、その世代が作った教会と教会附属の小学校があって、私の母たちもそこに通って、私もそこに通って……あ、ごめんなさい、長い話（笑）。

岡村　いえいえ、興味深い話です。

キャンベル　その教会の傘下には小学校のほかに、少年野球だとかボーイスカウトだとかもあって。要するに、僕らアイルランド系の子供たちはそのコミュニティの中だけで育っていく。ほぼ100パーセント。だから、ブロンクスというと、人種のるつぼみたいに感じるけれど、日本料理でいえば、お椀の中のジュンサイみたいな感じ。薄いゼラチンの膜みたいなものがあって、ほかの民族とはあまり交わらない。なるべくお互いにダメージを与えないようにしながら共存してる感じでした。

カトリック教徒の母がユダヤ人の継父と再婚

岡村　アイルランドのコミュニティに守られ、そこで完結する。

キャンベル　だから、いわゆるWASP、アングロサクソンに初めて会って仲良くなったのは、14歳15歳の頃だったんです。

岡村　自身のコミュニティの外へと好奇心が向いたのはどういうタイミングだったんですか？

キャンベル　たぶんそれは思春期に入って、ホルモンのバランスが崩れてからでしょう（笑）。それまでは本当におとなしいカトリック教徒。私、子供の頃は神父の助手をやってたんです。〝オルターボーイ〟というんですけれども。

岡村　映画でたまに観ます。神父さんのお手伝いの少年。

キャンベル　学校が始まる前に毎朝7時のミサを手伝って、それが終わって8時半から学校が始まる。本当にすごく真面目な、まあ、不真面目になったことはないかもしれません。わりと一直線の。

岡村　敬虔な。

キャンベル　敬虔。オルターボーイの仕事が面白いからやってたんだと思うんです。厳(おごそ)かで、お香の匂いがするし、ワインも飲めるし。

岡村　文化度が高くて豊かですよね。特別な存在になった気分で。

キャンベル　それは、宗教でもありアイルランドの文化でもあり。日本でいえば真言宗のような、キラキラした感じ。ただ、特別感を抱ける気持ちのいいことではあったんですが、13歳になった頃、教会からは離れたんです。

岡村　なぜですか？

キャンベル　私が物心つく前、母は父と別れたわけですが、言ってみれば母は捨てられたんです。でも、母はとっても強い人。涙を見せたことがない。だから私は一切、父性の不在ということを感じなかった。それを思わせないということは結構大変なことじゃないかなと思うんです。ただ、カトリック教徒なので、ずっと離婚は認められなかった。でも母は、私が13歳のときに再婚を決意したんですが、あるとき同僚の男性を連れてきた。この人と再婚しようと思うと。新しくやって来たお父さんはとってもいい人で、私はすぐ仲良くなったんです。でもそうすると、教会からは離れないといけない。継父はユダヤ人だったから。

岡村　宗教が違ったんですね。

キャンベル　これはもう、天地がひっくり返るような出来事。アイルランド村の中では空前絶後の大事件（笑）。それで私は、なぜなんだと。それまで苦労してきた母が幸せになれないことに納得がいかなかった。だから、私は一つ、そこで大人になったというか。

岡村　お椀の中のジュンサイではなくなったんですね。

キャンベル　スパッと世界が開けた感じがしましたね。

岡村　新しいお父さんはどんな方なんですか？

キャンベル　好奇心が旺盛な人。食べることが大好きで、外に出るのがすごく好き。探検隊みたいにいろんなところへ行きました。

「打倒ニクソン」で政治に関心を持った

岡村　その後、ニューヨークを離れ、イギリスへ行ったそうですね。

キャンベル　再婚から1年半後に妹が誕生して一家4人になって、全員でイギリスへ行ったんです。70年代初頭。何か目的があったわけではなく、両親の思いつき。継父は弁護士資格を持っていたので、向こうへ行けば何か仕事があると思ったんでしょう。でもあんまりうまくいかなくて、フランスに住んだりもしましたが、1年半でアメリカに戻ることになるんです。おかげで私は少しフランス語がしゃべれるようにはなりましたけど。

岡村　じゃあ、そのときにいろんな文化に触れられたんですね。

キャンベル　映画、音楽、ファッション、ありとあらゆるカルチャーを好きになって。大阪弁で「粉をかける」と言いますが、そんな感じ。いろんなところにちょっと首を突っ込んでみる、みたいな。

岡村　ビートルズとかは？

キャンベル　僕はジョン・レノン派。最初はポール・マッカートニーが好きだったんです。カッコ良くてファッショナブルで。ただ、60年代末～70年代に差しかかったとき、まだ10歳ぐらいでしたけれど、結構大人に近い感覚で、反戦や差別撤廃や社会問題を意識するようになって、ジョンのことが好きになったんです。平和活動をしていたので。で、大統領選が68年にあったんですが、共和党がリチャード・ニクソン、民主党がヒューバート・ハンフリー、私も子供ながらに選挙運動に参加してビラ配りをしたりしたんです。「打倒ニクソン」で。

岡村　小学生だったけれども政治に関心があったんですね。

キャンベル　やっぱり、当時はベトナム戦争がありましたし。その前、50年代～60年代に公民権運動が起こって、その頃の私はまだ小さかったですが、「March on Washington」（注：63年8月28日に行われた人種差別撤廃を求める大規模デモ。ワシントン大行進）とか、ジョン・F・ケネディの暗殺された日（注：63年11月22日）の放送はよく覚えてます。そして68年、「Tet Offensive」（テト攻勢）で北ベトナムに対するアメリカの攻撃があって、マーティン・ルーサー・キング牧師が暗殺されて。何が良いのか悪いのかをちゃんと考えなきゃだめだと子供ながらに思ったんです。

日本語で何かをすれば退屈しない

岡村　ところで、キャンベルさんは江戸時代の文学や漢詩などを読んで日本文化を深く研究していらっしゃる。僕が知りたいのは、どんなきっかけで日本に興味を持ったのかと。

キャンベル　いやいやいやいやいや、どこかで聞いたことがある質問。

岡村　ははは。でもね、日本人がギブアップするようなものに、よくキャンベル青年はコンセントレートしていったなと思って。

キャンベル　先ほども言ったように、いろんなところに粉をかけまくっていると何かが起こるじゃないですか。数撃てば当たるんです。私、少年時代はライフルもやっていて、上手かったんです。NRA（全米ライフル協会）という今一番いけない、アメリカ社会を壊している協会にも入ってたし（笑）。

岡村　マイケル・ムーアが突撃した、かの有名な。

キャンベル　私がやっていたのは競技としてのライフル。もちろん標的は生き物じゃない。でも、そうやって、いろんなことをやって、一つまた一つと削ぎ落としていった結果、日本が残ったというか。

岡村　なぜ？

キャンベル　決定的瞬間はないんです。だから私はその質問は避けたいという（笑）。ただ、最初の話に戻すと、当たり前じゃなかったんです、自分の英語が。祖父母たちはアイルランドの独立戦争世代で、イギリスの植民地だった頃、難を逃れてアメリカにやって来た人たちなんです。だから、アイルランドにいる人たち以上にアイルランドで。でも私はその孫世代。そこまでアイルランドではないわけです。とはいえ、自分のより所がアメリカかといえばそうとは限らない。自分が喋ってる言葉や持っている価値観、遊び方、笑いのツボ、それが当たり前で空気みたいなものだということをあまり感じたことがないんです。もちろん、英語は大好きだし、英語で読み書きすることも好き、歌も音楽も大好きだけど、それは自分を成り立たせる言語ではなく、どこか着脱可能なものだと。そうすると、私は、どこであろうと、どんな言葉であろうと、興味を持ってスッと入ったときに、そこが歓迎してくれるなら気持ちよくなれるんです。

岡村　じゃあ、その入口は何だったんですか？　日本への入口は。

キャンベル　それはやっぱり大学生になってから。ヨーロッパでの生活が終わってアメリカに戻ったとき、ニューヨークではなくサンフランシスコに移ったんです。10代、高校生の頃ですね。すると、私が通ってた高校の生徒は半分以上がアジア系。それで日本をはじめとするアジアの国々になんとなく興味を持つようになって。で、大学に入り、たまたま美術史の授業を受けてみたら、「日本語がわからないと日本の美術がわからないよ」と先生に言われて。嘘だろうと思ったんです。音楽もそうだけど、言葉がわからなくても、予備知識がなくても、芸術は誰でも楽しめるもの。でも、先生がすごく言い募るんです。「いや、言葉がわからないと、この『洛中洛外図』の中で何が起きているかがわからない。早く日本語を覚えろ」って。18歳、19歳のときにそう言われたんです。それで、そのまま日本語の授業に出始めたら、これは面白いと。それで、三島由紀夫の『仮面の告白』を読んだのが20歳ぐらいの頃だったんです。

岡村　日本語で？

キャンベル　辞書を引きながら。

岡村　すごい。新しいお父さんとはすぐ仲良くなり、フランスへ行けばフランスに馴染む。そもそもの適応能力が高いんでしょうね。

キャンベル　なんせ着脱可能ですから（笑）。それで、東京に来たときに、これまた偶然ですけれど、いろんな方々にお会いして。歌舞伎の評論家ですとか、谷崎潤一郎の奥さんの松子さんだとか。

岡村　へえ〜！

キャンベル　それがキッカケでお能の世界を知ることになり、谷崎潤一郎がどういう人だったかも少しわかったり。あと、私が日本に来た当時はYMOが流行ってて、新宿のディスコ〈ツバキハウス〉だとか東京のポップカルチャーの現場にもよく足を運びました。

岡村　80年代初頭ですか？

キャンベル　79〜80年。すごく面白い時期でした。戦前からの文化を担っている人たちに出会って話を伺ったり、流行の最先端の人たちに出会ったり。このまま日本語を使って何かをしていれば一生退屈はしないなって。マグロみたいに死ぬまでずっと泳いでいられるというか、日本語という海の中でずっと回遊できるような感じがそのときにしたんです。

別れた実父と再会し
パートナーと結婚しました

編集部　編集部からの質問もいいでしょうか。今回、特集しているテーマの一つLGBTQについてもお聞きしたくて。法案の提出が保守勢力によって阻まれてしまったりしている昨今ですが。

キャンベル　LGBTQについて、日本はどうかといわれると、間違いなく「寛容な」社会です。自分がゲイやレズビアンであることがわかって命を狙われるとか、「気持ち悪い、オカマだ」って礫（つぶて）を投げつけられる割合が少ないんです。私が育った文化に比べて。

岡村　昔から、テレビで活躍するタレントさんも多いですし。

キャンベル　でもだからといって、それぞれの町内で、会社で、教室で、「自分は女だけれども女の子が好きだ」とか「いや、僕は男の子も女の子も好きだ」とか、そういうことが言える空気があるかというと、圧倒的にない。僕は、俺は、私は、ここにいるよ、ということを言えない。自分から可視化させることができない空気が社会を覆ったままなんです。ただ「寛容になったつもり」なだけ。LGBTQだということだけでどんな生きづらさを感じているかを、一人でも多くの人にわかって、考えてもらいたい。「寛容な社会を作りましょう」というスローガンは、私はすごくズレていると思う。そもそも「寛容な」とはどういう意味か。辞書で引けばわかるけれども、その人に何らかの過失や罪があるのに大目に見てあげる、ということ。じゃあ、私たちに何か罪があるのか。だから私は今、「寛容」という言葉にはセンシティブ。あなたはどこの立場から、僕らのことを寛容にするんですか？　と。観葉植物だったら全然いいんだけど（笑）。そういうことではなく、早く蚊帳（かや）の中に入れてあげましょう、ということが本当の意味での寛容な社会だと思うんですね。

岡村　すべてを受け入れる社会。

キャンベル　でも、日本社会はその分岐点を越えてるんです、実際は。問題は、永田町の人たちと、その人たちの支持者の一部。多くの国民はもうわかっているんです。なんでそんな足枷（あしかせ）をその人たちに強いるのか、自由に動けるようにすればいいじゃないかと。そうすることでイノベーションが起きるだろうし、本来の意味での生産性が上がるんじゃないかと、多くの人はそれを知っているんです。

編集部　4年ほど前、キャンベルさんはアメリカで日本人のパートナーの方と同性婚をされて……。

キャンベル　あ、「結婚」です、普通に。今、世界の潮流として、同性婚とは言わない。ただ、結婚。岡村さんは以前、「結婚とは何か」を考える本を出版されていたでしょう？　いろんな既婚者や経験者、独身者にもインタビューして。あれはとても面白い本でした。

岡村　『結婚への道』、読んでくださったんだ。うれしいです。

キャンベル　結婚して幸せだと感じました、私も。そうだ、聞いてください、岡村さん。もう本当に困った父親で……あ、私、探したんですよ、幼い頃に別れた父を。

岡村　実のお父さんですね。

キャンベル　そう。母が生きている間はセンシティブかなと思って、探さなかったんですが、母が亡くなって5、6年経った頃、ふと探してみたんです。人探しのサイトで。名前はわかっているし、ニューヨーク州に住んでいるのも察しがついていて。すると同姓同名が18人ぐらいヒットした。全員に手紙を書いて送ったんです。切手を貼って。で、1ヵ月ぐらい経ったところで返事が来たんです。「それは私です」と。数撃てば当たるという話なんですけれど（笑）。

岡村　じゃあ、再会された？

キャンベル　恩讐の彼方の末に。僕はゲイで、パートナーがいると最初から伝えていたので、パートナーと一緒にニューヨークへ会いに行ったり、私たちが住む日本に来てもらったり。すごく可愛がってくれるんです、私のパートナーのことを。で、あるとき父が、「なんで結婚しないの？」と電話で言ったんです。私は、「お父さん、日本では認められていないんです。でも、私たちは大丈夫。偕老同穴、最後までずっと一緒にいるから」と。でも、父は安心しない。「自分もいつまで元気でいられるかわからないから、早く結婚してほしい」と。育てもしない父親なのに(笑)。で、父は、郊外の小さな村に住んでいて、そこにはケーキ職人もいれば、ミュージシャンもいる、村長とも仲良しだと。「ここで結婚式をやろう。8月なら休みでしょ?」と。実父が全部お膳立てしたんです。

岡村　素晴らしいお話です。

キャンベル　結婚して初めて思いました。「本を出しておめでとう」とか「准教授から教授になっておめでとう」とか「お誕生日おめでとう」とか、小さな「おめでとう」はいっぱいあるけれど、ただ結婚しただけで「おめでとう。よかったね」とみんなに祝福されることは、やっぱり嬉しいことだなって。

対談を終えて

「日本語という海の中で回游する」ことに幸福を感じたというキャンベルさん。日本人のパートナーと結婚することができて幸せだとおっしゃっていたのが印象的でした。最近はバラエティ番組「バラいろダンディ」のコメンテーターとしても人気を博し、活躍の場がますます広がっているように思います。時間が足りず『井上陽水英訳詞集』の話とキャロライン ケネディさんとの交流の話ができなかったのが心残りでした。また別の機会に。

WHAT IS
HAPPINESS TO YOU?

アイリーン・美緒子・スミス

私たちがやってきたことがいまの時代の人の心に響いていることが幸せ

2021年8月

Aileen Mioko Smith
1950年東京都生まれ。環境活動家。父はアメリカ人、母は日本人。スタンフォード大在学中に写真家ユージン・スミスと知り合い、結婚。夫婦で水俣病の現地取材を行い、その惨状を世界に知らせた。絶版となっていた二人の写真集『MINAMATA』が復刊。

ジョニー・デップ主演の映画『MINAMATA』は、1970年代の水俣に移り住み、水俣病を取材した伝説の写真家ユージン・スミスとその妻の物語。今回は、ユージン氏の妻だったアイリーン・美緒子（みおこ）・スミスさんに、インタビューすることが叶いました。僕はこの映画にいたく感動。多くの人にアイリーンさんとユージンさん夫婦のこと、そして、水俣病のことを改めて知ってもらいたいと思いました。できるなら、映画を観てからこの対談を読んでください。

岡村　アイリーンさんの生い立ちからお伺いしてもいいですか？

アイリーン　1950年の5月、東京で生まれました。終戦から5年弱。もちろん戦争は知らない。でも、周辺には、焼かれてそのままの建物が残っていたり、土台だけ黒くくすんでる所もあって。

岡村　戦争の傷跡が残ってる。

アイリーン　そう。防空壕に住んでる人もいましたし。うちは父がアメリカ人で、当時は裕福なほうでした。家も周りより大きくて、お手伝いさんもいる。でも、すぐ隣りはバラックでした。そこに、チイちゃんという女の子がいて、仲良しだったんです。

岡村　東京のどの辺りですか？

アイリーン　ここ（文藝春秋社）のすぐ近く。麴町です。麴町小学校の目の前でした。

岡村　麴町小学校に通われて？

アイリーン　いえ、通っていたのはインターナショナルスクールでした。ただ、うちにはお風呂はあるけど、近所の子供たちと銭湯に行くのが大好きだった。みんなで揃って行くのが楽しくて。だから、いまも銭湯は大好きなんです。

岡村　学校は違うけれど、周りの環境とも、とっても馴染んで。

アイリーン　はい。で、6歳の頃、麻布の有栖川公園の近所に引っ越して。その後、両親が離婚。母は田園調布へ移ったので、父の所と母の所を行き来するようになって。

岡村　お父さんはどんな仕事を？

アイリーン　貿易商です。主にプラスティックと化学肥料を扱っていて。だから、父が、プラスティックを軟らかくする材料がある、とよく言っていたのを覚えていて。それはまさしく、水俣病を引き起こしたチッソが生産していたアセトアルデヒドと関係するんです。

岡村　運命的なものがありますね。

アイリーン　もちろんそのときは、そんなことを知る由もなく。

岡村　じゃあ、子供時代は英語で生活をしていたんですか？

アイリーン　英語しかしゃべらない父とは英語で、日本語しかしゃべらない母とは日本語。自然とバイリンガルになりました。

岡村　お母さんは英語が苦手だったんですか？

アイリーン　当時、お互いの言語がわからないまま結婚するミックスカップルは珍しくなかったんですね。

岡村　ちなみに、ご両親はどんなキャラクターでしたか？

アイリーン　父はすごく真面目な中産階級。アメリカの中西部で育ったクリスチャンでした。

岡村　敬虔なクリスチャン？

アイリーン　プロテスタントの一派ですが、お医者さんにも行かない宗派でした。母は、夢見がちな人。昔の上流階級の出身で、お金にも無頓着。ちょっと浮世離れしてる感じです。先日も、「私、プリンセスになる夢を見たの」なんて言うような人だから（笑）。

岡村　あ、まだお元気なんだ！

アイリーン　95歳。いま母は、私が京都在住なので、京都のシニアホームで暮らしていますが、私が施設探しをしているときも、「そんなことより、ダンスがしたいわ」って（笑）。昔からそう。私は子供のときから、彼女の世話をしてる感じです。

岡村　お母さん、興味深いですね。

アイリーン　それで、父はまた日本人と再婚し、弟が2人生まれるんですが、やっぱり、新しい家族に私は少し遠慮があって。で、11歳のときに、父の実家のセントルイスへ行って祖父母と暮らし始めるんです。そこからアメリカでの生活が始まりました。

岡村　どんな町なんですか?

アイリーン　保守の町です。大学進学まで8年暮らしましたが、その間、民主党員に1人も会わなかった。共和党員だらけ。しかも父が信仰する宗教の学校に通って。

岡村　厳しい感じでしたか?

アイリーン　白人のアメリカーナの伝統を守る感じですね。ハロウィンとか、サンクスギビングとか、クリスマスとか、そういった行事をきちんと徹底的にやるような。

岡村　楽しかったですか?

アイリーン　楽しかった。ただ、ケネディ大統領が暗殺されたときも、「あの人はカトリックだったから」って学校の先生が言うくらい、狭いプロテスタントの世界。マーティン・ルーサー・キング牧師が死んだときもそう。みんなそこまで悲しまない。別世界の出来事のような感じなんです。そんな中、私は勉強で勝負をしようと。成績優秀の優等生だったんです。

岡村　それで大学は米国屈指の学校へ行かれたんですよね?

アイリーン　スタンフォード大です。「頑張って勉強して、世の中のためにならなきゃいけない」、そういう発想だったんです。

岡村　思春期の頃は60年代で学生運動が盛り上がっていたと思いますが、社会問題への関心は?

アイリーン　なぜ世の中はこんなに不公平なんだろう、なぜ貧富の差がこんなにあるんだろう、ということは日本にいる頃から思っていたことでした。とにかく、アメリカの裕福さがイヤだった。ベトナムが大変なことになっているのに、高校のカフェテリアでは好きなものを適当に取って食べて、適当に残して。それがもう、イヤでイヤで。だから、政治だとか社会運動だとか、自分の中でそういった言葉にはなってなかったけれど、違和感はずっとあったんです。そして、大学に入ったのが、ちょうどベトナム戦争反対が盛り上がっていた頃。1回生のときに、イラク人のボーイフレンドができて。反戦運動をしている大学院生だったので、彼からずいぶん政治のことを学び、座り込みにも参加したりしました。だから、そこで初めて意識をするようになったんです。私は何ができるだろうか、と。

「あなたがいなければ自殺する」と言われたんです

岡村　そして、ユージン・スミスさんに出会われて。まだ学生の頃に。

アイリーン　3回生が始まる前の夏休み。1970年8月の終わりだったかな。私は20歳、彼は51歳でした。

岡村　CMの仕事がきっかけだと、映画でも描かれていました。

アイリーン　富士フイルムのCMです。著名な写真家が登場するシリーズで、私は広告代理店の通訳で雇われて。ユージンのことをまったく知らなかった。事前に本ももらったけれど、眠くて目を通す時間もなく、翌朝会うことになって。ニューヨークの下町にある彼のアトリエへ行ったんです。

岡村　どの辺りですか？

アイリーン　28番ストリートと29番ストリートの間の6番街のロフト。昔は町工場だったんです。5階建てのビルで、1階は金物屋さんで2階から上のフロアーを全部彼が占領していて、写真や作品でぎゅうぎゅう詰め。

岡村 面白そうな場所ですね。

アイリーン え？ ホントにここに住んでるの？って。ひと昔前は、夜中にジャズで盛り上がっていたけれど、その亡霊が漂っているような場所だったんです。

岡村 彼はどんな印象でしたか？ ファーストインプレッションは。

アイリーン 70過ぎのおじいちゃんかと思うほど、くたびれていました（笑）。ユージンがすぐに私に「自分のこと知ってたか？」って聞くから、「いや、全然」って答えて、目と目が合って「ハハハ」って笑い合って。

岡村 会った途端、ユージンさんに口説かれたそうですね（笑）。

アイリーン 富士フイルムや代理店の方たちが、「今、先生、何話されたんですか？」って、困っちゃって（笑）。とにかく、どんどん私だけに喋るんです。私は通訳ですから、みんなの交流をお手伝いしてるだけなのに。

岡村 なんと口説かれました？

アイリーン 口説くといっても甘い言葉じゃないんです。「ジャーナリズムとは、自分にとって何か」とか、「ジャーナリズムは相反するものじゃない」とか、「客観なんてない。主観しかない。主観で精一杯自分が見たことをキチッと伝えることが大切だ」とか。

岡村 ジャーナリストとしての信念を伝えていたんだ。

アイリーン それが彼の誘惑だったんです。だから、私は、「ちょっと待って。私は通訳だから」って、それを言い聞かせるのがもう大変。だから最初の印象は、「わ〜、素敵」なんてちっとも（笑）。ただ、初めから仲間のような親しみは感じていた

水俣滞在中のアイリーンとユージン
photo by Takeshi Ishikawa　©Ishikawa Takeshi

映画『MINAMATA－ミナマタ－』はユージン・スミスを尊敬する主演のジョニー・デップが自ら製作した。
配給：ロングライド、アルバトロス・フィルム
©2020 MINAMATA FILM, LLC ©Larry Horricks

んです。連帯感というか。

岡村　映画では、ユージンさんとアイリーンさんがジャズクラブで親しくなるくだりがありますが。

アイリーン　映画は、ユージンと私の写真集『MINAMATA』に基づいて描かれていますが、フィクションですから（笑）。

岡村　実際はどうでした？　なぜ30歳以上も離れたユージンさんと結婚するに至ったんですか？

アイリーン　出会ったとき、彼は自身の回顧展の準備に追われていたんです。人生最後の大勝負のような感じで。彼は結婚・離婚の経験があり、私が出会ったときは長年の恋人に去られてしまっていて。精神的な支えを必要としていたというのもあったと思います。

岡村　ユージンさんは躁鬱が激しかったと。

アイリーン　ティーンエイジャーのときに体験した父親の自殺がその根本にはあったと思います。彼は、1918年、カンザス州ウィチタの出身で、お父さんは小麦を扱う商人で家は比較的裕福。お母さんの影響もあって、子供の頃からカメラをいじるようになり、高校生のときには、写真がうまい少年だということで、地元の自然や生活を捉えたさまざまな写真が地元紙に掲載されるようになったんです。でも、大恐慌でお父さんが事業に失敗、彼が17歳のときに散弾銃で自殺してしまった。そこで彼は、人間の生にフォーカスを当てることをライフワークとするようになったんです。人間のありのままを自分は一生撮るんだと。

岡村　第2次世界大戦中は南太平洋戦に従軍し、日本軍との戦いを撮っていたそうですね。

アイリーン　サイパン、グアム、硫黄島、沖縄……。沖縄戦では日本軍の攻撃を受け、瀕死の重傷も負ったんです。手や顎には酷い傷を負い、脊髄の近くには破砕弾の破片が残ったまま。彼はその後遺症に悩まされ、強い薬が手放せない体になってしまったんです。

岡村　とにかくお酒が大好きだったそうですね。

アイリーン　日本にいるときはサントリーレッドを毎日1本。

岡村　1本！

アイリーン　1リットルあれば2日持ちました（笑）。体の痛みを紛らわせるためもあったんです。

岡村　で、ユージンさんは戦後、雑誌『LIFE』の専属カメラマンとなり、「フォトエッセイ」と題したさまざまな作品を発表されるわけですが、これがどれも素晴らしいですよね。田舎のお医者さんの日々に密着した『カントリー・ドクター』とか、アフリカの病と闘う『慈悲の人　シュバイツァー』とか。映画のワンシーンかしらと思うほどドラマティックな一瞬を捉えていて。

アイリーン　でも『LIFE』編集部は、シュバイツァー博士を「偉大な聖人」として紹介したいと。ユージンは、聖人ではない、人間としての博士の姿を捉えているのに、まったく違う編集方針だった。ユージンはそれまでも幾度となく編集部とは大喧嘩をしてきたんですが、これには大いに落胆したんですね。だから、自身の回顧展では、自分が描きたかったシュバイツァーを見せると、それはもう意気込んでいたんです。

岡村　アイリーンさんも展覧会のお手伝いをされたそうですね。

アイリーン　「あなたは私を墓の中から引き戻した」とか「あなたがいなければ自殺するしかない」とか言われてしまったら、手伝わざるを得ない。生涯で100回くらい自殺予告していた人なんだけど（笑）。だから、本当にすごく早かった。出会ってから結婚を決めるまでは。私がいれば、彼は絶望から抜け出せるんじゃないか、生き延びることができるんじゃないかって。だって、「あなたが私を見捨ててロスに帰って飛行機のタラップを下りたときに、私が自殺したことを知るだろう」なんて言われたら（笑）。悪く言えば脅しですが、でも、そうじゃない、彼は本当に必死だったと思う。

岡村　ユージンさんは若いアイリーンさんの生命

力に魅了され、アイリーンさんはユージンさんに対する責任感もあった。

アイリーン　彼はすっごく優しいし、一生懸命愛情を注いでくれたんです。第一、「自殺する!」って元気よく言う人は、まだまだエネルギーがいっぱい溜まってる証拠。彼の熱意と信念で、私が徐々に説得されていったんです。それで、大学を中退し、ユージンのそばにいることにしました。私がくたびれてしまうまでは、すごく仲が良かった、私たちは。

水俣での生活はつらく楽しかった

岡村　そして、お二人は熊本県の水俣へ。小さな漁村に移り住み、水俣病で苦しむ患者さんやその家族、国や公害を生んだ会社と闘う人々の姿を撮り続けられた。結婚を決めてから行かれたんですか?

アイリーン　そうです。8月の終わりに出会い、10月には水俣へ行くことを決めました。水俣は、写真編集者の故・元村和彦さんからの提案だったんです。元村さんは日本で開催したユージンの写真展を企画した方で、普段から水俣病で苦しむ人々を支援して、気持ちを寄せていたんです。水俣病の現状を世界中の人々に知ってもらうためにも、ユージンに撮りに来てほしいと。で、翌71年の夏の終わりに入籍、その一週間後に水俣に入りました。

岡村　行ってみてどうでしたか?

アイリーン　よく「ショックでした?」って聞かれるんです。でも、行くと決めてから10ヵ月以上準備をしてきたし、『水俣　患者さんとその世界』というドキュメンタリー映画も観ていたので、病気がどれだけキツいかはわかっていたから、そういう意味でのショックはないんです。ただ、映画や写真ではなく、実際にその人たちの日常生活に入っていくわけですから、じわじわと、重大さをより深く知る、そういう感じでした。

岡村 不安はなかったですか？

アイリーン 水俣病の公式確認が56年で、私たちが行った頃は、チッソという会社が有機水銀を含んだ汚染水を無処理のまま海に流したことで魚が汚染され、それを食べた人たちが神経をやられ、子供たちもさまざまな障害を持って生まれてきてしまった、そういう事実もハッキリしていました。でも、伝染病ではないのに、うつるんじゃないかという偏見はまだまだあって。だから、たまに東京に来ると、水俣という暗くて怖い所から来たといつも思われて。でも、実際の水俣はすごくのどかで、夕焼けが綺麗な素晴らしいところ。空気は東京より全然いいんです。ユージンも私も大好きな場所になりました。ただ、私たちもお金がないので、暮らしは質素でした。家のトイレはボットンでお風呂は土間にある五右衛門風呂。あるときアメリカ人の若い女性がユージンに憧れ水俣へやって来ましたが、2、3日で逃げ帰りました。当時の70年代のアメリカ人からすれば、考えられない暮らしだったんでしょう。「こんな貧困には耐えられない」と(笑)。でも、魚はおいしいし、活きが違うんです。漁船に乗せてもらい、釣ってすぐの魚を刺身にして、それをワサビ醤油で食べるの。それがホントにおいしい。それと焼酎ね。あの組み合わせはもう最高です。

岡村 あ、そういう楽しいこともなさってたんだ。

アイリーン もちろん。あと、私、泳ぐのが好きだったから、水俣の海を泳いで横断したり(笑)。患者さんが船に乗って、一緒に付き添ってくれて、湾に浮かぶ島まで行って、帰ってきたり。とにかく、水俣での日々は素晴らしかった。ユージンはホントに人気者だったし。当時、子供だった人たちはみんな言いますね、すごく楽しい人で、優しい人だったと。

岡村　ユーモアにもあふれて？

アイリーン　冗談ばっかり。通訳できないの、延々に（笑）。

岡村　しかし、撮影に協力的な人がいる一方、拒絶する人もいたでしょう。工場側からすれば、嫌な存在だったでしょうし。実際、ユージンさんは工場側の人たちからひどい暴力を受けたそうですね。映画でも描かれていましたが。

アイリーン　戦争の古傷を抱えた身体に新たなケガが加わり、ユージンの精神状態もひどくなっていったんです。でも、私たちなんかより、水俣の人たちのほうが大変。やっぱり、被害者の中でも訴訟派と穏便に済ませたい派とわかれていましたから、私たちに写真を撮らせてくれた人たちはすごく勇気がいったと思う。日本中に、世界中にこの惨状を知ってもらわないと裁判で勝てないという気持ちもあったと思う。「恥をさらすのか」と親戚や近所の人に言われてしまう人もいましたから。

岡村　写真集『ＭＩＮＡＭＡＴＡ』に収められた、お風呂に入る母子の写真は非常に神々しいですよね。まるで宗教画のような構図で。

アイリーン　胎児性水俣病を患っていた上村智子ちゃんとそのお母さん。73年、熊本地裁で、チッソに過失があると認めた判決が出され、名前が読み上げられたとき、法廷にいた智子ちゃんが「ウォ～ッ！」って言ったんです。体が不自由で言葉が理解できず、口もきけない、と知らない人は思うけれど、全然そうじゃないんです。

岡村　「週刊文春ＷＯＭＡＮ」の編集者が言ったんですが、アイリーンさんは、ジョン・レノンにおけるオノ・ヨーコみたいな方だったんじゃないかと。確かにそういう一面もあるなと僕も思ったんです。映画でも描かれていますが、ユージンさんって、とても複雑な性格ですよね。わかりやすいモラリストでもない、わかりやすい正義漢でもない、非常にダークな部分もあるし、苦しんでる人でもあるし、非常に悩み多き人。それはジョン・レノンも同じだったと思うんです。悩んでいる中で、ヨーコさんに、「こういう歌を歌えばいい」とヒントをもらい「イマジン」を作った。『MINAMATA』もそんなふうに作ったのかなって。

アイリーン　私は、ヨーコさんを直接存じ上げないので、彼女が彼の作品にどう関わったのかはわかりません。ただ、私が誇りに思うのは、『MINAMATA』は、ユージンと私が一緒に作りあげた作品だということ。撮った写真も、ユージンが500ロールちょっと、私も500ロールちょっとで。

岡村　ああ、アイリーンさん自身も写真を撮られているんだ。

アイリーン　そう。だから、写真集の2割ほどは私の写真なんです。初めて会ったとき、私の写真の知識はゼロでした。彼からすべてを学んだんです。しかも彼は、私に「撮りなさい。教えてあげる」とは言わず、写真への熱意を語った。彼のリーダーシップにも気づかず、二人三脚で仕事をしたんです。

離婚してもユージンとは団結

岡村　アイリーンさんを写真へと導き、それが『MINAMATA』に結実した。写真集は、いわばお二人の子供だと思うんです。

アイリーン　結婚の結晶でもありました。これを作るために一緒になったようなものかもしれない。

岡村　なのに、出版直後に離婚なさったのはなぜなんですか？

アイリーン　私が疲れ切ってしまったんです。よく子供が生まれる時には決裂しちゃってる夫婦っているじゃない。そういう感じ。ずっと一心同体でやってきたけれど。

岡村　結局、何年一緒に？

アイリーン　5年弱です。78年の春に離婚し、彼はその年の10月に倒れ亡くなりました。別れるとき、彼の体が弱っていたから、それはちょっとつらかった。でも、後悔はないんです。私がやれることはすべてやり尽くしたので。ある意味、彼の命を延ばし、最後に『MINAMATA』という作品を作れたことを誇りに思っているんです。傲慢に聞こえるかもしれないけれど。

岡村　別れた後に会ったりは？

アイリーン　彼には新しい恋人もいましたし、頻繁に会うことはなかったけれど、つながってはいました。仲間という感覚が私たちにはずっとあったと思う。「ユージンと私は団結してるんだ」って。

岡村　その後、アイリーンさんも再婚なさっているんですよね。

アイリーン　ユージンと別れてだいぶ経ってから。で、娘が生まれましたが、離婚して。また別の人ともう1回結婚しましたがまた離婚。だから、計3回結婚と離婚をしてるんですよ（笑）。

岡村　あ、そうなんですね（笑）。

アイリーン　もたないんです（笑）。でもね、私の日本の祖母も3回結婚してるの、明治の女の人なのに。遺伝なのかも（笑）。

岡村　では最後に。アイリーンさんにとって幸せとは何ですか？

アイリーン　孫と一緒に遊ぶこと。そして、40年以上も前に出版した写真集が復刊され、それに基づく映画が公開され、いまの時代の人の心に響いていること。私たちがやってきたことは間違ってなかったと思えるのは幸せだなって。

対談を終えて

聡明な女性、アイリーンさん。若い頃から正義感や倫理観をしっかりと持ち、世界に対して問題提起し続けなければならない、という使命感に突き動かされ、いまもさまざまな環境問題に取り組んでいらっしゃいます。安直な表現ですが、すごい人だと思いました。頭が下がる思いです。そして、ユージンさんと破天荒な生活を送られた後、アイリーンさんはまた別の恋をして、結婚し、家庭を持たれている。彼女の生命力の強さも感じました。

スタイリング：九（田中泯）
ヘアメイク：横山雷志郎（田中泯）

WHAT IS
HAPPINESS TO YOU?

田中 泯

大人になることが子供時代を捨ててしまうことならば僕は大人にはならない

2021年11月

たなかみん
1945年東京生まれ。ダンサー。クラシックバレエとアメリカンモダンダンスを10年間学び、74年より独自の舞踊活動を開始。2002年初めて演技に挑んだ『たそがれ清兵衛』で日本アカデミー賞最優秀助演男優賞受賞、以降俳優として映画やドラマでも活躍。

1960年代からダンサーとしての活動を始め、独自の踊りを追求されてきた田中泯さん。彼の人生を追った犬童一心監督のドキュメンタリー『名付けようのない踊り』に感銘を受けました。好きな踊りに没頭するため農作業に励み、人生に絶望していた50代後半で映画に出会い、俳優としても活動するようになり、そこからまた第2、第3の人生が始まった。なんて面白い人生を歩まれているんだろう。泯さんの波乱に充ちた「幸福への道」を訊きたいと思いました。

岡村　もうずいぶん長い間、40年近く、山梨で農業をやっていらっしゃって。作業は毎日ですか？

田中　村にいるときはやってますね。トレーニングも兼ねて。

岡村　穴を掘ったり、山の斜面の畑で作業をしたり。それは踊る身体をつくるためであり、足腰を鍛えバランス力を養っていらっしゃると聞いて納得したんです。というのも、映画の冒頭、ストリートの石畳で踊りますよね。ダンスをする人ならわかりますが、石畳で踊るって死ぬほど怖いんです。足もとが非常に不安定になるので。

田中　ええ、そうですね。

岡村　でも、泯さんの踊りは、そういった緊張感も含めてなんだなと思ったんです。それを観ているお客さんたち、偶然居合わせた通りすがりの人たち、環境、建物、そこにあるすべてが舞台であり、普段の生活や農業や、泯さんにまつわるすべてが踊りに繋がっているんだなって。いま、70……。

田中　6です。76歳。

岡村　少年の頃、お祭りで踊るのが大好きだったそうですね。神楽の音が聞こえるとわくわくして。

田中　大太鼓、小太鼓、笛、鉦(かね)。お祭りの音が聞こえてくると居ても立ってもいられなくなるんです。岡村さんの踊りもそうですよね。ライブビデオを拝見しましたが、これは神楽だなと（笑）。音楽と身体が同調していて。よく、「音楽に合わせて踊る」という言い方をしますが、どっちが合わせるということじゃないんです、本当は。

岡村　わかります。映画の中で、ドラマーの中村達也さんとセッションされるシーンがありましたが、どちらが導いているのかわからない、とても不思議な感じでした。

田中　僕の体の中を音楽は確かに通過しているんです。でも、楽譜通りに僕が音楽を聴いて再現し

『名付けようのない踊り』

東京、広島、愛媛、福島、フランス、ポルトガル……田中泯が世界各地で踊る道中に、約2年にわたって犬童一心監督が密着したドキュメンタリー。

ているわけじゃなく、僕の中で変化していった音楽を僕は踊る。だから、自分では何をどうしたかまったく覚えてないんです（笑）。

岡村　忘我の境地を楽しんでいるような。その体験のいちばん最初が、少年時代のお祭りだったと。

田中　バイブレーションというのかな、体の中で感じたものが残ったままソワソワが治まらない。それが高じて、家に小さな舞台を作って、友達を連れてきて、バケツを叩かせて踊ったり（笑）。要は、盆踊りなんです。僕は、東京郊外の八王子で育ったんですが、東京の盆踊りは東京音頭しかない。そこで、いろいろ調べて、日本全国の盆踊りのレコードをかけて練習して。花笠音頭とか炭坑節とか、ありとあらゆる盆踊りを研究して。

岡村　へえ〜！

田中　八王子は盆踊りがものすごく盛んだったんです。戦後、地元の婦人会主催の盆踊り大会がしょっちゅう開かれるようになって。

人間は言葉をしゃべる以前から踊っていた

岡村　終戦の年にお生まれになったそうですね。

田中　１９４５年3月10日、東京大空襲の日に生まれたんです。早産だったんで、チビで体が弱く、けっこうイジメにあっていた、いまから考えるとね。ただ、僕は、それにめげるとか、困ったということはほとんどなく。イジメる人を観察する方に回ってたんです。でも、盆踊りの場所に行くと、そこでイジメは起こらないし、自由だった。その頃に踊りの修行をやっていたのかもとは思います。

岡村　その後、バスケットボールに打ち込まれ、大学でもバスケを専攻したそうですが、途中でやめて踊りの方へ進まれたと。

田中　スポーツは、半ば母の策略に乗せられたんです（笑）。チビで体が弱かったけれど、母は「この子は体が大きくなるはずだ」といつも言い続けていたんです。父も母も体が大きな人でしたから。確かに、中学生の頃、バスケをやることで大きくなり、バスケにのめり込んでいって、当時日本一バスケが強い大学にも進学した。でも、そこで何がわかったかというと、自分の能力が並であることと、スポーツ界がピラミッド構造だったこと。これは続けられないなと。じゃあ、将来どうしようと思ったときに、子供の頃から好きだった踊りがあるじゃないかと。芸術としての踊りってどういうのだろうと。その好奇心が強かったですね。

岡村　そしてクラシックバレエを学ぶことから始められ、モダンダンスなどをやるようになって。でも、結構早い段階から前衛に舵を切られた。舞踏の創始者の土方巽さんの踊りに触発されたと。ストリートで、ありとあらゆる場所で、時には一糸まとわぬ姿で踊ったり。

田中　踊りって何だろう？　とつきつめていった結果なんです。その当時、僕が習っていた踊りもそうだし、神楽もそうだし、盆踊りもそうですが、言ってみれば、常識的な見せ方が伝統として残ったものなんです。伝統というのは、その始まりは奇妙奇天烈なものだったに違いないんですが、普及し受け入れられるようになるとそれが常識となっていく。でも、それは常に変化し続けているという意味では、すべての踊りは過程なんです。音楽もそうですよね。

岡村　そうでしょうね。

田中　踊りをやろうと決めてから勉強を始めて。やたら本を読み漁り、踊りという字が出てくりゃ、もう夢中になってそこを追いかけて。すると、日本の文字文化の中に、踊りという言葉がなんとたくさん出てくることか。万葉の時代から、いや、縄文の時代の終わりには、もう既に「踊り」は成立していたわけです。じゃあ、その始まりはどこかというと、間違いなく、言葉以前。人間が言葉を話すようになる前だったはずなんです。

岡村　そうだったでしょうね。意思伝達をするために踊りがあった。

田中　「踊りは言葉の発見を切望していた表現行為」だったに違いないと。喜怒哀楽の感情はもちろん、ここは危ない、安全だ、食べものがある、そういった生きるための術（すべ）でもあった。踊りを感覚として理解し、同調し、それでコミュニケーションしていたわけです。その踊りが僕は好きなんです。

岡村　ああ、なるほど！

田中　それは例えば現代でもそう。女性たちがうまいものを食うと、手足をバタバタさせますよね。あれは、踊りですよ。「おいしい！」という言葉を発するよりも前に、強烈に自分の感覚がそうさせてしまう。言葉以前の踊りはそれに近いものだっただろうと思うんです。

岡村　じゃあ、裸で踊ったのも、根源に立ち戻るためですか？

田中　定義をなくそうと思ったんです。前衛だろうが伝統だろうが、アフリカの踊りだろうが、みんな「踊り」だと。一切の意味をなくそうと。そのスタートラインが裸体でした。それで、1時間で1メートルぐらいしか移動しない踊りを5年間やって。ただ、外見は動かないように見えるけれど、体内の速度はものすごく速いんです。

岡村　そうですよね。血流や脳の回転や研ぎ澄まされた感覚や。

田中　すべての速度は、この体内にある。色もそう。人間の体内には全世界の色が入っているんです。

世界に衝撃を与えた名付けようのない踊り

岡村　70年代、海外で大反響を呼びましたよね。ミシェル・フーコーやロラン・バルトや、錚々（そうそう）たるフランスの知識人が絶賛して。

田中　1978年、パリの芸術祭で踊ったのが最初でした。「あなたはまだ名付けようのない芸術をやっている。永久に名付けようがないものであり続けるべきだ」と、批評家のロジェ・カイヨワさんが言ってくれて。「これだ！」と思いましたね。

「ジャンルに分けられるなんてくだらん」と思ってましたから。

岡村　アメリカでは、公演のたびにスーザン・ソンタグさんが観にいらっしゃったそうですね。

田中　彼女がニューヨークにいる時は、必ず踊りを観てもらって、その後飯を一緒に食ったり。

岡村　彼女を通してアメリカの知識人とも交流が広がっていったんですか？

田中　いや、アメリカで最初に出会った文化人は、ノンフィクション作家のノーマン・メイラーだったんです。で、アメリカン・バレエ・シアターの監督で『ウェスト・サイド・ストーリー』の振付をしたジェローム・ロビンスが観に来てくれて。あと、アバンギャルドなロックバンド、ヴェルヴェット・アンダーグラウンドとも知り合いになって。

岡村　うわ、すごいなあ！

田中　ルー・リードは2013年に亡くなりましたが、お葬式で踊ったんです。彼は仏教徒だったので、四十九日まで、毎週末、彼の自宅に人が訪れるんです。そのうちの1週間、僕は彼の霊前で踊りました。彼には、僕の山梨の村に来てもらって、そこでギターのワークショップをやろうと言ってて。本人も結構乗り気だったんです。

岡村　そうだったんですね。

田中　ヴェルヴェットとは、チェコでジョン・ケイルと出会ったのが最初だったんです。

岡村　ああ、そうだ、革命前のチェコでも踊られたそうですね。

田中　1984年、旧ソ連の影響下で共産党による圧政が続いていた時代のチェコに潜入して踊ったんです。秘密警察に捕まったら日本には帰れないかもと覚悟して。ライブはもちろんシークレットで、ものすごく多くの人たちが観にきてくれたんです。その中に、89年の革命の中心メンバーとなった人たちもみんないて。革命後に大統領になった（ヴァーツラフ・）ハヴェルさんとかね。その後、アンダーグラウンドネットワークでその他の旧共産圏にも僕の名前が知れ渡って。モスクワも行ったし、ワルシャワでも踊りました。

岡村　歴史の渦の中でも踊られた。

田中　あの頃はずっと海外でした。78年から十二、三年は毎年毎年、半年以上は海外という日々。でも、飽きました（笑）。

岡村　あらら。

田中　もっと深く、もっと強烈にという「もっと」がだんだん薄くなっていく感じがしたんです。要するに、僕が「もっと」と思うのは自分に対してで、自分の何かが「もっと」変わる、自分の中に「もっと」入り込むことなんです。

岡村　泯さんの「場踊り」は、踊る環境で変わるでしょうし、お客さんの雰囲気によっても変わるでしょうけど、ある程度は決めておくんですか？　それとも、まったく無の状態から踊るんですか？

田中　まずは、自分が踊る姿が見えてくるまで、ジーッと見るんです、その場所を。そして、その場所を好きな人が最低1人いて、その人がその場所について話してくれるのが、すごく大きな手助けになるんです。それでどうしようというのではなく、その話が僕の中に入ってきて、それが踊りの中で生きてくる。それが僕の即興です。ですから、振付けることは一切しません。かつて言葉がなかった時代の踊りに、少しでも近づきたいと、ただそれだけなんです。

岡村　踊りの根本に近づきたい。

田中　前衛の本質は、先へ先へと行くことですが、絶対に本陣があるんです。デラシネ（根無し草）じゃない。本陣との連絡がとれないと意味がない。言葉以前の世界との会話なんですね、僕の踊りは。僕たちは、誰もが初めて生まれてきたわけです。初めてのものを見、聞き、味わい、体感し。人間の誕生から考えれば、宇宙の塵(ちり)ほどの数の人が生まれては死んでいったけれども、僕はそれを1回しか体験できない。でもそれは、万物すべてそう。星だって、太陽だって、月だって、木だって、草だって、大地だって、生を体験するのはみんな初めてだし1回だけ。でも僕は、自分が生まれて死ぬまでを知ったところで満足できない。

岡村　つまり、自分の根源と、時間も時代も飛び越えて対話をしたいのだと。

田中　だから、僕には踊りが必要なんです。

踊ることで人類の歴史に思いを馳せる

岡村　そして、85年、40歳の頃から山梨で農業を始められて。それはなぜだったんですか？

田中　海外へ行ってから、一緒に踊りたいという若者たちがどんどん日本に来るようになるんです。多いときで100人近く。ただ、彼らは、踊るだけじゃなく、生活をしなくちゃいけない。ビザを取って滞在して、バイトをしてとやってると、それだけで疲れちゃう。これは矛盾していると。共同で一緒に働けばいいんじゃないかと。農業だったら、朝、作業の前に踊りの稽古をするのも不可能じゃない。しかも日本の伝統芸能は、能でも歌舞伎でも武道でも、右手右足、左手左足を同時に動かす「ナンバ」という動きがあって、これは農作業の動きからきているんです。右手で鍬を持って振り上げたら、右足を踏ん張るという。もう1つ言うと、日本の芸能を始めたのは、被差別の人たちなんです。農作業の間に踊り、必要がなくなると農業に戻る。そして、その人たちのルーツをたどれば、シャーマン（霊能者）なんです、基本的に。シャーマンが踊りを踊って見せて、それをまったく同じようにはコピーできないので、簡素化したものが伝播し大衆化していった。

岡村　そうですよね。昔は雨乞いをしたり、自然災害から守ってもらうために踊ったのでしょうし。

田中　僕が私淑する土方が目指したものが、やっぱり僕と同じなんです。つまり、踊りとは、人間全体の中で、あるいは歴史全体の中で、どういう場所を歩いてきたものかを示すことだと。だから、前衛であるということは、間違いなく、その始まりを示唆する、そういうものでなくちゃいけないんです。

岡村　よくわかります。そして、「君が常識だと思っているそれは本当か？」という問いも、踊りで示していますよね。これが普通だと思っていることを引っ剝がして気づかせてくれる、それが前衛なのかなとも思うのですが。

田中　そうですね。そしてその常識や日常は、次の瞬間には、別のものになり得るものであると。

岡村　日々変わっていく常識の奥底にある不変、それこそ、人類発祥のときからの真理とか、それを前衛であることで、見極めようとしていらっしゃるのかなと。泯さんは30代の頃、空をずーっと眺めていたと本に書いてあって。雲がなくなっていく様を観察し、空の美しさに唖然とし、鳥が巣に帰ってくる時間を知り。それを数日ではなく、何年も続けられたと。

田中　何十万年もの間、人間たちはそうやって自然や他の生き物を夢中で見て学んできたと思うんです。圧倒的少数派だった人間が、自然の中でどんどん模倣し、取り入れ、変化していった。それを、忘れちゃイカンと思うんです。

岡村　悠久の歴史を思いながら踊るんですね。

「やってみたらいいんだよ」と土方巽の声を聞いた

岡村　そんな生活を送っていらっしゃる中、俳優として映画に出演されるようになりました。山田洋次監督の『たそがれ清兵衛』。映画はいろんな人が関わっているので自由が利かない。監督もいる、共演者もいる、衣装もある、行かなくちゃいけない時間もある、セリフを言い演技をしろと言う。なぜやろうと思ったんですか？

田中　57歳のときに初めて映画に出たんですが、かなり絶望的になっていたときだったんです。師匠の土方が57で死ぬんですが、そのときの土方を思うと、俺はまだなんにもできてないなと。踊りも停滞していたし、どうしたらいいだろうと。ものすごい酒飲みだったんで、飲むわ飲むわ、下手すると酒に溺れそうになって。そんなときに映画の話がきたんです。

岡村　土方さんはどんな方だったんですか？

田中　突っ走って生きた人でした。57で死んだ時にも、「えっ？　走り続けたまんまいなくなっちゃった」って。強烈な前衛の人だったんです。彼も僕と同じで盆踊りに惹かれ、踊りを始めて。彼の地元には西馬音内盆踊りという僕には強烈な盆踊りがあって、彼はそれをずっと踊っていたらしいんです。踊りの捉え方では、僕ととってもよく似てるなと。ずっと精神的支柱だった。だから、彼がいなくなってからの17年間はずっと迷いながら生きていた。でも、映画の話がきたときに、「やってみたらいいんだよ」と土方が言ってるように感じたんです。「なにウジウジしてんだよ」って。

岡村　清兵衛と対決し斬られた後、死に際に踊られて。それが感動的だと評判になり、映画賞もいろいろ獲って。そこからどんどんオファーがくるようになりましたよね。

田中 続ける気はなかったんです。ただ、犬童一心監督が『メゾン・ド・ヒミコ』でゲイの役を持ってきてくれたときに、これは面白いなと。そこから、NHKのドラマに出たりズルズルと（笑）。

岡村 しかし、出てるだけで説得力がすごいと思うんです。多弁な役じゃなくても。居るだけで存在感がものすごくあるなって。

田中 それはきっと、僕が孤独だからだと思うんです。かつて言葉がなかった時代、一人一人は、本当に一人一人だった。だから、一人がいなくなれば、いないということがみんなに感じ取れる状態だっただろうと。それは、すごく大切なことだと思うんです。いまの人たちは、孤独でいることはつらいと言うけれど、そんな考え方は最初っから間違っているんです。孤独こそが人間の本質じゃないかと。この体の中で「私」が生きているということを、ハッキリと主張できるのが孤独なんです。

岡村 それはすなわち、孤独が強固な「私」を作り、田中泯というダンサーを作っているのだと。

田中 この体の中に「私」が生まれてくるのは、おぎゃあと言ってから数年かかるんです。自意識が培われるのに3年4年はかかるので。その間は誰にも所属していない。「私」じゃないんです。

岡村 ああ、確かに。

田中 この世に生まれ出たときの記憶やハイハイの記憶は、みんなきれ〜いに忘れてしまう。僕は、忘れてしまっている「私」と、踊ることで対話をしたいんです。

岡村 泯さんが子供の頃、山の中で自然のいろんな音を聞いたときに、恍惚としておもらしをしてしまった話が映画に出てきますが、ああいう感覚を、泯さんはずっと大事になさっていますよね。

田中　大人になることが、子供時代を捨ててしまうことならば、僕は大人にはならない。僕にとって、子供の時代があったからいまがあるというのは、絶対条件なんです。

岡村　アレハンドロ・ホドロフスキーという僕の大好きな映画監督もそうなんです。以前インタビューしたとき、こんなふうに言ったんです。「80歳を超えたいまも、5歳の僕はまだここにいるし、10歳の僕も、思春期でドキドキしていた僕もここにいる」と。ものすごく腑に落ちたんです。

田中　まったくその通りです。土方もね、自分の中のあらゆる世代を駆け巡るのが踊りだと。そこを自由に行き来できないヤツはダメだと。でも、世の中を見ていると、子供時代を葬ってしまった大人が多いじゃないですか。自分の中でお葬式ばっかりあげてきたような。

岡村　そうかもしれないですね。

田中　その昔、ラフカディオ・ハーンは言ったんです。「私は群れである」と。つまり、あらゆる年齢の、いろんな面を持った私がいて「私」という人間になるのだと。

岡村　しかし、こうしてしゃべっているときの泯さんは、燃えさかる狼のような「私」はちっとも顔を出しませんが、踊るとそれがとたんに出てくる。それこそ、多面体な方なんだなと感じるんです。

田中　たぶん、子供の時はそうじゃなかったと思います。燃えたぎるようなものが自分の中にあることさえわからずボーッと生きてきた。でも、ハタチを過ぎてから、「このまま進むとつまらない」と、自分を変えようと思ったんです。そうしたら、子供の時代に、僕が衝動的にやってしまったことのいくつかが、自分の中にわだかまりとしてずっと残っていたことがわかったんです。思わずカーッとなって友達を血だらけにしてしまったことが甦ってきて。それは表面的には制御できるけれど、きっと僕の本能の中にあるものだと。感情に支配されない本能を新たに作ろうと。それはすごく意識的にやったことなんです。

岡村　じゃあ、火だるまの狼をうまく飼い慣らしていらっしゃる？

田中　飼い慣らすために、踊りを踊るんだと思うんです。だから、踊らないと変になっちゃう（笑）。

岡村　この連載は、必ず最後に、「あなたにとって幸せは？」という質問をするんですが、答えはもう出ちゃってますね。

田中　もちろん、踊ることです。

対談を終えて

自分と対峙し、自然と対峙し、燃えるように生きる泯さん。とにかく色っぽくて艶があって、誰も束縛することができない真夜中を走るしなやかなヒョウと話をしているようでした。後日、僕の友達で泯さんと一緒にお仕事をしている人が何人かいて、共通の知り合いがいることがわかりました。そして泯さんは、僕のライブに来てくださって、自身の畑で収穫したお茶を差入れてくださいました。ありがとうございました。とっても美味でした。

撮影：Anna Webber
通訳：丸山京子

WHAT IS
HAPPINESS TO YOU?

スパークス

ポップスの境界線をまだ先に押し進めようとする僕らがいる。それが幸せ

2022年2月

Sparks
1945年生まれの兄ロン・メイル（左・キーボード）と48年生まれの弟ラッセル・メイル（右・ボーカル）が70年に米ロサンゼルスで結成。『キモノ・マイ・ハウス』（74）や『No.1 イン・ヘブン』（79）で一世を風靡。低迷期を経て90年代後半に再び第一線に。

スパークス。兄ロンと弟ラッセルのメイル兄弟によるアメリカのポップバンド。実に50年以上のキャリアを誇り、知る人ぞ知る謎多き存在なのです。2022年春、彼らが原案・音楽を手がけたレオス・カラックス監督の『アネット』と、「スパークスとは何者か？」を追うエドガー・ライト監督のドキュメンタリー『スパークス・ブラザーズ』が公開。両者とも実に面白く興味深い映画だったので、彼らのことをもっと知るべく、オンラインで対談してみました。

岡村　僕、岡村靖幸といいます。今回のインタビューをさせていただきます。ミュージシャンです。

ラッセル　Nice to meet you.

ロン　ハジメマシテ。兄のロン・メイルです。

ラッセル　その弟のラッセル・メイルです。

岡村　お2人は、いま、ロサンゼルスですよね。ご自宅ですか？

ラッセル　そうです。それぞれの自宅からオンラインしてます。

岡村　ラッセルさんの後ろに鉄腕アトムが見えるんですが、手塚治虫のファンなんですか？

ラッセル　僕ら日本が大好きで。日本に行くといろんなガジェットを買い込んでしまうんです。

ロン　その鉄腕アトムは、通訳さんの翻訳が正しいかどうかちゃんとチェックする係なんですよ。

岡村　ははは。ロンさんがいらっしゃるのは書斎ですか、そちらは？

ロン　はい。リビングルーム兼書斎、みたいな部屋ですね。

岡村　後ろの本棚にはいろんな本が並んでて。映画関係の本とか。

ロン　そう、映画とか……（立ち上がって小さなお人形を持ってくる）。I'm a big fan of Fuchiko san.

岡村　……ん？　フチコサン？

ラッセル　それなら僕も持ってるよ（と負けじとお人形を出す）。

編集部　あ、「コップのフチ子」ですね！　マンガ家のタナカカツキさんとお知り合いですか？

ロン　以前、金沢で展覧会をやっていたので観に行って。僕が行った次の日にタナカサンがサイン会をする予定だったので、すれ違いでした。サインがもらえたら本当にすごく嬉しかったんだけど。

ラッセル　サイン、欲しかったね。

あらゆるクリエイターに愛され尊敬されるスパークス

岡村　今回、お2人が原案・音楽を手がけたレオス・カラックス監督の映画『アネット』が、カンヌ国際映画祭で監督賞を取って。セザール賞では監督賞、オリジナル音楽賞など5部門受賞されたと。おめでとうございます。

ロン&ラッセル　ありがとう。

岡村　ミュージシャンとして1960年代末から半世紀以上のキャリアを重ねていらっしゃいますが、映画を作ることは長年の夢だったそうですね。お2人は映画好きで、UCLAではともに映画を勉強されて。それがついに実を結んだと。

ロン　そうなんです。映画は僕たちの夢でした。70年代にジャック・タチと作る話があったけれどボツになり、80年代後半から90年代にかけては日本の漫画『Mai, The Psychic Girl（舞）』（注：原作・工藤かずや、作画・池上遼一。超能力を持つ少女の物語）をティム・バートンに実写化してもらう予定でしたが、それもボツ。そして今回、レオス・カラックスと作ることができました。すごく満足してます。

『アネット』

原案・音楽のスパークスに映画化を託されたレオス・カラックス監督が9年ぶりにメガホンを取り、昨年のカンヌ映画祭で監督賞を受賞したロックオペラミュージカル。主演：アダム・ドライバー、マリオン・コティヤール。

岡村　そもそも『アネット』はいつ頃から温めていた企画ですか？

ラッセル　ストーリーと音楽に取りかかり始めたのは9年前。ただ、この映画は一般的な映画ではなく、ミュージカルですから。

岡村　ロックオペラミュージカルといいますか。スタンダップコメディアンとオペラ歌手が、お互いの才能に惚れ込み、恋に落ち、結婚し、一人娘アネットを授かるけれども、次第に男は才能が枯渇していき、2人の関係には不穏なものが漂っていく、という物語で。だんだんとサスペンスになっていくのが面白かったんですが、始まりから終わりまで、全部のシーンで歌うので、普通の台詞がない。ベッドシーンも出産シーンも。

ラッセル　ミシェル・ルグランが音楽を担当したジャック・ドゥミの『シェルブールの雨傘』(64年)みたいにしたかったんです。観る人は、最初は面食らうけれど、次第に歌ってることを忘れてしまう、それが日常に溶け込んでしまうようなものにしたかったんです。歌は、台詞で語るよりも感情が高められますから。そこにアダム・ドライバー、マリオン・コティヤール、サイモン・ヘルバーグといった一流の役者さんたちがみんな、「自分たちも参加したい！」と集まってくれて。

岡村　撮影では歌唱のアドバイスもされたりしたんですか？

ロン　ほぼずっと現場に行ってました。歌は、オペラ以外は吹き替えではなく、屋外やセットで、その場でちゃんと歌って演じてるんです。口パクではなくてね。だから、役者さんたちは相当大変だったと思う。その前の準備段階で、歌に関するアドバイスや打ち合わせはかなり綿密にやりました。

ラッセル　アダムはここに、僕の家に来てくれて、どんなふうに歌えばいいのか話をしたり。

ロン　いわゆる、悪い意味でのブロードウェイっぽさをなくし、もっとナチュラルに、話をするように歌ってほしい、うまく歌おうとしなくていい、と言いました。

岡村　レオス・カラックスはお2人の大ファンだったそうですね。中学生の頃、スパークスのアルバムをレコード屋さんで万引きしたと告白されてましたが（笑）。

ロン　レオスに初めて会ったのは10年前のカンヌでした。もちろん、彼のことはリスペクトしていたし、作品も大好きでした。『ボーイ・ミーツ・ガール』（83年）とか『ポンヌフの恋人』（91年）とか。あと、前作『ホーリー・モーターズ』（２０１２年）で「How Are You Getting Home ?」という僕らの曲が使われていたということもあったので話をして。別に「監督してくれ」なんて言うつもりもなく、「こういうことをいま考えてる」と『アネット』のストーリーと20曲ぐらい入ったデモテープをロスに戻ってから送ったんです。何か感じ取ってくれたものがあったらしく、しばらくしてからまた連絡があって「ちょっと考えさせてくれ」と。「やろう」と。

ラッセル　レオスにとっては9年ぶり、僕にとっては学生時代に自主制作映画を作って以来の（笑）、映画になりました。

岡村　半世紀以上にわたり、音楽業界の変遷をつぶさに見て、体感してきたと思うんです。グラムロック、パンクロック、ニューウェイヴ、いろんな音楽の季節を経験されて。でも、スパークスは一切妥協せず、コマーシャリズムに流されることもなく、自分たちの美意識を貫いて。今回、『アネット』と同時期に、エドガー・ライト監督によるスパークスのドキュメンタリー『スパークス・ブラザーズ』も日本で公開されますが、それを観ると、ベックやビョークや、ミュージシャンはもちろん、俳優、映画監督、ありとあらゆる著名人がズラッと登場し、ファンだ、影響を受けたと、熱い思いを語っていて。やっぱり、ミュージシャンズミュージシャンというかそういう存在だなと。それもひとえに、信念を曲げず貫き通してきたからだと思うんです。

ラッセル　そう言ってもらえると本当に嬉しい。ポップスの歴史を見ると、ずっと残ってる人たちというのは自分のユニバースを作ってきた人たちなんです。そういった意味で、僕らも自分の世界を作ってきた。それは例えば、ロンが書く詞やメロディや、僕らのイメージだったり。良くも悪くも、ほかにはない自分たちだけの独特の世界を作ってきたと思うんです。しかも、決してメジャーシーンから逸れることなく、かといって商業主義に流されることもなく、自分たちらしさをつないでこれた。そこはすごく誇りに思います。

ロン　レオスに関して言えば、彼もスパークス同様、自分自身を貫く人。彼の映画に貫かれている感性に親しいものを感じましたね。

岡村　しかも、今回の映画はアーティストの「才能」についての物語でもあって。非常に刺激的だ

『スパークス・ブラザーズ』

エドガー・ライト監督がスパークスに2年間密着。ベック、トッド・ラングレン、レッド・ホット・チリ・ペッパーズのフリーなど総勢80組の関係者に取材した長編ドキュメンタリー。

し、考えさせられるものがありました。

ロン　僕らも、バンドを始めた頃はイギリスのプレスから「アイツらはコミックバンドの一発屋。1カ月で消える」と言われたんです。まあ、僕らだってまさかこうして何十年後もやり続けてるなんて、しかも前向きに作り続けているとは思ってなかったけれど（笑）。

50年間いつの時代も常に野心的だった

岡村　スパークスが登場した70年代初頭、ロキシー・ミュージックや10ccといった、ビートルズの影響を受けながらも、非常にひねったポップスを作るアーティストがたくさん出てきました。スパークスもそういったバンドのひとつとして僕はとらえていたので、ドキュメンタリーでもみなさんおっしゃってましたが、当初はイギリスのバンドだと思ってて。後に、スパークスはロス出身のアメリカのバンドだと知って、ショックを受けました。ちっともカリフォルニア臭がしないので（笑）。

ラッセル　スパークスとして出る前、ハーフネルソンという名前のバンドで活動していて、トッド・ラングレンにプロデュースしてもらったりしていたんです。その後、改めてスパークスとして再デビューしたとき、アメリカよりもイギリスでヒットしたので、イギリスを拠点に活動するようになって。

岡村　で、『キモノ・マイ・ハウス』（74年）が出たんですよね。

ラッセル　そうです。ちょうどその頃のロンドンは、確かに、グラムムーブメントが起こっていた。でも、僕らには、そういう意識は全然なく。もちろん、好きなバンドは多かったし、中でもロキシーは大好きだった。いい意味でライバル関係だったと思います。

ロン　付け加えると、ビートルズの影響って音楽的な影響だけじゃなく、もっと精神的な部分というか野心というのか、いままでにないこと、人がやらなかったこと、自分たちもできるとは思わなかったことをやってみよう、そういう気持ちを掻きたてる部分だったと思うんです。でも、多くのバンドはそれをやらなかったし、挑戦を続けなかった。どこかのポイントで満足し、ゴールしてしまうんです。でも僕らは、いつの時代も常に野心的だった。違いがあるとするなら、そこかもしれません。

岡村　僕、思うんですけど、ロンさんが作る音楽は、まるでショパンがピアノで作ったようなメロディというか。ギターを弾いてハミングしながら作ったような曲じゃないんです。だから、一般的には、非常に歌いにくい。でも、形態としてはロックなんです。スパークスのドキュメンタリーを観ると、みんな「スパークスはミステリアスだ」と言うけれど、鍵は一つそこにあるんじゃないかなって。

ロン　それはとても正しい考察だと思います。僕が書く曲や歌というのは、大勢の人に歌ってもらうつもりじゃなく、ラッセルに歌ってもらうつもりで書いているので、「歌いにくい」というのは、それはすごく正しい。自然な歌い方ならこう行くだろうというのではなく、あるときにはすごく唐突だったり、すごくギザギザしていたり、キーボ

ードがボーカルのメロディをわりと支配しているようなところがあるんです。歌を難しくしようとしてるわけじゃないけれど。

岡村　そして、そんなふうにすごくひねった独特の曲に対してブラックユーモアや、シニシズムや、人生の皮肉みたいな詞を織り交ぜて。なんかアメリカっぽくないんです。あとお2人はいつもスタイリッシュでしょ。今日も、ご自宅からのオンラインですが、Tシャツにジーパンみたいなラフな格好ではなく、ロンさんはいつもタイを締めてる。

ロン　寝るときもこれです（笑）。

岡村　でしょう（笑）。いわゆるステレオタイプの、ロックンローラーとはまったく違う。ワイルドな雰囲気とは正反対ですもの。

ロン　ロックンロールライフのありきたりの常套句みたいなものは何が何でも避けたいという思いでずっとやってきてますし、自分たちのワイルドさはすべてステージと音楽で表現するので。よく「君たち、つまらないヤツらだなぁ」と言われるけど、じゃあ僕たちの音楽を聴いてよと。ロックバンドが日常生活でも冒険に歯止めがきかないというのは間違いです。

岡村　よくわかります。こうしてお話ししていると、やさしくて知的で穏やかで。でも、ステージでは一変しますもんね。タガが外れるというか（笑）。そこが大きい魅力なのでしょうね。

ラッセル　しかし、自分たちも、なぜアメリカっぽくないのかがわからないところがいまだにあって。もちろん、ビーチ・ボーイズとかドアーズとからラヴとか、そういうバンドは僕たちも好きだけど、いわゆる典型的なものではないもの、それは例えば、アメリカではなく、イギリスから入ってくるようなバンドだったり、常に何かその時代時代にフィットしないものに惹かれていくところがあって。

ロン　映画も、いわゆるハリウッドじゃなく、ヌーヴェルヴァーグやヨーロッパの映画が好きだよね。イングマール・ベルイマンとか。

ラッセル　だから、多くの人が、僕らの音楽を聴いたときに、「一体この人たちはどこから来た人たちなんだろう」と。アメリカ人からもイギリス人だと思われるし、フランスのバンドだと思われることもあったし、ドイツ人だと言われることもあった。だから、僕らの起源がどこにあるか、オリジンがどこにあるか、そういうことが誰にもわからないような音楽を作ってきたんだと思うんです。

ロン　ほかのアメリカのグループと僕らが一線を画したのは、音楽とビジュアルが一体になっているという考え方をしていたことだと思うんです。それは当時、多くのイギリスのバンドがやっていたことでもあって。ザ・フーなんかはそうでした。ステージもそうだし、アルバムジャケットも、ビデオに関しても、音楽とビジュアルでひとつの世界観を表現する。その考え方が僕らには最初からあった、そこだと思いますね。

岡村　しかし、お2人のスタイリッシュさは鉄壁ですね。油断してるところを見せないし、老け込んだり太ったりもしない（笑）。

ラッセル　スレンダーでい続けるのは音楽よりも難しいんですよ（笑）。

ロン　あとは、いいカメラアングルに頼る（笑）。

岡村　その美意識は、お父さんから受け継いだものですか？　お父さんはアーティストだったと。

撮影：西岡浩記

ロン　影響はあるでしょうね。銀行に勤めているような父親とは違い、イラストレーターとして新聞社で働いていましたから、絵は日常生活の一部。アーティスティックな精神やモノの見方みたいなものは、幼い頃の自分たちに少なからず影響を与えたと思うし、それがずっと生涯残るものになったのかもしれません。

ラッセル　あと、父親がうちにたくさんのレコードを持って帰ってきてくれたことも大きいと思う。僕らに聴かせるためじゃなく、本当にBGMとして家でいつもかかってて。プレスリー、リトル・リチャード、ジェリー・リー・ルイス。幼い頃は、それが誰かわからず聴いていていて。成長してから、あ、そうかとわかったけれど、比較的早い段階にそれを耳にしていた、というのは大きいと思う。

岡村　ドキュメンタリーでは日本にいらっしゃったときのシーンもいくつか出てきますよね。渋谷の名曲喫茶「ライオン」に行ってる場面や、柴又へ行ってる場面や。寅さん像と一緒に写真撮ってましたが、寅さんは好きなんですか？

ロン&ラッセル　Ｙｅｓ！

ロン　ＵＣＬＡ時代、よく観に行ったんです。ロスに日本映画しか上映しない映画館があって、日系人向けの映画館なんですが、よくそこに行って観たんです。『寅さん』シリーズとか『座頭市』シリーズとか『子連れ狼』シリーズとか。僕は感傷的な映画は好きじゃないんだけれど、寅さんはものすごく心がほっこりする温かみがある。48作、全部観ました。話がずっと変わらないのがあの映画の面白いところ（笑）。

ラッセル　（部屋の奥から何かもってくる）これ、買いました。

岡村　ん？　あ、湯呑みだ！　寅さんのイラスト入りの（笑）。しかし、お2人はすごく息が合ってる。兄弟だからなのか、好きなものもほぼ一緒。意見が合わなくなることはないんですか？

ロン ラッセルはね、結構、K－POPが好きなんですよ。BTS。そこは僕とは違いますね。

岡村 ははは（笑）。

ラッセル I like BTS. BTSも含めてK－POPは、ほかのどんなポップミュージックとも違うことをやっているので、そこがすごく面白いなと思うんです。

オレたちまだ始まったばかりと思えることの幸せ

岡村 あと2つ質問を。1つめは、ヒップホップは好きですか？ 2つめは、いま、お2人はロスに住んでいらっしゃいますが、やっぱりアメリカは好きですか？

ロン ヒップホップは好きですよ。そんなことを言うと「嘘だろう」って言われるけれど（笑）、パブリック・エナミーの『Fear of a Black Planet』とか好きだし、何年か前、チャックDとはスペインのフェスで一緒になったことがあって、「コラボをしようよ」みたいな話はしたこともあって。スパークスは、白人っぽいバンドと思われるかもしれないけれど、彼らのやっていることにはすごくインスピレーションを感じるし、パッションも感じる。あと、ヒップホップって英語だけじゃないところもいいと思う。フランス語でも日本語でも、いろんな言語で成り立っているのは面白いなって。

ラッセル 2つめについては、僕らはカリフォルニアに住んでいますが、アメリカの東と西、ニューヨークとカリフォルニアというのはある種、独自の島国のような感じがあるんです。物理的にも政治的にもいろんな意味で、「アメリカっていいな」と思える部分がより多くあるのがその両コースト。でも、アメリカの真ん中の中西部で起きていることを見ると、「ああ、アメリカ人、嫌だな」と思う。だから、アメリカという国に対する思いは複雑。ただ、だからといって、イギリスがいいとかフランスがいいとかは思わない。究極、僕らに国は関係ないんです。わざとらしい言い方だけど、世界市民というか、シチズン・オブ・ザ・ワールドというか。

岡村　じゃあ、最後に。このインタビューでは「あなたにとって幸福とは?」という質問をいつもするんです。いかがですか?

ロン　自分のパッションをこれだけ長く持ち続けられることが幸福です。もちろん妥協をしなければならないことがなかったわけではないけれど、やりたいことを選んでこれたし、それを支えてくれる周りの人たちがいた。いまの自分たちに充足を感じていますね。

ラッセル　長いキャリアといえばローリング・ストーンズがいるけれど、彼らがいまやることって、ある程度予測がついてしまうんです。でも、スパークスは予測がつかない。ポップスの境界線をまだ先に押し進めようとする自分たちがいて。それが幸せだなって。しかも「オレたちまだ始まったばかりじゃないか!」って(笑)。今年はアメリカとヨーロッパを回る大きな規模のツアーも予定しているんです。映画を通じて知ってくれたファンも多いので、いままでにない「新しさ」を感じてます。

岡村　50年以上やってきてそんなふうに思えるなんて。

ロン　あと、スパークスのニューアルバムも半分ぐらい完成してるし、実はもう1本、新作でミュージカル映画の予定もあるんです。

岡村　へ〜！　次はどの監督と？

ラッセル　まだ決まってないんです。『アネット』とはまた全然違う、大胆な内容の映画になる予定です。

対談を終えて

ビートルズに認められながらも思うようにいかず、ヨーロッパを流浪する時期もあったスパークス。50年の時を経たいま、世界中の熱狂的なファンに支えられ、アップルのCMにも曲が使われるように。まさに「継続は力なり」。運にも恵まれたと思うけど、好きなことを探究し続ける道を歩むことこそが「幸福」ですよね。そして、彼らは70代後半、兄ロンさんは80歳目前。でも野望を持ち続ける。僕もそんなふうでいたいと思います。

①NHKテレビ
④日本テレビ
⑥TBSテレビ
⑧フジテレビ
⑤テレビ朝日
月中に「1日上限2万人」で調整
政府

宮嶋茂樹
無理やり実現。

WHAT IS
HAPPINESS TO YOU?

宮嶋茂樹

私の一生は終わっても私の写真はこの後も残る、そう思えるものを撮りたい

2022年5月

みやじましげき
1961年兵庫県生まれ。報道カメラマン。84年日大藝術学部写真学科卒業後、『フライデー』専属カメラマンに。87年にフリーランスとなった後は『週刊文春』を拠点に活躍。渡り歩いた国は推定70カ国、フィルムに収めた国内犯罪者は1000人以上、死刑囚だけで2桁。

「不肖・宮嶋」こと報道カメラマンの宮嶋茂樹さん。明日からウクライナへ行くという日にお会いすることになりました。宮嶋さんといえば、塀の向こう側にいたオウム真理教の麻原彰晃の姿を捉らえたスクープ写真が記憶に残っています。

彼の突撃取材の歴史を振り返りつつ、コソボやイラク、アフガニスタンなど、さまざまな戦場を撮り続ける理由も訊きました。しかし、この対談を行ったのは2年前なんです。ウクライナとロシアの戦争はまだ終わりが見えません。

岡村　宮嶋さんは、少年の頃からカメラが好きだったそうですね。

宮嶋　父がカメラ好きだったんで、家にカメラがありまして。それを子どもがいじれる環境にある家ってなかなかなかなかなかったんで、恵まれていたなあと思いますね。

岡村　何を撮ってたんですか？

宮嶋　鉄道とか、たわいのないものです。それからしばらくして、カメラマンのロバート・キャパを知って。中学・高校のときですかね。キャパの『ちょっとピンぼけ』という本を読んで、彼の生き方に憧れたんです。ウォー・フォトグラファーになりたいなって。

岡村　あ、その頃からもう？

宮嶋　当時、ベトナム戦争が全盛で、といっても、ものごころついた頃には終わっていましたが、戦場の写真がたくさん出回っていたんです。いわゆる報道写真なんですが、中でもキャパは最たるもの。自分も報道カメラマンになって、いつか戦地に行ってみたいなと。

岡村　山口組の抗争事件が起こったときは、組長の家に写真を撮りに行ったこともあったそうで。

宮嶋　そうなんです。私は兵庫県明石市出身なんですが、三代目組長だった田岡一雄氏の本宅が神戸にありまして、せっかくだからと。ただ、坊主頭に学生服の高校生ですから、堂々と家の前まで行く根性もなく、電柱に隠れて撮るだけ。機動隊員が警備してるところしか撮れてないし、全然つまんない写真なんです。それでも何かすごいものを撮った気になって、当時、三ノ宮駅前に神戸新聞の本社があって、そこに写真を持っていったんです。相手にされませんでしたが。

岡村　よく持ち込みを？

宮嶋　多少（笑）。

岡村　事件が起こるたびに？

宮嶋　事件といっても、行動半径も狭いんで、通学途中で何かあったら、というぐらい。近所で火事があれば撮って持って行く、とか。

岡村　採用されたんですか？

宮嶋　なかったです。大学になるとちょこちょこあるんですけど。

岡村　大学は、日大藝術学部の写真学科だったそうですが、この頃ですよね、赤尾敏さん（注：右翼活動家。90年没）をよく撮っていたのは。なぜ撮ろうと？

宮嶋　やっぱり、田舎にはこんな人がいなかったんで、奇異に見えたんです。銀座のど真ん中に街宣車を止めて、バーッとのぼりや旗を立てて、白髪の老人が鬼気迫ってなんかしゃべってる。

岡村　辻説法。当時、数寄屋橋の交差点でよく街頭演説してましたもんね。仲良くなったんですか？

宮嶋　多少（笑）。一緒に風呂に入ったり、家の中にずかずか入っていったり。そのうち、赤尾さんの地方での活動も撮るようになるんですけど、新幹線の切符とか送ってきてくれるようになって。

岡村　だいぶ仲いい（笑）。昔、彼の晩年の様子を撮ったドキュメンタリーを観たことがあって、すごく質素な生活をされているなと。

宮嶋　驚くほど質素でした。家には道場があるんですが、釈迦とイエス・キリストのデッカい肖像画が飾ってあって、神棚には社会党の浅沼稲次郎委員長を刺殺した山口二矢のデスマスクがあって。

岡村　家はどこだったんですか？

宮嶋　文京区の大塚です。本人は、そこから地下鉄丸ノ内線で銀座まで行って、そこで、若い衆が運転してきた街宣車の上に乗り、毎日辻説法をやっていました。

岡村　電車通勤で街宣活動を。

宮嶋　しかも老人パスで（笑）。

ハマコーの刺青撮ったら1000万円やる

岡村　そして、大学を出て『フライデー』のカメラマンになられた。

宮嶋　84年、ちょうど『フライデー』が創刊されるときに、編集部の専属カメラマンになったんです。

岡村　社員カメラマンですか？

宮嶋　いえ、週ごとに固定給が出る契約です。だから、編集部としてはいくら使ってもいいわけですから、仕事的にはほとんど毎日、結構きつい仕事が多かったんです。

岡村　編集部に言われて撮りに行く感じだったんですか？

宮嶋　たまに、「行け」と言われる前に、一歩前に出て、「行きます」とやってました。週給のほかに1枚掲載されると3万円という歩合給もあったので。ハマコーとかはそうでしたね（注：政治家・浜田幸一。2012年没）。

岡村　ハマコーさんの写真は僕も覚えてますよ。眼光鋭く、ドスの効いた感じのやつでしたよね。

宮嶋　あれは雑誌創刊前、副編集長に、「ハマコーの背中には一面刺青がある。撮った者には1000万円出す」って言われて、みんな下向いたんですけど、私だけが「撮りに行きます！」と（笑）。

岡村　あはははは。

宮嶋　ハマコーの地元は千葉県富津市なんですが、休みの日を利用しては富津に通い、車で寝泊まりしながら、かぎ回って。どうしたら裸を撮れるだろうかと。そうしたら、地元の駐在さんが、「ハマコーは毎年大晦日の夜になると、上半身裸で神社の初詣をする」みたいなことをしゃべり出して。それだ！　と。で、大晦日、夕方6時ぐらいから一人で張ったんです。『紅白歌合戦』が終わって日付が変わるころ、来たんです。しかも、車の中でもろ肌脱いで、腹には晒しを巻いて。周りに怖いおにいちゃんたちを侍らせ、ダーッと走り出したから、「ここまで来たら撮らないかん!!」と、バーッと追いかけていって、正面からバシャッ。そしたら、「てめえ、何モンだ!!」。ホント恐ろしくて、本人も元気いっぱいだし、おにいちゃんたちもいかついし、このままじゃ生きて帰れないと思ったんで、「あのう、僕は日大の学生です」って嘘ついて、乗り切った（笑）。

岡村　あはははは。

宮嶋　結局、刺青なんてなかったんです。編集部で見せたら、みんな「すげぇ写真だ」と喜んで。すぐ掲載されたんですが、ギャラは歩合の3万にスクープのボーナスがついて10万円。副編集長曰く、「オレは刺青を撮ったら1000万円と言ったんだ」って（笑）。

法務省は最後まで麻原の写真を認めなかった

岡村　その後、『週刊文春』を主戦場に、「不肖・宮嶋」の名前で活躍なさって。宮嶋さんといえば、三浦和義さんの最後の写真とか、金正日総書記がロシアを旅する写真とか、有名なスクープは数多くありますが、僕の中で、いちばん強烈な印象として残っているのは、オウム真理教の教祖・麻原彰晃の写真なんです。オウムは、ずいぶん前から追っかけていたそうですね。80年代末～90年代初頭ぐらいに起こった宗教ブームの頃から。

宮嶋　そうなんです。当時、オウムに注目していたのは、ジャーナリストの江川紹子さんと『週刊文春』『フォーカス』『サンデー毎日』くらい。ただ、『文春』も「相手にするな」と。宗教団体は、結構やりにくいことが多いんです。

岡村 信者とは接近しました？

宮嶋 しました。ものすごく暴力性を帯びた団体だったので、そのたんびにトラブル。特に、静岡県富士宮市にあった総本部の家宅捜査のときは、あそこの塀が高いのを知ってましたので、４トントラックで脚立を運んだんです。ほかのカメラマンが見えないところを狙おうと。すると、偽造ナンバープレートを並べてるところが見えて、パシャパシャ撮ってたら、某女性幹部に見つかりまして。「何、アイツ！　引きずりおろして！」って言ったら、部下の信者たちがショッカーみたいにわらわら群がってきて引きずりおろされました。

岡村 うわぁぁぁ〜。

宮嶋 そのとき、静岡と熊本の県警の機動隊がいたんですけど、見て見ぬふり。「キミ、下りたほうがいいよ、危ないから」なんて言う始末。当時、警察だってオウムに対しては及び腰だったんです。

岡村 有名大学卒業のインテリ信者が多かったですが、彼らが心酔する感じは理解できましたか？

宮嶋 理解できませんでした。当時、オウムの優秀性を指摘する人が結構いましたが、まったくそうは感じませんでしたし。とにかく、「私たちは優秀だ」という変な優越感や選民意識があったのと、麻原に対する妄信ぶりが滑稽で。そもそもなんでこんな男を信じるのか。ただの薄汚い男じゃないかと。

岡村 そして、宮嶋さんは、絶対撮ることのできない写真を撮った。

宮嶋 東京拘置所の麻原を。

岡村 あれは歴史に残る「名作」だと思うんです。

どうやって撮ったんですか？

宮嶋　かなり離れた某所から狙いました。超望遠で。ベニヤ板を灰色に塗って、囲いを作り、その中で11日間粘って。しかも、この写真、手前に拘置所の塀を入れてるんです。塀の外からちゃんと撮ってますよ、違法なことはしてませんよ、ということを暗にやったんですけど、法務省としては気に入らないのか、警察からは事情聴取をされましたけど。

岡村　11日間、ずっと一人で？

宮嶋　同僚の大倉乾吾カメラマンと二人で。しかも、あそこは面会所につながる通路ですから、朝9時から夕方5時までしか通れない。時間が決まってるんです。だから、そんなにキツくはなかったです。

岡村　僕は当時、この写真を見たとき、とても静かな写真だと思ったんです。彼の異様な姿と、舞い散る桜。大罪を犯した人物の写真に対して適切な言葉ではないかもしれませんが、スキャンダリズムが一切ない、一枚の絵のようだなと。だからこそ、非常に重いものも感じさせられたんです。

宮嶋　もう一枚、手錠のまま歩く写真もあるんですが、そっちは大倉が撮ったもので、それは後々問題になったんです。麻原は目が見えないとされていたけど、見えているじゃないかと。結構、裁判にも影響したんじゃな

世を驚かせた、東京拘置所収監中のオウム真理教・麻原彰晃死刑囚の写真。(『週刊文春』1996年4月25日号「拘置所の麻原被告はまるでエレファントマンだった」)

いかと言われています。ただ、法務省は最後まで、あれが麻原とは認めなかった。写真を撮られてしまったことを認めることになりますからね。

ウクライナの女性たちは負けるつもりはない、戦うと

岡村　コソボ、イラク、アフガニスタン、さまざまな戦場を取材され、いまはウクライナにも行かれている。実際、どうなんですか？　戦地って、恐怖感はないんですか？　最初は怖かったとかは？

宮嶋　初めての経験は、ルーマニア革命（89年）だったんですが、恐怖感はなかったんです。この頃はまだ、自分らの先輩にベトナム帰りの人が多かったので、ことあるごとにベトナムの話を聞かされて。ジャングルで虫食った、みたいな話を。ま、自慢ですよね。たまたま早く生まれただけじゃねぇか！　っていう（笑）。そういうこともあったので、「これでオレも国に帰ったら自慢できる」っていう下世話な気持ちでした、正直言って。この戦争がどうのというより、初体験済ましたる！　という妙な高揚感があって。

岡村　でも、自分の国では戦争体験が「ない」わけじゃないですか。「ない」人間が、他国へ行き、殺し合いの現場を見るわけですよね。

宮嶋　それはもうその通りで、現在のウクライナ戦争もそうですが、自分が取材に行き、写真を撮るのは、不謹慎極まりないものだと思っています。人の不幸で飯を食ってる、という指摘は否定しません。ただ、行って撮った以上は、発表したい。せめて自分が平和な国から来た以上、この平和の国で発表したいという思いがあって。

岡村　複雑な気持ちを抱えつつ。

宮嶋　実は、それをどうクリアするのか、が悩む

ところ。そこで心が折れ、カメラを手放した人も結構いるんです。ただ、僕は、反戦運動や反核運動も一緒じゃないかと。つまり、戦争のない国のカメラマンが戦争を撮ってなにがわかる、というのは、戦争のない国で反戦運動してどうする、核のない国で反核運動をやってどうする、というのと同じだと。だから、なおさら、行った以上は発表する。それがせめてもの償いだと。そう自分で納得してやっているんです。

岡村　宮嶋さんは、ロシアについては昔から関心があったそうで。

宮嶋　学生時代から行ってました。最初は、大学に入ってすぐの頃。当時はまだソ連。アメリカの雑誌『LIFE』に、反戦メッセージを書いたプラカードを掲げた老婆が、はがい締めにされて連れていかれる写真があったんです。それ見て、「あ、この国を撮りたい」と思って行き始めたのが最初です。

岡村　ゴルバチョフの前？

宮嶋　ブレジネフの時代です。そのときは、結構、開けっぴろげだったんですよ。要は、北朝鮮や中国と違って、同じ共産主義でも、売春婦がいる、物乞いの人がいる、暴走族がいる、闇ドル買いの兄ちゃんもいる。「あ、これって全然知られてないじゃん」と。で、2年目からは本格的に撮りはじめて。

岡村　いまのロシアは、さもありなんですか？　まさかですか？

宮嶋　もちろん、「まさか」のほうが強いです。ただ、やっぱり、年配の人は圧倒的にプーチンファンが多い。いま、もし選挙をやったなら、有力な対抗馬がいないというのもありますが、やっぱりみんな投票しちゃうと思うんです。ただ、サイレント・マジョリティはいっぱいいる。特に若い連中は。でも、黙っていますよね。

岡村　しかし、いまのロシアって、彼らの言い分があるにせよ、到底正当化できるものではなく。子どもがいようが、学校だろうが、病院だろうが爆弾を落とす。どこでどんな目に遭ってもおかしくない、そういった恐怖感はないですか？

宮嶋　私の場合、鈍感で楽観的で、あまり怖いと思うことはないんです。でも、さすがに今回は。ウクライナでは、防弾チョッキに「PRESS」という名札をつけるんですが、一緒についていくウクライナ兵は「識別章を外してくれ」と。むしろ、それが目立って標的にされる。向こうはそういったことをまったく関係なく撃ってくるので無駄だと。今まで経験した戦地は、バグダッドにしてもコソボにしても、やって来るのはNATO軍や米軍。侵略軍を迎える現場は今回が初めてなんです。米軍が来るなら取材もできるし、その後は米軍についていくこともできるけど、ロシア軍が来たら外に出られないどころか、捕まるんじゃないか、捕まったらどうなるのか。何をされるかわからないんです。

岡村　いままでのルールじゃない。

宮嶋　その恐怖はすごくあります。あと、ロシアが劣勢になれば戦術核を使うんじゃないかとかね。人命を軽んじる国なので本当に怖い。

岡村　宮嶋さんの奥さんはロシア人で、奥さんのお母さんがウクライナの方だと聞きました。今回のことはどんなふうに言ってます？

宮嶋　家内はもうずっと日本で暮らしていて、ロシア在住のロシア人とは別の感覚なんですが、それでも以前は信じてました、プーチンのことを。「まさか、あのプーチンが」と。彼女だって、20代の頃は「プーチンのファンだ」と平気で言ってましたし。

岡村　プーチンって、ロシアでは女性にモテるタイプですか？

宮嶋　モテますねえ。まず、酒を飲まない、たばこを吸わない。それだけでもう、ロシアの女性は、「あら、この人真面目ね」と思っちゃう。ただ、インターネットのニュースを見れば、いくらロシア人でも善悪の区別はつく。今のロシアのサイレント・マジョリティは恐らく知ってるはずです。

岡村　この雑誌は女性誌なので、ウクライナの女性たちはどう感じているのかも知りたいんですが。

宮嶋　いつも戦争に巻き込まれて犠牲になるのは「女と子ども」と言いますが、ウクライナに残っている女性たちはみんな戦うつもりでいるんです。結構女性の軍人も多いですし。そして彼女たちはみんな「負けるつもりはない」と。

岡村　それは、いままでの戦地取材経験であまりない感じですか？

宮嶋　ないですね。でも、それがウクライナのうまさ。国に残る市民から「反対」の声がほぼ出ないのは、先に逃げたい人たちを逃がしたから。男は、総動員法が出ているので、18歳～60歳まで逃げられませんが、残った連中はみな腹を括ってくれと。だから、女性もみな「戦う」と。実際は400万人超の人々が逃げ、うち何割かはロシアにも逃げているんですが。

岡村　しかし、戦争をまったく体験したことがない身としては、皮膚感覚としての戦争がわからない。ニュースを見るだけではどうしてもリアリティが持てないんです。

宮嶋　そこが僕らカメラマンのできる唯一の仕事で。何とかそれが伝わればとはいつも思うんです。

岡村　徴兵制とか、どう思います？　宮嶋さんは自衛隊の取材をよくされているし、体験入隊もしていらっしゃいますが。

宮嶋　僕はこの歳だと戦力にならないから大丈夫なんで（笑）。というのは冗談で。真面目な話、半年ぐらいはあっていいかなと。やっぱり、戦争や軍隊って、理不尽なことが多いので、長い人生のうちの半年ぐらい、経験してみてもいいんじゃないかとは思うんです。軍国主義を推進しようとかそういうことではまったくありませんが。

岡村　それは、戦争の取材を続けた結果、思ったことですか？

宮嶋　というわけでもないんです。ただ、永世中立国のスイスも国民皆兵だし、NATOへの加盟を表明したフィンランドとスウェーデンにも徴兵制度があり、スウェーデンは女性も徴兵される。厳しいことを言えば、日本は、ロシア、北朝鮮、中国と、核保有国3つに囲まれているのに、なぜそんなに安心できるのかと。そこはもっと慌ててもいいいんじゃないかと。岡村さんはどう思われます？

岡村　以前、武器商人のドキュメンタリーを観たことがあるんです。武器って、ご存じと思いますが、毎年新しいモデルが生産され、使われないま古くなったものは、発展途上国に流れていく、そういうサイクルになっていると。そこで武器商人たちが言っていたのは、毎年、新しい武器を造ることは愚かしいと。日本を見習うべきだと。戦争を禁じられ、武器を作って売ることも禁じられ、でも、車や電化製品や、人が喜ぶものを作って世界に対抗しているじゃないかと。そこは、僕たちは誇っていいことだと思うし、戦争を禁じる日本のスタンスも、捨てたもんじゃないなと僕は思う。

宮嶋　とはいえ、国内向けの戦車や戦闘機は造っているし、アフガンに行けばタリバンの専用車が日本車で、軍用車になってしまっている。意図したものではなくとも、結果、武器輸出なんじゃないかと。

岡村　難しいところですね。ところで、宮嶋さんは何歳まで撮り続けたいと思っているんですか？

宮嶋　昔は、50歳で引退と言ってましたが、いつの間にか10年も余計にやってしまって。若いときに、いまの私ぐらいの歳のカメラマンっていっぱい見てきたんですが、そういう人たちって、だいたいカメラのシャッター速度を見たりするときに、こう、遠ざけるんですよ。

岡村　ああ、老眼で（笑）。

宮嶋　どんくせぇな〜と（笑）。ただ、いざ自分がそうなってみると、若いやつの足引っ張って何とか生き残ってやる的なところが強くなってきましてね。

岡村　一生やってほしいですけど。

宮嶋　でも、集中力も低下するので必ず事故起こしますんで。だから、戦場はウクライナで最後。その後は、防弾チョッキを背負わなくてもいい場所へ行こうと。

岡村　じゃあ、最後に。宮嶋さんにとっての「幸福」とは？

宮嶋　やっぱり自分の満足いく作品を撮れたときが、本当にハッピーなときだと思いますね。私の一生は終わるけど、私の作品はこの後も残るんだ、そう思えるものが撮れれば、最高に幸せです。

対談を終えて

昭和のフィクサーからウクライナの戦地まで、熱に駆られるように歴史的な写真を撮り続ける不肖・宮嶋さん。時に一枚の写真は文章や映像よりも説得力があり、息を呑むような迫力を感じさせてくれます。その決定的な瞬間を撮るためにどれだけの労力を費やしてきたことか。恐れ入ります。しかし人間は、いつまでこの愚かな争いを続けるのでしょう。宮嶋さんがウクライナで撮ったミサイルの上に座る少女の写真を見て虚しさを感じました。

村田沙耶香

WHAT IS
HAPPINESS TO YOU?

村田沙耶香

信じることで幸福を感じたり救われることって確かにある

2022年8月

むらたさやか
1979年千葉県生まれ。作家。玉川大学文学部卒。2003年に『授乳』で群像新人文学賞優秀作を受賞し、デビュー。2016年に芥川賞を受賞した『コンビニ人間』は、38の国と地域で翻訳され世界中で親しまれている。22年にはカルトを描いた『信仰』を上梓。

作家の村田沙耶香さん。彼女が書く小説は、どこかちょっと不思議で、奇妙な場所や体験を通し、その人なりの幸せを、傍から見たら不幸だと思うような幸福を見つける、そんなお話が多いと感じます。2022年に上梓した『信仰』もそう。非常に危うい場所での危うい心を描いている。彼女とは以前一度お会いしたことがあるので、今回は二度目。「イマジナリーフレンド」のことにも話が及びました。心迷える人にとって必読の対談になったと自負しています。

岡村　以前対談させてもらったのは、芥川賞受賞直後でしたよね（2016年）。その後、海外での人気がすごく出て、世界中で読まれるようになったそうですね。

村田　はい。『コンビニ人間』が38の国と地域で翻訳されました。

岡村　すごいなあ。きっかけは？

村田　英訳されてアメリカとイギリスで読んで頂いたからだと思います。リトアニアとか、日本語から直接翻訳するのが難しい国でも読まれるようになって。行ったことのない国の人に読んでもらえたことはとてもうれしいことでした。

岡村　『コンビニ人間』は、そこら中にコンビニがあるような国に生きる、コンビニで働くことにある種の「美」を感じている主人公をめぐる話でした。これほどコンビニがある国って日本しかないと思いますが、その特殊な世界観が、アジア人だけでなく、リトアニアなどのヨーロッパの人々にも伝わったのはなぜだと思いますか？

村田　以前、私の本を翻訳してくれた翻訳家さん6人の座談会がオンラインであったのですが、アルメニア語の翻訳家さんが『『これは名前を変えればアルメニアの物語だ』と読者の方が言っていた」と。「変わった日本のカルチャー、コンビニ」と思う方もいっぱいいらっしゃるでしょうけれど、主人公を取り巻く社会の同調圧力みたいなものを自分事と捉えて読んでくださる方もいるんだなって。

岡村　そうですか、同調圧力は日本だけの問題ではないんですね。

自分が立っている足元をバキバキと叩き壊すのが好き

岡村　村田さんの最新刊『信仰』を読みました。非常に面白かった。カルト商法に騙された経験のある主人公の友達が、今度は自身が「騙す側」になり金儲けをしようと企む、そこに主人公が巻き込まれていくお話で。主人公は現実主義者で、こういったカルトやマルチ、悪徳商法の類には絶対に騙されない自信がある。でも一方、「鼻の穴のホワイトニング」や「ロンバ バロンティックのお皿」に夢中になる同級生と話を合わせるため、自分もそういったものを取り込んでいこうと努力する面もあって。で、僕はそこで引っかかったんです。「あれ？　鼻の穴のホワイトニング？　ロンバ バロンティック？　僕が無知だから知らないのかな」って。ネットで検索してみても、まったく出てこないんですよ（笑）。そこで読者は「あ、現実とちょっと違う話だ」と気づくわけです。「相変わらずの村田沙耶香ワールドだな」って。

村田　ふふふ（笑）。ちょっとパラレルワールドっぽいのを書くのが好きというか。

岡村　現実にはない虚構を描くことで、現実の歪(いびつ)な輪郭をあぶり出す。星新一さんのショートショートもそうですよね。ちょっと奇妙な未来の話だったり、パラレルワールドだったり、こんな世界はあり得ると思わせ、最後に足をすくってしまう。

村田　幼少期、星新一さんの本をよく読んでいたんです。兄が本当に好きで揃えていたので。

岡村　僕も好きなんです。星新一・筒井康隆は通る道ですよね。

村田　はい（笑）。

岡村　にしても、「鼻の穴のホワイトニング」。いまは何があってもおかしくない世の中だから、完全に騙されました（笑）。

村田　私は流行に取り残されるほうなので、いつの間にか知らないものが流行っていたりすることがあって。カラコンがそう。いつの間にかみんなカラコンをして黒目が大きくなっていて。この人もこの人も、あ、この人も！　って驚いたときには、カラコンが一般化して何年も経っていて（笑）。

岡村　そういうのって、言葉に対してよく思うんです。例えば、「○○をゲットする」の「ゲット」。最初の3年ぐらいは、カッコ悪いと思って使わなかったんです。でもいまは普通に言っちゃうんですよ（笑）。「鉄板」もそう。絶対言うまいと思っていたのに。いまは「バズる」に抵抗してます。絶対に言わないぞ！　って（笑）。

村田　それこそ、「エモい」を初めて聞いたときは私も調べました。どういう意味で、どう使うんだろうって。いまはもう古い言葉になってしまいましたけど。言葉って、みんなが使ってると思った頃には廃れていたりするんですよね。

岡村　すぐに新しいものがとってかわりますもんね。『信仰』では、主人公の女性がカルト商法をやろうと誘われることで、「信じること」の危うさが描かれるわけですが、既成概念や既成価値の心許なさを思い知らされるというか。これが真実だと思っていることも、流行り言葉のように簡単に覆されてしまうし、何が是で何が非かが常にグラグラしている、それが人間だと。『コンビニ人間』もそうだったし、村田さんは一貫してそれを書かれていますよね。「自分の価値観や倫理観は果たして正しいのか、常識とは一体何か」。読者は突きつけられるんです。それも静かな文体で。静かに静かに、ときにユーモラスに。そして、クライマックスで突き落とされる。「あなたの思う常識、正義感は、共同幻想にすぎないんですよ」と。

村田　子どもの頃からそうなんです。自分が立っている足元をバキバキと叩き壊す感じが好きで、結果、自分も一緒に突き落とされる。だから、人間の自分と小説家の自分が少し分離しているんです。

岡村　人間の村田さんは「鼻の穴のホワイトニング」をしますか？

村田　します（笑）。すごく短絡的で浅はかで、そういう愚かさを持った自分を、小説家の自分が解剖して切断面を観察して書く、そういうイメージがあるんです。

岡村　主人公は「現実」しか信じず、「原価いくら？」が口癖ですよね。妹や友人がブランド物に夢中になると、よかれと思って「そんなのは原価が安くてぼったくりだ」みたいなアドバイスをするんだけど、逆に「幻想を買ったり夢を買ったり、そういう無駄を買うことが楽しいのに」と煙たがられ、愕然とする。いいことをしてるはずなのに、なぜ？　と。じゃあ、村田さん自身は……。

村田　夢を買います。なので、親によく怒られます。「またそんな高い美容液買って！」って（笑）。

岡村　僕もそういうところがあるんです。体にいいといわれるサプリとか、高い水素水とか（笑）。

村田　あははは。

岡村　「これで自分は健康になれる」と盲信することで救われるんです。だから、カルトやマルチ、あるいは宗教、僕はそういったものに関わったことはないけれど、でも結局、サプリや水素水、美容液なんかもそうだし、ホワイトニングやロンババロンティック的なブランド物にハマるのも全部一緒。それを信じることで幸せを感じ、救われるのであれば、それでいいじゃないかと。他人がとやかく文句を言うのは違うなって。

村田　私がこの小説を書いたきっかけも実はそこなんです。知人がスピリチュアルにハマってしまい、止めようとしたことがあって。というのは、そこにあり得ないほどのお金を注ぎ込んでいたので、こっちの「正しい世界」に引き戻さなきゃと思ってしまったんです。でも、その方にとって、初めて出合えた幸福がそれだった。結局、その方とは疎遠になってしまって。私の想像力が寄り添えてなかったことがとても苦しかっただろうと。とはいえ、絶対に引き戻さなきゃいけないときもある、とも思う。

岡村 それはそうですよね。お金の問題が絡んだり、周囲がそれに巻き込まれて不幸になるのは違いますから。

村田 だけど、その方の人生を考えると、なぜそれを否定してしまったんだろうと。頭ごなしに否定しないようにはしていたんです。でも、やっぱり「否定された」と感じさせる暴力性が自分にあったと思います。

岡村 難しい問題ですよね。いま社会問題になっていることはまさにそれで。今回、期せずして「信仰の問題」が世間でクローズアップされてしまいましたよね。

村田 『信仰』が出た後に事件(注：安倍晋三銃撃事件。犯人の母親が旧統一教会の信者だったことが原因だったとされている)が起こり、やっぱりちょっとショックでした。ただ、小説の柔らかさみたいなものは感じたかもしれない。うまく言えないんですが。

岡村 というと？

村田 起こってしまった事件はひどく恐ろしく、苦しいですが、小説って、「そちら側」の世界に入ってみることができるというか。そこからはどんな光景が見えるのか、どんな温度の場所なのか。もしかしたら「そんなことは想像しないほうがいい」と言う人もいるかもしれない。でも、小説は液体なんです。殺人鬼でも何でも、人間として生きているときには絶対に応援なんてしないような人のことも想像できる、その人の世界にスルリと入り込み、その光景を見ることができる、そういう柔らかさがあるんじゃないかなって。

何かを盲信する快楽と「無」の神様

岡村　僕ね、断食道場にたまに行くんです。山のてっぺんにあるお寺で開催される結構ハードな断食修行で。朝4時半くらいに起こされ、境内をすみずみまで掃除して、お経を1時間ぐらいあげ、その後、山を登ったり下りたり、夏だと1時間くらい歩いて海へ行き、浜辺の砂を掘って自分の体を埋めたり。

村田　え、生き埋めに？

岡村　いえ、顔は出して首から下を埋めるんです。解毒作用があるとかで。1時間ぐらい入ってるとコバエが顔の周りに寄ってくるんですよ。「コバエが寄ってくるってことは解毒されてます！」みたいなことを言われつつ（笑）。

村田　あははは。

岡村　ということを6日間くらいやるんです。初めて行ったのは、もうずいぶん昔で、それからは年に1〜2回、行くようになって。一度、友人を連れて行ったことがあるんです。そしたら彼は、「イヤだ」と。料金が1日1万円なんですが、「1万円も払ってなぜこんなことをするんだ」とストライキをしてしまったんです。僕は、郷に入れば郷に従えだと思っているし、そのプログラムをこなすことに、何だったら快楽さえ感じていた。朝早く起きること、掃除をさせられること、意味も分からずお経を読み、砂に埋められ、あと、断食なのでものは何も食べられず、それぞれの部屋もないので、知らないオジさんたちと一緒に雑魚寝したりする（笑）。最初は、ウワーッ！　と思うのに、2〜3日もするとなんだか心地よくなってくる。言われるがまま、疑いもせず、「やれ」と言われたことをやることが快楽になるんです。でも友人は、そこにクエスチョンを置いた。「なんで？1万円も払って」。そのとき、ああ、僕はこの「プレー」に酔ってるなと。よく考えれば、彼のストライキは真っ当なんです。でも、僕は盲信したいタイプ。しかも、軽い拘禁状態で、好きなことなんてまったくできず携帯もつながらない。となると、だんだんハイになってきて、見知らぬオジさんたちの身の上話を聞くのも楽しくなる。だからね、僕も村田さんと同じように染まりやすいんです。疑わないタイプ（笑）。

村田　盲信の快楽、よくわかります。コンビニでバイトしていたときはそうでした。「コンビニに洗脳された」と思っていましたし。

岡村　まるで『コンビニ人間』の主人公のように。そのバイト経験がベースになった小説ですもんね。村田さんは大学卒業以来ずっと長い間コンビニでバイトをなさってて、芥川賞を獲った後もしばらく続けていらっしゃったって。

村田　お店のオープン前のトレーニングってすごく洗脳されるんです。一人ずつ、お店の端から端に届くように「焼き鳥いかがですか！」って元気よく声を出す、とか（笑）。そういうことを体育会的に毎日続けていると、だんだん染まっていくんです。そして、頑張れば頑張るほど、本部の人に「村田さんはものすごくやる気がある」と評価されて（笑）。

岡村　ありますよね、洗脳される快楽。それって、「小説を書く」という行為にもあったりします？

村田　私は、小説の書き方を宮原昭夫先生（1932年生まれ。72年に「誰かが触った」で第67回芥川賞受賞）に学んだんです。宮原先生の教えを本当にそのまま、背かずにやった結果、いまの自分があるんです。でも宮原先生は、「それは違う」とおっしゃる。

「村田さんは僕のやり方を全部無視して小説家になった方です」と。でも私は、宮原教の信者だとすごく思っているし、弟子だと思ってもらえてないのに盲信している。いまでも本当は先生のおっしゃることを全部録音したいんです。嫌がられるから、しつこくしないように我慢してますが（笑）。

岡村 結局、盲信の快楽って、「迷わなくていい」という快楽なんですよね。人間って根源的な恐怖や不安を抱えているじゃないですか。自分は何歳まで生きるのか、子どもが生まれたら元気に育つのか、お金に不自由したりしないか。未知数なものがあればあるほど不安になるし、何かに頼りたい、信じたいと思ってしまう。だから、パワーストーンみたいなものでも一喜一憂してしまうし。

村田 大学生の頃、パワーストーンのアクセサリーが流行りました。恋が叶う腕輪とか（笑）。

岡村 パワーストーンを身に着けると仕事がうまくいった、彼氏とアツアツになった、なにかしら成功体験があると、「あれ？　運気が上がるかも」と。そういうことで人は簡単に信じてしまう。「信じたい」のだろうと思うけど。

村田 縁起を担ぐという意味では、私の場合はブラジャーなんですね（笑）。例えば、今日のような対談があったりすると、「このブラジャーだと和やかに話せる」とかそういうのがあって。そんなわけないとわかっていても、心が安心するから本当にリラックスできてしまったりします（笑）。

岡村 村田さんって信心深いほうですか？

村田 私は親に無宗教だと言われたので、子どもの頃からオリジナルのやり方で神社で祈るんです。神様にいろいろ話しかけたり感謝したり、そうすると、神様からのお返事がおみくじとして自分に届く、というマイルールがあって。

岡村 神様からのお手紙？

村田　自分の妄想ですが（笑）。

岡村　おみくじで「凶」が出たらどうします？　僕は「大吉」が出るまで引き続けますが（笑）。

村田　いろいろ欲を出してしまったのを神様は見抜いてらっしゃる、と思いますね。戒めだと。

岡村　そういえば、村田さんはお父さんが元裁判官でいらっしゃると聞きました。理知的なご家庭だったゆえの宗教観ですか？

村田　うーん、理知的かどうか。ただ、宗教に関して言うと、小学生のとき、クラスで自分の家の宗教が話題になったことがあったんです。「それぞれの家には、それぞれの神様がいるらしいよ」と。で、父に聞いたんです。「うちは何教なの？」って。そうしたら「うちは無宗教だよ」と。私はそれを、「無」という神様を信じる宗教だと思ったんです（笑）。すごい神様だって感動しました。それからは、「無」に祈るようになって。でも、「無」ってなんだろうともっと知りたくなって、父に「『無』ってどんな神様？」と聞いたんです。すると、父がすごく慌てて、「いや、『無』の神様はいない。神様はいない、なにも信じてない、ということなんだよ」と。「だけど、お父さんは一応仏教で、君ら子どもたちは大人になってから自分で何を信じるかを決めなさい」と。すごくショックだった。ずっと「無」に祈ってたのに。いままでの祈りは何だったんだろう！　って（笑）。

岡村　あはははは。

村田　ただ、いまもそのときの神様のイメージが頭の中にはあるんです。小説を書き始めた小学生の頃、書いたものが自然と神様のもとへ届き、神様がその中からどれを世に出すのかを選ぶ、そういうシステムで本って出版されると思い込んでいたので、ずっと神様に向けて書いていました。だから、やっぱりすごく祈ってるんです、いまだに。

精神世界にいるときに感じている神様に。

「イマフレ」が私を救ってくれている

岡村　村田さんの小説って、恋愛とセックスと結婚と妊娠・出産がつながってないなと感じるんです。今回の『信仰』に収録されている短編でも、女性3人で暮らしつつ人工授精で子を持とうとする話がありましたし（「土脉潤起（どみゃくうるおいおこる）」）、自分のクローンが4体いてそれぞれ仕事をするクローン、家事をするクローン、出産するクローンなどがいるという話があったり（「書かなかった小説」）、以前話題になった小説『殺人出産』では、人間社会を存続させていくために「産み人」がいるという近未来の話だったり。

村田　そうですね、バラバラかも。

岡村　でも、そういう女性って、実際増えてきていますよね。恋愛だけしたい人、とりあえず結婚がしたい人、妊娠・出産だけしたい人、いつか自分だけの子を持つために卵子凍結をする人。

村田　岡村さんは「イマジナリーフレンド」がいたことってありますか？

岡村　何ですかそれは？

村田　ほかの人の目には見えない、自分だけに見える友達です。

岡村　たぶんいたでしょう。幼少期の頃は。わりと孤独な少年だったので。

村田　私も幼少期、本当に苦しくて、イマジナリーフレンドが30人くらいいたんです。

岡村　さ、30人！

村田　それはいまも30人いるんですが、彼らの存在は、自分の生命維持の危険性と密接な関係にあります。「イマジナリー」と言うのもつらいので、友達が「イマフレ」と呼ぶといいよと考えてくれました。頻繁に会うのはその中の4～5人。1人とは性愛的なつながりを持っているんです。ですから、実在の人間の方と性行為をすることもありますが、自分にとっていちばん心地よい性愛はイマフレのAさん。行為によってAさんと自分の肉体が接続することができるのです。だからたぶん、私にとっては性愛と結婚と妊娠・出産がつながらない。子どもが欲しいと思っても、Aさんは精子を出せるわけではないですし……。

岡村　すごく興味深い。じゃあ、リアルな恋人がいるとき、Aさんはどうなるんですか？

村田　ものすごく応援してくれます。本当に苦しい性行為のときは、部屋の中にいてくれて、ずっと手を握ってくれていました。いままで、イマフレの話は、人前であまりしてこなかったし、人生でいちばんの秘密だと思っていたんです。でも、最近、こうやって少ししゃべるようになったのは、作家の朝吹真理子ちゃんも幼少期に竜のイマフレがいたと言っていて。ああ、人に話してもいいんだと、ちょっと思えてきたんです（笑）。

なぜあの子を拒絶したのか

岡村　僕の場合、孤独だったからと言いましたが、精神的にも肉体的にも抵抗力が弱まったときに、自分を守るための防御策としてイマフレがいたのかなと思うんです。でも、その完成度が高ければ高いほど幸福度も高くなるし、自分のことを強く信じることもできるようになる。ですから、いいんです、イマフレが幻想だろうが現実だろうがどっちでも。誰に何を言われようが、それによって村田さんの心が救われ、安心し、幸せを感じることができるのなら、とっても素敵なことですから。

村田　うれしい。そう言っていただけると救われます。

岡村　ところで、これは僕の昔話です。小1、小2の頃、仲のいい友達がいたんです。学校が終わるといつも一緒に帰る子で、2年になってクラスが別々になってもその関係はしばらく続いたんです。でもある日、僕にいろんな友達ができ、新しい子たちと仲良くなって「一緒に帰ろうぜ！」とワイワイと連れだって下駄箱へ行ったんです。すると、それまでずっと一緒に帰っていたはずの子が傘を持ってポツンと一人で待っていた。でも、そのとき僕は彼を疎ましく思ってしまった。「オレはもう違うフェーズに来てるのに」と。彼はもともと気弱な子だったし、寂しそうに佇んでいる姿が「違うフェーズ」の僕の目には鬱陶しく映ってしまったんです。「1人で帰れよ」みたいなことを言って遠ざけた。すると彼は、「ここで待ってててっていつも言ってたじゃないか！」って泣いたんです。その光景がね、57歳になったいまも忘れられない。そして、なぜ、あんなふうに拒絶してしまったのかと、悔恨の思いにかられるんです。ずーっとずーっと、何十年も棘（とげ）のように刺さったまま。あの子の顔もちゃんと思い出せるし、泣き顔も、傘を持っている姿も鮮明に思い出せる。というか、僕はなぜこの話をしたくなったんだろう……。

村田　人間って、忘却に甘えるじゃないですか。忘却が自分を楽にしてくれるから。でも岡村さんは、その「罪」を絶対に忘れない。

岡村　そうなんです。最近の嫌なことは全部忘れてしまうのに、小学2年生のあのときのことだけは、きっと死ぬまで残るんでしょうね。マインドタトゥーとして。

対談を終えて

6年ぶりの再会でした。何か通じ合えるような心地よさがありました。宗教であれ、コンビニで働くことであれ、テレビであれ、美容液であれ、何を信じようが何に幸せを感じようが、その人の自由だと僕は思うんです。他人や社会に迷惑をかけない限りは。彼女が書く小説の根源にもそういったメッセージが込められていると感じます。ちなみにこの対談、某有名私立中学の入試に使われたそうです。テストに出る対談ができたこと、光栄です。

撮影：高野ひろし

WHAT IS HAPPINESS TO YOU?

ネルケ無方

落ち込んでる日もあれば浮かれた日もある。それでいいじゃないか

2022年11月

ねるけむほう

1968年ドイツ生まれ。僧侶。16歳のときに高校のサークルで坐禅と出会い、将来禅僧になることを夢見る。京都大学に留学中、安泰寺に上山し、2002年から2020年まで安泰寺の住職を務める。著書に『迷える者の禅修行 ドイツ人住職が見た日本仏教』など。

毎週日曜日の早朝、NHKのEテレで『こころの時代~宗教・人生~』という番組をやっているんですが、それをたまたま観たときに彼のドキュメントをやっていたんです。兵庫県の禅寺、安泰寺の堂頭(住職)を18年務めたというドイツ生まれの僧侶、ネルケ無方さん。まるでヴィム・ヴェンダースの映画の主人公のように精神の放浪をするような人生を送られた方。ぜひお話をしてみたいと編集部にリクエストしました。ネルケさんにとって幸福とは何ですか?

岡村　僕、Eテレで放送されたネルケさんのドキュメンタリー番組をたまたま観たんです。日曜の朝早くに。そこで非常に興味を持ちまして。ぜひ、お話を伺ってみたいなと。

ネルケ　ありがとうございます。

岡村　ドイツのベルリンご出身で。

ネルケ　はい、西ベルリンで生まれました。その後、ブラウンシュヴァイクという町へ引っ越して。

岡村　お父さんは設計士、お母さんはお医者さんだったと。でも、お母さんは病気になったそうで。

ネルケ　私が7歳のときに乳がんを患い、そのまま亡くなってしまったんです。37歳でした。

岡村　大きなショックを受け、人生観が変わったそうですね。

ネルケ　母の死後、自分の殻にこもることが多くなりました。「人間は何のために生きているのか」ということをよく考えるようになって。自分がここにいる理由ってそもそもなんだろうと。でも父に、「なぜ宿題しなくちゃいけないんだ」と聞くと、「いい成績をとるため」と言われる。「なぜいい成績をとらなくちゃいけないんだ」と聞くと、「もっといい学校に進むためだ」と。「なぜいい学校に進まなくちゃいけないんだ」と聞くと、「いい会社に勤めるためである」と。ところが父は毎日「いい会社」へ行くわけですが、決してうれしそうではない。その意味はなんだと聞くと、「君らを養うために決まっているじゃないか」と。でも母が死んだように、父も死に、ゆくゆくは私も死ぬ。なのにこの〝ゲーム〟をすることに意味はあるのかと。いい会社に勤め、金を稼ぎ、結婚して、子供をもうけ、その子供をまたいい学校に入れる。ゲームはいずれ終わるのに、なぜそれに参加しなくちゃいけないんだと。7歳、8歳のときにはそんなことをいつも考えてましたね。

岡村　普通その年頃でそんなことを考えませんよね。友達と遊びたい、テレビを観たい、漫画を見せてって欲望だらけ。早熟ですね。

ネルケ　頭でっかちだったんです。なんでも意味を求めようとしてしまう。もしいま7歳の私に問われたら、「意味なんてない」と答えるでしょうね。「意味なんてなくたっていいじゃないか、むしろない方が楽しく生きていけるよ」と。

急逝した母とネルケ少年。ショックのあまり「母に裏切られた」と思ったこともあったそう。
撮影／Dirk Noelke

岡村　その結論、実は最後に聞こうと思っていたんです（笑）。修行を積み僧侶となったネルケさんが「人生には意味がない、ということがわかり、うれしかった」とテレビでおっしゃっていたのが印象的で。その言葉に、ある意味僕も救われました。そうか、僕のこの人生には意味がないのか、と。

ネルケ　はい。人生に意味はない。そう考えれば楽になるんです。

16歳で禅と出会い自分の「呼吸」に気づいた

岡村　禅に興味を持ったきっかけは何だったんですか？

ネルケ　まったくの偶然でした。16歳のときに全寮制の高校に入学し、そこにたまたま瞑想、メデイテーションが好きな先生がいて坐禅サークルを作っていたんです。入学して間もない頃、「参加してみないか」と先生に声を掛けられて。でも、「僕は興味ありません」と断ったんです、「嫌です」と。というのも、そういうのはうさん臭いと思っていて。当時、瞑想といえば、インドのラジニーシ（注：インドのカルトな宗教家）のようないかがわしいグループしかイメージできませんでしたし、関わりたくもなかった。すると先生は「君はいままでやったことがあるのかね」と。「一度もやってみないで、なぜ嫌だと言えるのか」と。私は反論できなかった。じゃあ1回だけやって断ろうと。そう思って参加して、今日まで38年間毎日続けているわけです（笑）。

岡村　なぜ惹かれたんでしょう？

ネルケ　姿勢を正し坐禅をすることで、自分の「呼吸」に気づいたことが大きかったんです。

岡村　自分は生きているんだと。

ネルケ　結局、「生きる意味はあるのか」と7歳の頃から考え続け、仲間と一緒に遊んだりサッカーをやったりもせず、放課後は部屋にこもってありとあらゆる哲学書を読み続けていたんです。日本でいえば「引きこもり」に近い状態。一応学校へは行きますが、放課後はベッドの上で寝そべって天井を見上げながら、「私」ってなんだろう、「人生」ってなんだろう、それればかり。でも、静かに座ることで、16年間私を生かしてくれている「呼吸」にようやく気づいた。そして、静かに座っていると窓の外で小鳥のさえずりも聞こえてくる。おそらく鳥は朝からずっと鳴いていたはずだけど、なぜいままで聞こえていなかったんだろうと。ずっと考えごとばかりして、小さな狭い世界の中に閉じ籠もっているだけだったと。ですから、坐禅は私にとって、ある意味、出口になった。この体を通じて私は世界とつながっている。その先には広い世界があるんだと。

坐禅が生きがいになり日本で禅僧になろうと決意

岡村　僕も断食で、修行とまではいきませんが、たまに寺のようなところへ行くんです。1週間から10日ほど、毎日坐禅をして、質素な食事をとり、体をリセットする。すると、おっしゃるように五感が冴えるような気がするんです。ただそれは、1年のうちの数日間だから僕は耐えられるのであって、20年も30年もずっと続けるのは苦行だなあと（笑）。しかも安泰寺では年間1800時間の坐禅を組まれていた。どういう心境になるんでしょう？仏教に帰依している感じですか？　それとも精神世界を修行する感じですか？

ネルケ　まず苦行だと思ってないです。私にとっては坐禅が生きがい。結局、高校時代に坐禅にハマり、それ以外に自分の居場所を見出せなくなり、特にやりたいこともなかったので日本へ行こうと。日本へ行って禅僧になりたいと思うようになるわけです。仏教の本を読み、鈴木大拙（注：日本の禅文化を海外に広く知らしめた仏教学者）の本を読み、「悟り」という言葉を知り、それに憧れて。私も日本へ行って禅僧になりたいと。それでたまたま曹洞宗の安泰寺と縁があり、そこで僧侶になる夢が叶った。檀家も持たず、坐禅と自給自足の生活ばかりをさせてくれるお寺ですから、私はそれを決して苦行だと思わなかった。むしろ、大学を卒業して会社勤めをし、月曜日から金曜日まで自分の時間を売り、そのお金で楽しくもない遊びをするほうが苦行だなと。

岡村　物欲みたいなものは青年期の頃もなかった

わけですか？

ネルケ　テレビを観たいとか、カラオケがしたいとか、ディスコへ行って踊りたいとか、そういう思いはそもそも最初からないんです。

岡村　恋愛したいとかは？

ネルケ　性欲も人と比べて少ないかもしれない。私はシャイな部分もあって、中高生になると恋人をつくり、デートをしたりするけれど、そういう経験がなかったんです。大学時代は１人、２人、ガールフレンドがいたこともありましたけど。でも、平成2年、１９９０年に22歳で安泰寺に飛び込んだとき、遊びたいとか、金が欲しいとか、おしゃれがしたいとか、そういう欲望はなかった。ただまあ、彼女がつくれないのはちょっと寂しかったといいますか（笑）。

岡村　そして、初めて日本に来たのは？

ネルケ　昭和62年、１９８７年。それこそお立ち台で女性が踊ってるような時代でした。

岡村　狂乱のバブル時代（笑）。

ネルケ　でも私は禅がしたくて日本に来たわけです。禅こそが自分の拠り所だと。ところが、私と同年代の19～20歳の日本人に禅の話をすると「え、お前どうした」みたいな感じで。「それよりもカラオケ行こうぜ」と。誰も禅には興味がない。GDPが世界第2位になり、ジャパン・アズ・ナンバーワンと言われた時代でしたから。

岡村　その頃僕はデビューして。未来は明るいと、国民全員が信じた時代だったと思います。

ネルケ　だから、日本でそういった精神世界に興味がある人たちは禅じゃなくて、『ムー』という雑誌を読んでいたわけです。オウム真理教の麻原彰晃は、すごい修行を積んだ人というイメージだったし、「禅をやるより、麻原彰晃みたいに空中浮遊をする能力を身につけたほうがいい」なんて言われたこともある。そういう時代でした。

岡村　当時、オウム真理教は身近にあったんですか？

ネルケ　京都大学に留学していたんですが、オウム系の瞑想サークルがありました。麻原彰晃のポスターも貼ってあったし、文化祭に麻原が招かれたりしましたし。

岡村　へえ〜！　オウムは当時、東大や京大や、優秀な学生を積極的にスカウトしていたそうですね。

ネルケ　私が京大に行ったのは平成2年。その頃はもう麻原様々。瞑想に興味のある学生の中では、坐禅じゃなく、圧倒的にそっちが人気でした。

岡村　ネルケさんも麻原の講演を観に行かれたりしたんですか？

ネルケ　行きませんでした。まったく興味がなかったので。私は「禅でなくちゃいけない」という先入観がありましたし。第一、オウムの〝におい〟が嫌だと思ったんです。私が求めているものとは根本的に違うなって。

味噌汁の作り方とうどんの茹で方に奮闘

岡村　なぜ安泰寺へ？

ネルケ　京大に留学したとき、園部という小さな町のお寺で、毎月5日間の修行、接心というんですが、それに参加させてもらい、夏休みも2ヵ月ほどお寺で世話になった。それで平成2年の秋、本来なら京大に戻って学ぶ予定でしたが、そこの和尚さんに、残り半年の留学生活をお寺で送りたいと相談したら、安泰寺を紹介してもらったんです。園部の和尚さんも安泰寺で修行した人だったので。

岡村　テレビで観ましたけれど、安泰寺は全部自給自足でやっていて。畑を耕し、作物を育て。大変ではなかったですか？

ネルケ　大変でした。まずお寺へ行くのが大変。アクセスが悪いので、道を作ったりもしたんです。え、そこからなの？　って（笑）。そして、基本は自給自足ですが、油、塩、砂糖といった調味料、農機具を動かす燃料などはないので、背負子で町から寺まで運ばなくちゃいけない。当時はまだ20世紀でしたが、20世紀のこの時代でこれをやるのかと（笑）。一応、覚悟はあったけれど、ビックリすることは多かった。でも、みんな当たり前のようにやっている。そういった、もうちょっと楽をしたい、というような欲求は、禅の世界では「頭を手放す」と言いますが、自分の頭を手放し、ただただそうするしかなかったんです。

岡村　禅ではそういう作業も全部修行だ、という考え方ですよね。

ネルケ　そうなんです。もちろん頭ではわかるんです、1日24時間が修行だというのは。でも私は、坐禅は好きでも、肉体労働は苦手だったし、いちばん苦労したのは料理当番。料理をするのも禅寺においては大事な修行であることはわかるんです。でも、日本の食文化が欧米とはまったく違うので、なかなか理解ができなかった。ドイツでは1日3度おいしいものを食べることをしないんです。朝はパン、昼は適当にシチュー的なものを食べ、夜はまたパン。普通の家庭でも裕福な家庭でもだいたいそう。むしろそれが当たり前。日本では一般の家庭でも3度の食事をとるのが普通ですし、毎回温かい味噌汁が出てくる。おかずも2品ぐらいはある。それはお寺でもそうなんです。あとは出汁。味噌汁には出汁が入っていることを最初は知らなかった。味噌を溶かしたら味噌汁になると思ったら、出汁がないと怒られて。出汁をとらなくちゃいけないのか、面倒くさいなあって（笑）。うどんを茹でるにしても、スパゲッティのアルデンテのつもりで作ったら硬すぎて、まずいと。それで次の日は柔らかくしてやろうと30分かけて茹でたら、おかゆになっちゃった。

岡村　あはははは（笑）。

ネルケ　よく怒られました。でも、「僕は料理をしに日本に来たわけじゃない！」と反論してしまった時期があったんです。食事も修行だというのはわかるけど、うどんの硬さや味噌汁の出汁にこだわるのはおかしい、なぜそんなことに執着するんだと。仏教で手放すことを教えてるじゃないですかと。

岡村　なるほど。そこも手放してしまえばいいんじゃないかと。

ネルケ　そうそうそう。適当にそのへんの雑草食ってたらいいじゃないのと。でも、そういう文句を言う自分が「手放せてない」。自分は料理をするのが嫌なだけ。出汁をとる、うどんをいい塩梅に茹でる、そういった日本の料理を覚えるのが面倒くさいだけ。そんな文句を言う前に、自分自身を手放し、味噌汁の作り方、うどんの茹で方を覚えなきゃだめなんです。

ホームレス僧侶となり伴侶と出会う

岡村　その後ネルケさんは25歳で出家得度、33歳のときに安泰寺を離れ、大阪でホームレスになったと。なぜでしたか？

ネルケ　師匠に一人前の僧侶として認められたらドイツに帰ろうと思っていたんです。その頃になると、欧米には禅センターがあちこちにできて、お寺ではないけれど、一般の人たちが朝晩プラクティスできるような、日本でいえばヨガ教室みたいなところがありました。でも、日本にはお寺はたくさんあるけど、一般の方々がプラクティスできるような場所はあまりない。ならば、ドイツに帰る前に、まず日本でそういう場所をつくりたい、道場をつくりたいと。そのためには東京か大阪でと。ところが大都会へ行くと家賃が高い。それをまったくわかってなかった（笑）。

岡村　その頃、先立つものはあったわけですか？禅道場を開くための資金みたいなものは。

ネルケ　ありません。それまで10年間タダ働き。タダで住まわせてもらい、食費も家賃もない生活でしたから。都会ではお金を出さないとラーメン1杯も食べられない。1泊の部屋代も払えないから住むところもない。どうしよう、と考えていたら、大阪の大阪城公園のあちらこちらにブルーシートが張ってある。ホームレスがたくさん住んでいたんです。ああ、私もこうしようと。それで、大阪城公園でテントを張り、そこで寝起きしながら坐禅会を始めました。

岡村　じゃあそこでも修行を？

ネルケ　修行といえば聞こえがいいですが、ほとんど遊んでいたようなものでした。

岡村　で、伴侶となるトモミさんと出会われたんですよね？

ネルケ　出会ってしまいました。

岡村　寺を下りて恋をした（笑）。

ネルケ　当時私はインターネットでホームページを作っていて、「毎朝座ってます、一緒に座りませんか」という告知をしていたんですが、彼女は外国人の方と友達になり歴史や哲学の話をしたいという告知をネットに書いていたんです。それを私が見て、だったら僕の坐禅会に来ませんか、坐禅の後に話をしましょう、と誘ったら、彼女が来るようになったんです。そして、その半年後、安泰寺の師匠が事故で急逝。寺に呼び戻されたんです。まだ付き合って6週間でしたが、プロポーズして。一緒にお寺に行ってもらったんです。

岡村　ネルケさんの本によれば、へそピアスをした面白い女性だったそうですね（笑）。

ネルケ　はい、かなりユニークなお方でした（笑）。

岡村　どこに惹かれましたか？

ネルケ　飾らないところですね。私とは全然違うタイプですが、やっぱり自分の生き方を模索していて。みんなと同じレールに乗ることに疑問を抱いている人でした。

岡村　修行と恋というのは相反するものではないわけですか？

ネルケ　恋も欲望、煩悩ですから、手放すべきなんでしょうけど、私は手放せなかった。禅寺のお坊さんたちは、明治時代に入ってからは、その多くが結婚し家庭を持っている。私はそれでいいと思っているんです。お坊さんだから俗世間と線を引くのではなく、お坊さんでありながらごく一般的な生活を持ったっていいじゃないかと。

本物の寺が与えるのは水
カルトが与えるのはジュース

岡村　そして2年前、52歳のときに安泰寺の住職を弟子に譲り、寺を下りられた。いまはどうなさっているんですか？

ネルケ　坐禅会を開いたり講演会を開いたり、そんな日々ですね。

岡村　ところで、いま、新興宗教の問題が起こっていますが、カルトに走る人にとって、既存の宗教が、キリスト教なり仏教なりがなぜ救いにならないんでしょう。

ネルケ　２つ理由があると思います。１つは既存の宗教の多くは、例えば日本のお坊さんのほとんどがそうですが、燃えるような気持ちでその道に入ったのではなく、たまたまお寺の長男として生まれたからという、ひとつのビジネス、家業を受継ぐ、という意識でやっている所がすごく多いんです。すると、檀家に頼まれた最低限の葬式法要しかやりませんから、そういうお寺に救いを求めに行こうとは思わない。もちろんよく探せば、心を救ってくれる本物の教会や、本物のお寺はあるんです。ただ、本物であればあるほど「水」を出すんです。無味無臭の水を。でもカルトの場合、ちょっとジュースを入れてみたり、お酒入れてみたり、へたをすると毒を入れてしまったりする。でも残念ながら、人間は水よりもちょっと味がするもの、気持ちがよくなるものを求めてしまう。これが2つめの理由。

岡村　確かに。あといま、時代が時代ですから、宗教を求める人が多くなったような気もするんです。これについては、どう感じます？

ネルケ　おそらくどの時代においてもかつての私のように自分がなんのために生きるのかと悩む人はいるわけで、社会はその答えを教えてくれない。探せばその答えは聖書の中にも、仏教のお経の中にもなくはない。でも、実際の牧師さんやお坊さんがなかなか見本となってくれないんです。

岡村　ロールモデルとなる人が少ない、ということですかね。

ネルケ　そうです。あと、もうひとつは、私も母を早くに亡くしたけれども、カルトや新興宗教って、疑似家族を用意してくれるんです。拠り所のない人、誰にも認めてもらえない人、話を聞いてもらえない人の話を聞いてくれる。どんな宗教団体であれ、聞いてもらえるとうれしい。特にいま、ネットの時代だからこそ、リアルなつながりを必

要としている人が増えているのもあると思う。リアルな人間が目の前にいて自分を肯定してくれたら、フラフラッとついていってしまう。そういう力をカルトは持っていると思うんです。

足るを知る いまここにいる幸せ

岡村　じゃあいま、ネルケさんにとって幸せとは何かと聞かれたら、なんと答えますか？

ネルケ　「いまここ」にいられることですね。今日という1日を送れたこと。落ち込んでいる日もあれば、浮かれた日もある。それでいいじゃないかと。そもそも私がいまここにいるから、「私」という人生の映画を観られるんだと。しかも映画がどう終わるのか、ハッピーエンドかバッドエンドかもわからない。でも、それでいい。いま、自分にライトが当たっていることが幸せなことじゃないかと。

岡村　ネルケさんがドキュメンタリーでおっしゃっていた「足るを知る」ということですよね。

ネルケ　そうです。自分の幸せは何点だとか、そういうことを考えないことです。それは結局、何かと比べることになってしまうので。

岡村　いいお話だなあ。ところで、ネルケさんには3人お子さんがいらっしゃいますよね。

ネルケ　長女が大学1年、長男が高校3年、次男が小学5年です。

岡村　みんなどういうことに興味を持っているんですか？

ネルケ　長女は理系で化学を勉強しています。部活動はウインドサーフィンをやっていて、勉強よりもそっちに夢中。長男は受験生でまだまだ人生を模索中。いちばん下の息子はゲームとYouTubeとホラーに夢中です。

岡村　いまどきですね（笑）。奥さんのトモミさんは？

ネルケ　彼女は寺を出てから会社勤めを始めました。それまでずっと私と一緒にいたので私の存在がうっとうしかったんでしょう。解放されて生き生きしてます（笑）。

対談を終えて

自分の人生に意味はあるの？　そんなクエスチョンを抱き仏教に出会うことになったネルケさん。そして厳しい修行の果てにたどり着いた答えは無。「人生に意味なんてない」。これは名言だと思いました。現在は寺を下り、妻や子供たちとごく普通の生活を送っていらっしゃる。一つ悟ったからこそ、また違う人生を歩み、修行とはまた別の「幸福への道」を進むことができるんだなと思いました。彼が言った「足るを知る」、いい言葉です。

撮影：Charlotte Kemp Muhl
通訳：丸山京子

WHAT IS HAPPINESS TO YOU?

ショーン・レノン
幸せはずっと続かない。やって来てはまたどこかへ行ってしまうもの

2023年2月

Sean Taro Ono Lennon
1975年アメリカ生まれ。音楽家。ジョン・レノンとオノ・ヨーコの息子として生まれ、コロンビア大学に進学。98年にアルバム『Into The Sun』でデビュー。近年はヨーコ・オノ・プラスティック・オノ・バンドやイギリスのバンドTemplesのプロデュースを手がける。

〝War is over. If you want it〟。これはジョン・レノンとオノ・ヨーコが1969年に掲げた平和を願うスローガン。それから50年以上が過ぎ、いまも叫ばれ続けています。今回は、ジョンとヨーコという僕が世界一敬愛するカップルを親に持つショーン・レノンさんがゲスト。アメリカのオルタナティヴミュージックシーンを牽引する彼の「これまで」と「いま」、そしてスペシャルな両親のもとで育んだ独特の人生観、幸福論について訊いてみました。

岡村　お母さん（オノ・ヨーコ）、90歳になられたそうですね。おめでとうございます。

ショーン　ありがとうございます。

岡村　そしてヨーコさんの90歳を記念し「願かけの木」というプロジェクトをショーンさんが発案されたと聞きました。

ショーン　実は、僕たちファミリーにとって「9」という数字がすごく重要なんです。父（ジョン・レノン）には『#9 Dream』という曲があるし、父も僕も誕生日が10月9日。そして母は、いまも72丁目に住んでいて（注：ニューヨークのマンハッタン、アッパーウェストサイドにあるダコタ・ハウス。レノン一家のレジデンス）、7と2を足すと9になるし、母の誕生日である2月18日の1と8を足せば9、さらに今年で90歳。9がそろうので何か特別なことをしたいと考えたんです。

岡村　マジックナンバーの「9」。

ショーン　そう。ですから、全世界の人々が参加できるような催しをやりたいなって。そこで、母のアート作品「Wish Tree」（1996年）の現代版をやろうと思いついたんです。それは神社にあるおみくじを結ぶ木をモチーフにしたインスタレーションで、アメリカの都市はもちろん、東京やロンドンなど、世界中のさまざまなアート会場で展示してきたもので。これのバーチャル版を作れば、世界中の人々が願かけをすることができるなって。あと、母は木がすごく好きなので、1ドルの寄付で1本の木が植えられる「One Tree Planted」という団体と一緒にやることにしました。ですから、「願かけの木」は母の90歳の間だけじゃなく、今後もずっと残るプロジェクト。ヨーコに対するトリビュートと、彼女のやってきたことをセレブレートすると同時に、植樹の輪も広げていければと。

岡村　先日、とあるアートイベントへ行ったら、入口にヨーコさんの『グレープフルーツ』の初版本（64年）が置いてあったんです。あの本がショーンさんのお父さん、ジョン・レノンに大きな影響を与え、ヨーコさんとの共作で名曲『イマジン』（71年）が生まれたわけですけれども、「想像してごらん　国なんてない　殺し合う理由もない　宗教もない　ただ平和に生きる日を」というお2人のメッセージは、50年以上にわたって世界中の人々の心に響き続けている。これってすごいことだなと改めて感じたんです。

ショーン　それは僕も誇りに思っています。そしてもちろん、僕自身も影響をすごく受けていて。何年か前、フラッキング（注：天然ガスを採掘する水圧破砕法）反対のキャンペーンがニューヨーク州で行われ、僕もデモに参加したんです。すごく多くの人が反対の声を挙げて行動を起こして。結果、ニューヨーク州ではフラッキングが禁止になったんです。もちろん、そのことについてジョンとヨーコとは直接的な関係はないけれど、声を挙げ続ければ影響を与えることができる、変えることができる、そういった姿勢やマインドは彼らから学んだし、影響下にある。しかも、それは僕だけじゃなく、声を挙げた人たちの多くがそうだと思うんです。人種差別や性差別との戦いにおいてもそうですよね。

岡村　特に、ヨーコさんは、アーティストとして活動を始められた50年代の頃から多様性を認め合おうと、アートを通して表現なさっていますよね。現在のフェミニズムやＬＧＢＴＱに通じることを。しかし、ヨーコさんのパワーってどこから湧き出てくるんでしょう？　ヨーコさんの世代はまだまだ封建的な家庭に育った人がほとんどだったと思うんです。ましてやヨーコさんのご実家は非常に裕福だし、いわゆるお嬢様だった。でも、敷かれたレールからは外れ、前衛芸術家になり、女性解放運動や平和活動に邁進した。なぜそんなに先進的な考えを持つに至ったんだと思いますか？

ショーン　いや、僕もよくわかりません。というか、彼女自身だってわかってないと思う。おっしゃる通り、彼女の祖父は銀行家だったし、財閥の一家でした。すごく父権的で封建的、保守的な家だったと思います。でも、子供というのは、こうしちゃいけないと言われたときの反応は2つ。「はい、わかりました」と受け入れその体制の一部なるか、「そんなのいやだ」と言って反抗するか。彼女の場合は後者。母は若いときに「ピアニストになりたい」と両親に言ったら、「女性はピアニストにはなれない」と言われたそうなんです。その段階で、「じゃあやめます」とはならなかった。僕だったらあきらめてしまうと思うんです。違う道を探すと思う。でも、母は違う。「じゃあ、やってやる」っていう気持ちになったんです。「やっちゃだめなら、むしろどんどんやってやる」って（笑）。

ジョンが教えてくれたカルトなアニメ映画が原点

岡村　ショーンさんは子供の頃はどんなことに夢中になりました？

ショーン　いまもそうですが、小さいときから絵を描くことが好きでした。あと、天文学に興味を持ったり、恐竜が好きだったり。音楽を聴くようになったのは、7歳か8歳ぐらいの頃からでした。

岡村　子供の頃に観た映画で印象に残っているものはありますか？

ショーン　『ファンタスティック・プラネット』というフランスの映画が好きで、父と一緒によく観ていたことを覚えています。

岡村　名作ですよね。幻想的でシュールなアニメーション映画。そういえばジョン・レノンは昔、アレハンドロ・ホドロフスキーの映画『エル・トポ』が大好きとインタビューで答えていたのを覚えているんですが、それにも通じるようなカルト映画ですよね。

ショーン　監督はルネ・ラルー。音楽はアラン・ゴラゲールというセルジュ・ゲンズブールの楽曲アレンジメントでも有名なミュージシャンが担当していて、僕は彼の音楽が大好き。だから、初めて自分がピアノで弾けるようになった曲が『ファンタスティック・プラネット』のテーマ曲。そしてアートへの興味を持ったのも、この映画がきっかけなんです。

編集部　横から突然失礼します。ちなみに、宮崎駿監督の『風の谷のナウシカ』はこの映画の影響を受けているそうです。

ショーン　ああ、それは知らなかった！　でも、それを聞いて腑に落ちました。なるほど、すごく納得です。巨神兵とか王蟲（オーム）とか、確かに影響を受けてそう。僕は宮崎監督の映画が大好きだし、ナウシカも大好き。三鷹にあるジブリ美術館にも行きましたから。

岡村　そうだ、ショーンさんは、日本のアニメが大好きなんですよね。『攻殻機動隊』シリーズも大好きで、小山田圭吾（コーネリアス）さんと一緒にエンディング曲を手がけられたりしましたし。

ショーン　すごく好きです。あともうひとつ、ウォルト・ディズニーの映画『ファンタジア』。この音楽もほんとに大好き。そこで使われたバッハの「トッカータとフーガ ニ短調」もピアノで弾こうとしてみたり。だから、いまの自分の音楽の根底にあると思う、『ファンタスティック・プラネット』と『ファンタジア』の2本は。

岡村　自分で歌ったり演奏してみたりすることに関心を持ち始めたのは何歳くらいでしたか？

ショーン　15歳ぐらいのときです。すごくくだらない曲を書いたのを覚えています。でも実際ピアノは7歳ぐらいからやっていたし、ギターは9歳10歳ぐらいから弾き始めていて。とはいえ、ピアノのレッスンをちゃんと受けたのは2回くらいで、あとは耳で聴き取って弾く独学。ギターはサマーキャンプへ行ったことがきっかけでなんとなく弾き始めたんです。

岡村　じゃあ、音楽家になろうという意志を持ったのは？

ショーン　というか、「ものを作りたい」「表現したい」と思うようになったんだと思うんです。というのも、ヨーコが母親だったせいもあって、これが音楽だ、これはアートだ、これは映画だというとらえ方をせず、クリエイティビティ全般でとらえているんです。ですから、いろんなことができるという部分ではよかったと思う。反面、ちょっとだけ後悔するのは、もう少し、例えばギターにフォーカスして、プロフェッショナルな技を身につけてもよかったなって。

岡村　ところで、80年代に多感な時期を過ごされたと思いますが、どんな音楽に夢中になりました？あの頃、スターアーティストがたくさん登場しましたよね。プリンスとかマイケル・ジャクソンとか。

ショーン　もちろん、マイケルもプリンスも大好きでした。特にプリンスは、自分で映画も作れば主演もする、レコードもプロデュースする、作詞作曲、ギター、ドラム、ピアノ、色んな楽器を全部自分で演奏するというスーパー天才。僕もその頃ギターを弾くようになったので、『ビートに抱かれて』のイントロを、速度をすごく落として1音ずつ拾ってコピーをしたり。ただ、僕にとって何の影響が大きかったかといえば実はヒップホップ。あの頃のニューヨークはどこへ行ってもゲットー・ブラスター（大きなラジカセ）からアフリカ・バンバータの音が流れていたし、公園もブレイクダンスをする人であふれていましたから。あとは、ニューウェイヴミュージックの影響もすごくあって。ニュー・オーダー、フロック・オブ・シーガルズ、メン・ウィズアウト・ハッツ、トーキング・ヘッズ、トム・トム・クラブ……。なかでもいちばん好きだったのがデペッシュ・モード（注：イギリスのロックバンド）。いまだに好き。

岡村　へえ〜！

ショーン　当時、母がテレビ番組に出演したときに「ショーンはいま何を聴いてるの？」って聞かれて、「デペッシュ・モード」って答えてしまって（笑）。

岡村　あははは（笑）。

ショーン　子供心に「なんでそんなこと言うんだよ！　ア・ラ・モードじゃないのに！」ってすっごく恥ずかしかった（笑）。

ビースティ・ボーイズが僕のビートルズだった

岡村　あと、中学生くらいの頃、スイスの寄宿学校へ自ら望んで進学されたそうですね。

ショーン　そう。複雑な話なので簡単に言うと、子供の頃、ボディガードが四六時中そばにいるのが本当に嫌だったんです。というのも、父の死後、変なことがいろいろ起こり、身の危険を感じることもあったので、母が心配してボディガードをつけるようになったんです。それでも、10歳ぐらいの頃までは、ボディガードも友だちみたいな感じだったし大きなベビーシッターがいてくれる感じで楽しかったけど、12歳くらいになってくると、やっぱり1人になりたくなる。鬱陶しいんです。ボディガードも学校の友だちも、すべての視線から逃れたかった。それで母に、「安全な寄宿学校へ行ったらボディガードをつけなくて済む？」って聞いたら、「それだったらいいわ」って。

岡村　自由になりたかった？

ショーン　というか、「普通の生活」がしたかったんです。

岡村　ショーンさんはその後、20歳ぐらいから音楽家として本格的に始動し、23歳のときにはビースティ・ボーイズのレーベル「グランド・ロイヤル」からソロデビュー（注：98年リリースの『イントゥ・ザ・サン』）することになる。ビースティのところで、というのはやっぱり、彼らがニューヨークヒップホップシーンの中心人物だったからですか？

ショーン　僕がビースティの大ファンだったということがまずあって。自分にとってのビートルズでしたから、ビースティは。「ビーストルズ」って言ってたぐらい。

岡村　あははは（笑）。

ショーン　でも、それは僕だけじゃないんです。あの頃のニューヨークの空気を吸って生きていた若者たちはみんな好きでした。

岡村　彼らとはどんなふうに出会ったんですか？

ショーン　95年に僕のプロデュースでヨーコが『ライジング』というアルバムを出したんですが、そのときに、リミックス盤も作ることになり、ビースティのマイクDに1曲、チボ・マット（注：日本人の本田ゆかと羽鳥美保による音楽ユニット。ニューヨークを拠点に活動。現在は解散）に1曲、頼んだんです。それがすごくよくて、彼らとハングアウトするようになり、やがて僕もチボ・マットに参加したり

撮影：Charlotte Kemp Muhl

するようになって。

岡村　いわゆる、90年代ニューヨークのポップカルチャーシーンですよね。映画監督のマイク・ミルズとも一緒にバンドをやったり。

ショーン　そうです。

岡村　なんだか楽しそう。エッジィなクリエイターがそろっていて。

ショーン　ほんと、あの頃はすごく楽しかった。しかも、アメリカのインディーズバンドと日本のインディーズバンドのノリがすごく合っていたのも面白かった。好きなものや好きな音楽、好きな映画、共通項がすごく多くて、ユースカルチャーが日本とアメリカでつながっていたと思うんです。

岡村　つまり、チボ・マットやコーネリアスやバッファロー・ドーターといった日本のアーティストにシンパシーを感じた？

ショーン　そうですね。僕自身もそうだし、日米両方の音楽シーンにそういう気運があったんです。インターネットなんてない時代でしたけど、日本でもアメリカでも双方のインディーズバンドがお互いの国で気軽にライブツアーをできる感じがあったし、やるとものすごく盛り上がっていたんです。いまももちろん個人的な交流はあるけれど、昔のようにシーンの盛り上がりがなくなってしまったのがちょっと残念だなと思うんです。

プロデューサーとして多忙な日々

岡村　最近は、いろんな人とバンドをやったり、プロデュースをしたりという活動が多いですよね。プライマスのレス・クレイプールと一緒にバンドをやったり、ヨーコさんの再評価プロジェクトを主導されたり、ジョン・レノンのベストアルバムや、イギリスのサイケデリックバンド、テンプルズのニューアルバム（注：『エグゾティコ』4月14日にリリース）をプロデュースされたり。とっても多忙な日々を過ごされていると思うんですが、普段はどんな生活ですか？　例えば、毎晩決まった時間に寝るとか起きるとか。

ショーン　自分としては、できれば規則正しい生活を送りたいんです。でも、プロデュース仕事をするときは、そのアーティストの都合に合わせたりしなきゃいけないので、イギリスからテンプルズがやってきたときは、朝の3時ぐらいまで連チャンでスタジオに入らなくちゃいけなかったり。つい2〜3日前も、レス・クレイプールと一緒に「ザ・クレイプール・レノン・デリリウム」というユニットをやっているので、そのレコーディングのためにカリフォルニアへ行きましたし。その後、ニューヨークにもどってきて時差ボケのまんま母の90歳の誕生日会のあれこれをやらなくちゃいけなくて。なかなかハードな日々です（笑）。

岡村　お酒とかはどうですか？　飲んだりするんですか？

ショーン　飲むけど、友達と一緒に楽しく飲むのが好きですね。1人では飲まないし、パートナーのシャーロット（・ケンプ・ミュール）も飲まないので家でも飲まないんです。あ、でもね、日本のお酒が好きです。焼酎。アメリカでは一時テキーラがすごく流行って、クラフトテキーラができるほどのテキーラブームが起こったんですが、僕は次に焼酎ブームが起きないかなと思ってて（笑）。アメリカではまだまだ焼酎の認知度が高くないので、流行らせれば大きなビジネスチャンスがあるかもしれないなって（笑）。

岡村　何焼酎が好きなんですか？

ショーン　麦焼酎かな。まだそんなに詳しくないので、いろいろと試してみたいと思っているんです。おすすめは何かありますか？

岡村　麦焼酎だと、『いいちこ』の「フラスコ」っていうのがあるんです。それはおすすめです。

ショーン　メモしますね（笑）。

本当に愛したら その気持ちは終わらない

岡村　お父さんとお母さんが「War is over. If you want it」など、60年代70年代にさまざまな反戦メッセージを掲げていましたが、それから数十年を経て、いままたそのメッセージが必要となってしまっていますよね。

ショーン　正直、とっても悲しいことだと思う。2023年のいま、ロシアが核兵器の使用を予告しているというのは、本当に信じられないことですから。しかし、再びこの言葉が注目を集めるというのは、それだけジョンとヨーコのメッセージが深く重要であり、時代を超え、世代を超えて響いていることを示すものだとも思っていて。人類が本当に注意しなければならないことを示すものだとも思うんです。僕たちは、グローバルな文化、グローバルなコミュニティ、グローバルな経済のなかで互いに依存し合って生きている。日本が鎖国し、アメリカが中国の製造業を必要としなかった頃のように、壁に囲まれた環境で暮らす過去に戻るわけにはいかないんです。いまはひとつの「地球村」。仲良くすることを学ばなければならないし、美しい未来は、核の脅威や第三次世界大戦の危機を乗り越えた場合にだけ訪れると思うんです。

岡村　その通りですよね。エネルギー問題もまたそうですし。

ショーン　こんなことを言うとネガティブに聞こ

えてしまうかもしれませんよね。でも、実は僕は楽観的に考えていて。1万年前の氷河期も、キューバ危機も乗り越えたのだから、今回もきっと乗り越えられるはず。人間のイノベーションと創造性の可能性を信じているので。石油には限りがあるかもしれませんが、人間の想像力には限りがない。僕たちは生き残ることができるはずだと思うのです。

岡村　ところで、ショーンさんは過去愛した女性たちとも良好な関係を保ち、仲のいい友人として付き合い続けているそうですが、そういった恋愛観も、ジョンとヨーコの博愛主義の影響が強かったりするんでしょうか？

ショーン　愛って、本当にその人のことを愛したら、その気持ちって終わらないものだと思うんです。もちろん、ひどいことが起きない限り、という前提はあるけれど。だから僕は過去に関わりがあった人たちのことも、すごくいい感情を持ち続けているし、その人たちが愛した人に対しても、いい感情を持っている。だって僕が愛した人が愛する人なんだから、絶対に素晴らしい人に違いないんです。だから僕はシャーロットの元彼とも仲がいいし、僕の元パートナーの元夫とも仲良しです。もちろん、男女の関係は1対1であるべきだと思っているし、一夫多妻がいいとは思わない。ただ僕は、愛の種類が変わったからといってその人を自分の人生から失くしたりしたくない。関わった人すべてを含んでの人生だと思っているんです。

岡村　ファミリーを拡張していくような感じ？

ショーン　そうかも。それはもしかすると、父を早くに亡くし、母とふたりだけで生きてきたということが大きかったりするのかも。自分の家族がすごく少なかったから、関わりを失いたくないと思うのかもしれません。恋人に限らず、友人に対してもそうですから。

岡村　じゃあ、そんなショーンさんにとっての「幸福」とは？

ショーン　「幸せ」というのはもちろんすごく素敵なものだけど、ずっと続くものではないと思っていて。やって来てはまたどこかへ行ってしまうものだと思うんです。だから「幸せ」をゴールにしてしまってはだめ。そうすると「幸せ」だけを追いかけてしまうことになってしまう。もちろん、「幸せ」はいいことだし、僕も「幸せ」になりたい。でもあくまでも「幸せ」って、すごく表層的なものでしかないわけで。だから、何かを目標にするのなら、もっと違う具体的なことを追うべきだと思うんです。例えば、今日1日で達成すべきことだったり、自分にどれだけ誇りを感じたかということだったり。何かものごとを生み出せただろうか、健康的に生きられているだろうか、家族の面倒をちゃんとみているだろうか、時間を無駄にしなかっただろうか、そもそも世界を助けることができただろうか。そういうものの見方、考え方をするほうが「幸福」につながるんじゃないかなと思うんです。

対談を終えて

非常に有意義な対談になりました。幸福についての答えや、両親の意志を継ぎ世界平和の一助となる活動も続けていらっしゃることから、ショーンさんは実に品格のある心を持った方だなと。そして、彼の幼少期の話や、ヨーコさんとのエピソードも微笑ましい。ジョン・レノンの息子であることはどんなことなのか、僕には想像すらつかないし、計り知れない何かを抱えているとも思うのですが、とっても素直でピュアな方だなあと感じました。

スタイリング：黒田領（吉川晃司）　ヘアメイク：MAKOTO（吉川晃司）

WHAT IS
HAPPINESS TO YOU?

吉川晃司

再び声を出せるようになったとき、ああ俺はこれだけで十分だなって

2023年6月

きっかわこうじ
1965年広島県生まれ。歌手、俳優。84年映画の主役に抜擢され、同時に主題歌「モニカ」で歌手デビュー。以降立て続けにヒットシングルをリリースする。近年は音楽活動と並行してテレビドラマや映画などで存在感のある俳優としても活躍している。

10代の頃からの親友、吉川晃司。編集部から熱烈な要望があり久々に会って話をすることに。いままでも何度か「吉川さんと同級生対談を」と編集部から言われていたものの、お互いに知りすぎているし、恥ずかしいというか、痛痒いというか、照れもあるので先延ばしにしていました。でも、50代後半となり、もう一度、腰を据えて話をするのもいいかもしれない。編集部が調べたところによれば、2人で揃ってメディアに出るのは実に31年ぶり、とのことです。

吉川　元気そうじゃない。

岡村　元気元気。会うのは2014年以来じゃないかしら。綾小路翔くんのフェス「氣志團万博」に2人とも出て、その後、綾小路くんがやってたお店へ一緒に行って。

吉川　久々に話をしたいなと思って俺から連絡して誘ったんですよ。

岡村　そうだったっけ。

吉川　あなた、昔はお酒を飲まなかったじゃない。飲めるようになったと聞いて、「じゃあ一献」と。

岡村　それで「また会おう」って別れて、気づけばそこから8年。

吉川　そんなに時が経った感じがしないいんだけどね。

岡村　その昔、僕らしょっちゅう一緒にいたじゃないですか。

吉川　いたねえ（笑）。

岡村　ネットも留守番電話さえもなかった1980年代半ば。どうやって会ってたんだろうと思い返すと、「夜7時に○○で」みたいな感じで、すがるように毎晩みんな集まってたんですよ。六本木の「ブーフーウー」とか表参道の「港町十三番地」とか。

世界一ヒップな街で〝かぶいて〟いた俺たち

吉川　当時はミュージシャンが比較的集まりやすい店がいくつかあって。いまの人はちょっと不思議に思うかもしれないけれど、音楽雑誌に出てくる連中はみんなそこにいる、みたいな時代だった。西麻布の「レッドシューズ」とかさ。

岡村　よく行ったよね。

吉川　とはいえ、先輩方もいらっしゃってるんで、我々はもう下っ端の下っ端。あんまりここでは話せないような、いろいろなイベントを目撃しましたけどね（笑）。

岡村 さっきまで『ザ・ベストテン』に出てたチェッカーズがいる！ みたいな感じだったもん。

吉川 俺も「今日は『ベストテン』あがりだから10時すぎになっちゃうけど」って衣装のまんま行ったりしてたよね。でも、身なりは派手でも懐はすきま風ピューピュー（笑）。

岡村 『ベストテン』で「今週の第1位！」って言われてるのに。

吉川 そりゃ、渡辺美里ちゃんの曲を書いてたくさん印税が入ってた岡村はお金持ちでしたよ。途中で追いついたけど、僕も（笑）。だから、当時は、若くして作曲家として成功した岡村がうらやましかったし、実際、カッコよかった。あなた、夏になると裸に革ジャンでやって来るから、「お腹冷えるんじゃない？」って。憶えてる？

岡村 あははは（笑）。あとさ、僕らって背が高いほうなのにハイヒールも履いてるから身長190センチぐらいになっちゃってて。で、目にはバッチリ、アイラインを入れてた、普段から（笑）。

吉川 イギリスのニューロマンティクスを意識して。かぶくようなイメージだったといいますか。

岡村 デヴィッド・ボウイがお手本だったでしょ？

吉川 心酔してたね。だから女性的な格好をしてみたりもしたし。ご本人にもお会いしましたけれど。

岡村 当時、海外アーティストがコンサートで東京に来ると、みんな夜の街に繰り出してくるから、わりと気軽に会えたんだよね。

吉川 それこそプリンスにも会ったし、デュラン・デュランにも会ったし。飲み屋のマスターから「今、ロッド（・スチュワート）が来てるけど？」みたいな電話がくると、「あ、行きます！」って。

岡村　めっちゃ酔っ払ったロバート・パーマーに会ったんでしょ？

吉川　俺、ロバート・パーマーは大好きで。トップ10に入る人。

岡村　知ってる。

吉川　とある雑誌で対談させてもらったんだけど、酔ったロバート・パーマーが酔拳みたいな感じになってまったく話にならなかった（笑）。最高に楽しかったけど。

岡村　いまにして思えば、めちゃめちゃ貴重な体験ですよ。ロバート・パーマーと対談した人なんて、日本にはほとんどいないと思う。

吉川　とにかく、80年代の東京は、良くも悪くも、ものすごくエネルギーが集中してたし、外から見れば、世界で一番魅力的な街だったとは思う。ただ、文化的な側面で、世界が一目置いていたかというと、そこは疑問があるわけで。ジャパンマネーに圧倒されていただけだったかもしれないなって。

キャッチコピーは「裸がヴェルサーチ」

岡村　初めて会ったのはいつ、どこでだっただろう。

吉川　楽曲（注：86年リリースの「奪われたWink」。岡村靖幸作曲）のときじゃないかな。プロデューサーの木﨑（賢治）さんと次の曲の話をしたときに、「岡村靖幸って知ってる？」って聞かれて。俺は、美里ちゃんの曲とかで名前を知ってて「いいんじゃない？」って。そこからだと思うけど。

岡村　いや、それよりずっと前ですよ。木﨑さんが僕と同い年の歌手をプロデュースしてるからって、吉川さんを紹介してくれて……。

吉川 ちょっと待って。「吉川さん」？　じゃあ俺も「岡村さん」って言わなきゃダメじゃん（笑）。

岡村 いやいや（笑）。普段は全然呼び捨てにしますけど、ほら、これ、僕がホストの連載ですから。

吉川 確かにこの年になっても呼び捨てっていうのもね。

岡村 いいです「岡村」で（笑）。

吉川 まあ、とにかく。僕らは、同い年で誕生日も近く、19、20歳の青春真っ只中の2人だったけれども、ある意味では特殊な世界のすごく制約された中で生きざるを得ない2人でもあって。良くも悪くも、青春の探し方もちょっと特殊だった。そういう部分で、気が合ったし、慰め合う部分もあったと思うんだよね。

岡村 で、この話は初めてするんだけど。実は僕、吉川がデビューする前から知ってたんですよ。

吉川 え、そうなの？

岡村 雑誌で見た。というのも、昔は、デビューするきっかけって、ヤマハが主催する「ポプコン（ポピュラーソングコンテスト）」か「イースト・ウェスト」に出るか、レコード会社にデモテープを送って奇跡を待つか、くらいしかなく、僕は高校生の頃、コンテストに応募したり、デモテープを送ってみたり、自分なりにいろいろやってたんです。そんなとき、デビューしたい人たちが読む雑誌、『ヤングセンス』というのがありましてね。デビュー予定の人やアマチュアバンドの人がたくさん載ってる雑誌だったんだけど。

吉川 ああ！　あったね！

岡村 超マニアックな雑誌。それに「今度デビューする吉川晃司です」って記事が出てたんです。「ナベプロ（渡辺プロダクション）と契約しました」って。え、こんな人、コンテストに出てなかったぞ？

どういうこと？　って。

吉川　そこ見た？

岡村　そこ見た。

吉川　ははははは。

岡村　ホント、当時はデビューできる門が非常に狭かった。だから、「スゲエなあ、高校生でもうデビュー決まった人がいるんだ」って。僕はちょっと嫉妬心を抱きました。

吉川　そうだったんだ。

岡村　吉川さんがナベプロに「広島にスゴいヤツがいるよ」って手紙を出したのがキッカケだったんでしょ。

吉川　だいぶ誇張して書いて送ったんですよ。「見に来ないと一生悔いを残す」って。なんとか目に留めてもらいたい一心だよね。すると、僕らのバンドを見に来てくれた。それで「オーディション、東京で受けてみますか」と。選考は3回か4回、あったと思う。ただ、ほかの参加者はみんな歌がうまいのに僕が一番ヘタ。そうなると、またビッグマウス作戦（笑）。「やるんだったら、俺が一番になります」って大見得切った。広島弁バリバリで。そこを渡辺晋さん（注：当時の渡辺プロダクション社長）が気に入ってくださったのかどうなのか、本当のところは伺ったことはないですけれど。

岡村　ナベプロが久々に力を入れる大スターが誕生した、みたいな感じでしたよ。それはそれは華々しいデビューだったもの。

吉川　でも俺、忘れもしない、デビュー前に厳しいことを言われたんです、吉見佑子さんに。吉見さんは音楽評論家であり作詞家であり、元歌手でもあるから歌心もある方で。事務所で初めて会ったときに「松田優作のNGみたいなお兄ちゃんね。こんな子をデビューさせるの？」。目の前にいる俺を見ながら言いましたから（笑）。

岡村　しかしその後、吉見さんは吉川のファンになり、ファンクラブ担当にもなったんだよね。
吉川　そうそう。それで、吉見さんはキャッチコピーの天才でもあるから、「吉川晃司のキャッチコピーは『裸がヴェルサーチ』ね」。
岡村　吉川は水球（注：吉川さんは広島の中・高校時代は競泳・水球部で活躍）で鍛えた体が売りだったもんね。
吉川　「吉川は洋服を着るな」と。「裸でいい。ほかに脱ぐもんないよね」って。うまいこと言うなと思いましたよ（笑）。

俺はこんなことをやりたいわけじゃない

吉川　岡村のデビューは何年だっけ？　俺のほうがちょっと早いよね、84年だから。
岡村　作曲家デビューは85年で、レコードデビューは86年。
吉川　でも、あなたはものすごく才能のある男だから。じきに自分のレコードを出すだろうとは思ってました。ただ、あの頃って、音楽界と芸能界の間にはまだ壁があった時代だったじゃない。
岡村　ユーミン（松任谷由実）さんとか井上陽水さんとか、そういったアーティストはなかなかテレビには出なかった。
吉川　僕は、そういった慣習を壊したくて、桑田佳祐さんに相談したこともあるんです。「カッコいい人たちが音楽番組に出てくれないと、どうにもいい風が吹かないんです」と。僕は音楽でナベプロに入ったつもりだったんですよ。
岡村　社長の渡辺晋さんは元ミュージシャンで、クレージーキャッツやドリフターズ、ザ・ピーナッツ、沢田研二さん、そういったレジェンドが所属

1989〜1990年頃の2人。

するプロダクションをつくった人だったから。

吉川　でも、「そういうつもりでお前をとってない」と社長に言われたんです。「歌を歌いたいのか？」「歌を歌うために入ったんですけど」「そんなに歌うまくねえじゃねえか！」って（笑）。

岡村　吉川さんは、主演映画（注：84年公開の『すかんぴんウォーク』）でデビューして、最初のシングル（「モニカ」）はその主題歌。歌もできる、演技もできる、アクションもできる。新時代の石原裕次郎さんや小林旭さん的なスターにしようと考えていたんだろうと思いますけどね。

吉川　「マルチでやれるようになれ」と最初に言われ、芝居の稽古もさせられて。いまとなってはありがたいことだったと思うし、感謝してるんです。ただ、当時はわからなかった。「俺はこんなことをやりたいわけじゃない」と。

岡村　よく憶えてるのが、吉川のもとに、いわゆるアクションものや刑事もののオファーがすごくくるんだけど「イヤだ。絶対断るんだ」って言ってたことで。

吉川　ない知恵絞って必死に抵抗してたんです。仕事を断り続ければそのうち売れなくなって自由になれるんじゃないか、と浅はかなことを。……って、対談なのになんで俺の話ばっかりなの（笑）。

青春が沸騰していた美しき「3人」

吉川　じゃあ、暴露しましょう、「天才」岡村さんの話を。

岡村　えっ！

吉川　「俺の天才な感じはきみたちにはわからないから」ってよく言ってたじゃない。

岡村　言ってないよ（笑）。

吉川　でも、あなたはホントに天才です。その音楽的な才能は唯一無二と、僕は昔からずっと思ってて。というか、岡村は書かれてまずいことはあんまりない。当時お酒をまったく飲まなかったし、俺みたいに酔っ払ってしでかしたとか、そういう失敗談がないもんな。

岡村　思い出した。吉川さん、酔って家の鍵をなくしてベランダから窓を割って入って大騒ぎになったことがあったよね（笑）。

吉川　二度あって、一度目は7階の部屋へパルクールみたいにマンションの壁を伝って登っていった。二度目が30歳くらいのときだったかな。それは3階だったけど、警察沙汰になっちゃった。「僕んちです」と言っても「嘘つけ！」って、なかなか信じてもらえなくて困っちゃった（笑）。

岡村　懐かしいな。

吉川　よく、ジャンケンで決めたじゃない。今晩はどこへ行くか。

岡村　そうね。

吉川　それで、俺たちって、実は2人だけじゃなく、もう一人、仲のいいヤツがいたわけで。ただ、そいつの話をすると、もうここにはいないヤツだから欠席裁判になってしまう。だから本当はあんまり話題にはしたくないけれど。

岡村　まあね。

吉川　でもヤツがいなかったことにはできないから、少しだけ3人だった頃の話をするけれど。志向性は違うし似てないけれど、同い年だし、一番血気盛んな頃だったし、常に何かが沸騰してる3人だったんだよね、俺たちは。

岡村　20代前半とかだったね。

吉川　で、その3人目が、ジャンケンで勝つと「女の子がいるところへ行こう！」って言うわけ。でも俺は「ひたすら飲みたい人」で、岡村は「ひたすら踊りたい人」。

岡村　ははははは。

吉川　だから岡村が勝つと踊りに行く。行ったらずっと踊ってる、この人は。ひたすらダンス。しかもダンスで女の子の気を惹こうとか、そういう気もまったくない。没頭しちゃう。で、俺は奥でひたすら飲んで、岡村が踊り疲れるのを待つわけ。もう一人は、女の子を待ちながら飲んでるだけで、まったく踊らないし踊れない（笑）。

岡村　そうね（笑）。

吉川　踊らない彼は、どっちかというと詩人。あのセリフがどうのとか、キャッチコピーがどうのとか、そんなことばっかり言う。基本が文学青年だったんだよね。

岡村　そんな子供っぽい僕らに対して、吉川は、やんちゃはするけど、根はまじめ。正義感がある。やさしくて包容力があって男気がある。そして、戦ってた。

吉川　そうだね。

岡村　すごく戦ってた。大人たちに対して。「隣の芝生は青い」じゃないけれど、ある意味、吉川晃司は僕からすればうらやましい存在でもあったんです。日本一の芸能プロダクションのイチオシとして大メジャーで活躍しているわけだから。なぜそんなに戦うんだ、と当時は思ってたよね。

吉川　同じことをとある先輩にも言われました。「お前はトム・クルーズをやればいいのに、なんで違うところへ行きたがるんだ、バカヤロウ」と。とにかく、メインストリートに飾ってあるものを魅力的に感じたことがなかった。芸能界に対しては、裏路地にはそれよりもっと面白いものがあると思っていたし、音楽界に対しては、テレビというメディアをなぜそんなに毛嫌いするんですか、という思いもあった。とにかく、自分たちの村を一生懸命つくって区別したがる人たちが多く、「なぜそんな無意味な国境線を引くのか」と。

岡村　ひとつ、当時感じていたことを言わせてもらうとね。僕の中では、ボーイズ・ラブな感じがあったんですよ、あなたたちに対して。とにかく、あの頃の2人は本当にきれいだった。美しい2人。

吉川　そうかい？

2022〜2023年のライブツアー中の1コマ。
photo: Takashi Hirano

岡村　僕は、会えばしょっちゅうハグしてたと思うけど、抱きつきたくなるんです、2人に会うと。とびっきり華のある2人だったし、一緒にいるのが心地よかった。

吉川　確かに、「ホウ！」とか言いながら抱きついてた（笑）。

岡村　ただ、当時はスマホなんてなかったから3人の写真が1枚も残ってないの。ちゃんと撮っとけばよかったなって思うんだよね。

吉川　でも、大丈夫。いまも頭の中にはいっぱい残ってるから。

地下スタジオで寝起きしていた12年間

岡村　吉川さんが自分の事務所をつくったのは、30歳の頃？

ライブでは2時間半踊り続ける。

吉川　33ですね。22のときに一旦、ナベプロの子会社に独立したんだけど、その後、社内でいろんな問題が起きて窮地に陥って。そこからもう一度やり直すぞ、と現在の事務所をつくったのが33。

岡村　吉川って、やっぱり戦い続けているんだなと思ったのが、以前、ドキュメンタリー番組（注：19年にWOWOWで放送された『その男、職業　吉川晃司。』）を観たときで。会社を設立してから十何年、家に帰らず毎日スタジオで寝起きし、音楽を作り続けていた、ということをやっていて。

吉川　事実です。リスタートしたとき、「会社の利益が出るまで俺は家に帰らない」と宣言して。そこから12年、スタジオ暮らし。

岡村　ふつうの人はよくわからないと思うけど、スタジオで暮らすって、それはそれはストレスが溜まるものなんですよ。僕は1週間、いや、3日も持たない。

吉川　若いスタッフを連れて会社を立ち上げたんで、僕には責任がある。みんなの前で「よし、俺は黒字になるまで毎日ここのソファーで寝るぞ」って宣言して。予定では2、3年で黒字になるはずだったのに、10年以上かかっちゃった。するとね、地下スタジオだから湿度が高くて、肺にカビが生えて、顔の皮がズルズル剝けて。医者に「あんたどんなとこで暮らしてるんだ！」って怒られて。

岡村　すごい精神力。

吉川　でも、人間、目標があればそんなことは別に苦にならない。一生懸命音楽ソフトの勉強したりするのも、それはそれで楽しくて。何回か、岡村のところへも相談に行ったじゃない。いい音楽ソフトを教えてもらったり、使い方を教えてもらったり。

岡村　あのとき、吉川がそんな生活をしてるとは知らなかったから、番組を観て衝撃を受けて。

吉川　途中からは意地だった。

岡村　でも、まじめな話、これだけ長い間仕事をして、ずっと華があり続けられるって、めちゃくちゃすごいことなんですよ。

吉川　それは岡村さんもでしょう。だから、昔のように密な交流はしなくなったけど、いつも岡村のことを俺は遠くから見ているし、活躍する姿が嬉しい。新曲が出れば必ず聴くし、相変わらず尖ってるな、ちゃんと頑張ってるなって。

岡村　僕もそう。ドラマにコンサートに頑張ってる吉川さんの様子を見聞きすると嬉しくなりますから。出会った頃にはわからなかった継続していくことの大変さをしみじみと感じつつ。

石垣島キャンプで大喧嘩その真相とは一体？

吉川　そうだ。俺が会社つくってしばらく経った頃、2人で石垣島へ行ったことがあったじゃない。30代半ばくらいだったかな。

岡村　もちろん憶えてますよ。

吉川　岡村が音楽制作に没頭してずっと部屋に籠もってるから、ちょっと外に連れだしたほうがいいと思ったんだよね。

岡村　そう。キャンプでもしようぜって吉川さんが誘ってくれたんですよ。

吉川　俺は結構、アウトドアが得意なんです。ちっちゃい頃からボーイスカウトもやってたし。そしたら岡村さん、突然ヘソ曲げて東京に帰っちゃった（笑）。

岡村　いやいやいや（笑）。

吉川　途中、俺の知り合いが何人か合流したんで、岡村の居場所をうまくつくってあげられなかったなと後に反省したんだけれど。でも、あのときはなぜ怒ってるのかがまったくわからなくて。「もう俺、帰るから！」って言われ、まさか帰ると思ってないから、「おう、帰れ帰れ！」って言ったら本当に帰っちゃうんだもん（笑）。

岡村　あははは（笑）。でもね、行って良かった。僕は100％満足したの。コンビニも何にもない浜辺にテントを立てて、吉川が魚釣ってきてくれて、それを捌いて食べて、2人で寝て。一体ここで何泊するんだろうなと思ってるうちに、広島のお友達がワイワイやって来て。突然「○○じゃけん！」とか言い始めて。東京ではそんなしゃべり方をしたことないのに。

吉川　あははは（笑）。

岡村　僕は吉川と2人だけだと思ってたのに、あれ、僕は置いてけぼり？　完全にスネました（笑）。

吉川　悪かった（笑）。

岡村　いやいや僕も（笑）。でもすごくいい思い出なの。波の音を聞きながら海の横で寝るのは生まれて初めての体験だった。行って良かったと心底思ってるんです。

吉川　旅といえばね、先日、ローカル線に乗って伊勢へ行って。僕は「弓馬術礼法小笠原流」という流派の門人になって弓道をやってるんだけど、その仲間と一緒に行ったんです。そういう旅ってあんまりすることがないじゃない。俺らにとって旅といえばライブツアー。するとどうしても、声が潰れないようにしなきゃと気を使う。「歌わない旅」ってこんなに楽しいんだなって。

岡村　わかるわかる。

吉川　ねえ。歌い手はしんどいですよ。声って、鍛えようがないし、休ませようもあんまりない。声帯って人間の体の中でものすごく小さな器官じゃない。俺らはなんでこんなちっこい部分で勝負する仕事を選んじゃったんだろうなって。ポリープができたりしたら治るまで歌えないじゃない。

岡村　僕は意外と大丈夫ですよ。

吉川　これもやっぱり体質だね。僕は声帯をやっちゃったとき、手術はしなかったんです。だから、生涯付き合わなきゃいけない。ピアノでいえば、鍵盤が何個か壊れてる状態。僕はちょっとぐらい壊れたっていいって思う方だからそのままにしていて。声が変わっちゃうから新しい鍵盤には今更換えたくないし。でもいいなあ、岡村は。そういう悩みはないんだ。

生まれ変わっても歌手になりたい

岡村　ただ、20代の頃と同じ声かというと、そうではないですよ。

吉川　そりゃそうよ。枯れた方がいい。若い声にはなりたくない。

岡村　最近のインタビューでも言ってたね。白髪とかシワとかも全然気にしないって。

吉川　年輪だもん。生きてきた証し。シワや白髪は老化だといえばそうだけど、俺はクリント・イーストウッドや、ミック・ジャガーのシワに針を落とすといい音楽が鳴るんじゃないのって思ってる。

岡村　よく思うのは、僕らって人に見られる仕事をしてるから、やっぱり大勢の人からワーッと言われることで、健康を保つことができてるんじゃないかなって。ホルモンが分泌されて。ボブ・ディランもポール・マッカートニーも、ライブ活動をいまも続けてるのはそのためかもしれないなって。

吉川　あと、エクスタシーもあるでしょう。エナジーのコール&レスポンスだもん。だから生まれ変わっても歌手になりたい、俺は。

岡村　俳優であることは？

吉川　面白いからやっている、という部分はありますね。どこかやっぱり余所者感があるし。こういうことを言うと俳優に怒られるかもしれないけれどね。でも、役者をやるからには自分のすべてを出します、もちろん。「中途半端な気分で来てんだろ」って絶対言われちゃいけないし。

岡村　しかし、吉川さんって、ドラマや映画に出演すると絶対話題になるじゃない。そこがいいなって思うんですよ。音楽活動をする上でプラスになるから。

吉川　若い人は、僕のことを役者だと思ってる人も多いんです。でも名前を知ってもらって調べてもらえれば、「ああ、歌手だったのね」と音楽を聴いてくれたりする。そこはありがたいことだと思う。

岡村　自分がメインでやってる音楽に対しては妥協せず、そのポテンシャルを保ちつつ、役者としてお茶の間のど真ん中に登場する。そのバランスが非常にうまい。この間の朝ドラも大人気だったらしいじゃない。この連載の担当者も、めちゃめちゃ観てたらしい。

吉川　うれしいですね。あのドラマでは、パイロット養成学校の教官役だったんで、操縦士免許を取ろうと思ったんだけど、そこはちょっと間に合わなかったのが残念。

岡村　え、免許を？　役作りでそこまでするんだ。

吉川　俺、そういうの全部やるんです。弓道もそう。それは流鏑馬（やぶさめ）をやる武士を演じるために始めたこと。海上保安庁が舞台のドラマではダイビングを始めたし。

岡村　へえ〜！

吉川　イヤなんだよ、顔だけで芝居するのが。でも、やって無駄なことはひとつもない。弓道をやって呼吸法を知ることができたし、ダイビングをやってみたら日本がいま置かれてる状況がよくわかった。知ってる？　東京の海って、熱帯魚だらけなんですよ。

岡村　温暖化だ。

吉川　そう。数年前まで見ることのできなかった南の魚が増え、寒くならないと生えない海藻がなくなり、そこに生息する貝もいない。東京なのに南国の海みたい！　って喜んでる場合じゃないんです。

岡村　そういえば、家庭菜園も熱心にやってなかった？　前に遊びに行ったときに広いベランダでいろいろ育ててたじゃない。

吉川　やってますよ、相変わらず。それもこれも、地下のスタジオで寝起きしてたことの反動で。植物ばっかりいじるようになっちゃった。毎朝5時起きだもん（笑）。

岡村　最近は何を収穫したの？

吉川　なんでも。いっぱいありますよ。アケビ、シークヮーサー、パッションフルーツ……。

岡村　パッションフルーツ？

吉川　パッションフルーツはね、都会の温暖化に対抗するために始めたんです。グリーンカーテンは、朝顔とかヘチマとかゴーヤとか10種類ぐらい試したけれど、パッションフルーツが一番いい。葉っぱが枯れないし、つるも軽い。あと実がおいしい。ジュースにしてもよし、酒で割ってもうまい。

岡村　体に良さそう。

みんなを笑顔にするのが我々の役目なんです

吉川　あなたはそういうのはないの？　機材に囲まれる頻度が僕よりよっぽど多いじゃない。反動で別のことをやりたくならない？

岡村　ありますよ。

吉川　何するの？

岡村　断食道場。この連載では何回かこの話はしてるけど。

吉川　また余計なことを思い出しちゃったんだけど（笑）。あなた、断食道場から電話してきたことがあったよね。「吉川、助けてくれ！　腹が減って死にそうだ！」。

岡村　あははは。

吉川　「どうしたの？　どこにいんの？」「断食道場だよ！」。

岡村　記憶にないなあ（笑）。

吉川　電話が途中で切れたもん。公衆電話だから。とっとと道場に戻れ！　と思いましたけど（笑）。

岡村　初めて行ったときだったんだろうね。当時の事務所に無理矢理行かされたんですよ、ほかの人たちも行くから行きなさい、と。最初はまったく馴染めなかったけど、その後、だんだん居心地が良くなってきて、なんだか楽しくなっちゃって。それからは年に何回か行くようになったんです。

吉川　続いてるんだ。よかった。

岡村　成長しましたから、僕も。助けてなんて言いません、もう。

吉川　ははははは。

岡村　じゃあ、最後に。吉川さんにとっての「幸福」とは。

吉川　僕はやっぱり、ライブでお客さんがワーッて歓声を上げる顔を見るのが好きなんですよ。それが僕にとって一番の幸福かな。優等生的な答えになっちゃうけれど。

岡村　僕もそうですよ。

吉川　コロナ禍のときに思ったの。ツアーも途中で止めざるを得なくなり、ようやくまた声を出せるようになったとき、ああ、俺はこれだけで十分だなって。もう、みんな笑っちゃうような顔をしてくれるんです。くしゃくしゃな顔で笑ってて（笑）。やっぱり、そんな顔を見るのがうれしいし、笑顔にさせるのが我々の役目じゃない。そして、家に帰って、みんなの笑顔を思い出しつつ、自分で捌いた魚で一杯飲む。それが幸福だね。

対談を終えて

久しぶりに会った彼は、昔と何も変わらず華やかなままでした。あの頃はあんなにしょっちゅう会っていたのに一度も3人で写真を撮らなかったと後悔したら、彼は「大丈夫。いまも頭の中にはいっぱい残ってるから」と言ってくれて沁みました。時が流れ、僕らはいろんな波を乗り越えてきた。僕は音楽だけだけど、彼は俳優業との両輪で、1980年代からずっと第一線で活躍し続けている。彼の友人であることは僕の誇りです。あれから連絡は取り合ってますよ、ちょこちょことね。

WHAT IS HAPPINESS TO YOU?

よしながふみ

とにかく毎日新しい漫画を読むんです。平常心を保つために

2023年9月

よしながふみ
1971年東京都生まれ。漫画家。94年デビュー。2002年『西洋骨董洋菓子店』で講談社漫画賞の少女部門を受賞。04年から20年まで連載された『大奥』では手塚治虫文化賞漫画大賞など多数の賞に輝く。現在、07年から開始した『きのう何食べた?』を連載中。

『きのう何食べた?』や『大奥』で話題の漫画家、よしながふみさん。彼女とお会いする前にさまざまな資料に目を通しましたが（僕はインタビュー前に必ず大量の資料を読み込みます）、同人誌出身のBL好きで食べることに貪欲で、と自身のことをおっしゃっているんです。でも、彼女の漫画を読めば、すごく知的な人だとわかります。人間の心の機微や、日常の些細な幸せを丁寧に描き、歴史物もSF的エンタメに昇華してしまう。まずは漫画談義から始めました。

岡村　『山月記』（注：中島敦の短編小説。唐の時代、詩人になる望みに破れ虎になった男・李徴の話）に影響受けられたそうですね。

よしなが　え！　なぜそれを？

岡村　毎回、ゲストの方についての資料をたくさん読むんですが、その中に見つけました。僕も『山月記』が大好きなんですよ。

よしなが　高校の頃に教科書で読んだんです。国語の先生に「面白かった！」と言ったら、「カフカの『変身』も読むといい」と。

岡村　僕も高校の教科書で読んでめちゃくちゃ影響を受けたんです。だから、高校時代に組んでいたバンド名、「山月記」でした。

よしなが　へえ〜！

岡村　高校生ってまだ何者でもないじゃないですか。でも、自分なりのプライドはあるので、過剰な自尊心が自分を化け物にしてしまう物語が心に響くんです。

よしなが　本当に。先生が黒板に「尊大な羞恥心」と「臆病な自尊心」と書いてイコールで結んで。「同じなんですよ、これは」と。

岡村　小説の中に出てきますもんね。「我が臆病な自尊心と、尊大な羞恥心との所為である」。主人公は最後虎になっちゃうという。

よしなが　そうそう（笑）。

岡村　あと、この頃に影響を受けたといえば、僕は『日出処の天子』。よしながさんもですよね。

よしなが　岡村さんも山岸凉子先生がお好きなんですね！

岡村　僕が初めて読んだのは18、19歳の頃。聖徳太子（厩戸王子）が美しく妖艶で、超能力もあり、非常にミステリアスに描かれていて、狂気を孕んでいると感じたんです。その年頃っていろんなことに悩むじゃないですか。心理学や哲学の本を読み漁ってみたり。そこにズバッとハマったんです。そして、男が男を好きになる耽美な世界観にも引き込まれて。僕にとって初のBL漫画体験だったんです。ボーイズラブ。当時はまだその言葉がありませんでしたが。

よしなが　誰かに勧められて？

岡村　高校を卒業して上京したばかりの頃、美大を卒業した方々がルームシェアしてた部屋によく出入りしてたんです。そのときに、「山岸凉子と萩尾望都は絶対に読め」と言われたのがキッカケで。

よしなが　萩尾先生も！

漫画がどっさりあった母の従姉妹の家

岡村　はい。『ポーの一族』を読みました。それまで少女漫画というと妹が愛読していた『りぼん』で胸キュンの世界だったんで、こんなに知的で成熟した漫画があるのかと。少女漫画はここまで進化しているのかと。衝撃でした。

よしなが　ただ、私は『日出処の天子』に出合ったのは小学生のときで、岡村さんほど深いところはわからず、蘇我毛人と厩戸王子が早くチューを

『大奥』

江戸時代、疫病によって男子の数が激減したことで、男女の社会的役割が逆転。女人禁制となった大奥の隆盛を軸に、幕政の終焉までを描き切ったSF時代劇。（白泉社／全19巻）

『きのう何食べた？』

2DKの都内アパートに住むゲイカップル、弁護士の筧史朗と美容師の矢吹賢二の日常を、食生活にフォーカスして描き出す物語。各話に再現可能なレシピ付き。（講談社／既刊21巻）

しないかなと思いながら読んでました（笑）。

岡村　よしながさんは東京生まれの東京育ち。ひとりっ子で両親が共働きで、小さい頃は祖父母や親戚に囲まれて育ったそうですね。そういった環境は自身の人格形成に大きく作用したと思いますか？

よしなが　どうだろう。「食」という意味では大きかったかもしれません。いろんなお家の家庭料理をいろいろと味わいましたから。

岡村　『きのう何食べた？』はゲイのカップルが紡ぐ日々の話であり、そんな彼らがつくる日々の家庭料理の漫画でもあるわけですが、その大本がそこで培われた？

よしなが　だと思います。とにかく食べることが好き。世話になることに負い目を感じないほど小さかったですし、当然のこととして親戚の家を渡り歩いて（笑）。

岡村　相当かわいがられて。

よしなが　小さい子供が私だけだった、というのもあります。当時は曾祖母まで居たんですが、曾祖母にとっても初曾孫だったし、父と母、両方の祖父母にとっても初孫。ほかに、大叔父や大叔母もいましたが、そこには孫が生まれておらず、叔父や叔母も結婚しておらず、そういう状態だったので、小っちゃい子供は私1人。だから、私が来るとワーッといって何か食べさせる、みたいな（笑）。しかも、母の従姉妹の家に行くと漫画がどっさりあって。それこそ萩尾先生の漫画もそこで読みました。

岡村　親戚の家ってなぜか漫画がたくさんあるんですよね（笑）。

よしなが　そう、読み放題（笑）。だから、年のわりに早く萩尾先生の漫画読んだんです。手塚治虫先生の『火の鳥』も読みましたし。

岡村　小学生の頃、最初にハマったのは『ベルサイユのばら』（池田理代子作）だったそうですね。僕からすれば、あの漫画もBLで、耽美な感じがするんです。

よしなが　確かに。主人公のオスカルは男装の麗人ですし。宝塚で『ベルばら』が繰り返し演じられるほど人気である理由の一つが、男役のトップ同士のラブシーンが見られる数少ない演目だから、なんだそうです。ただ私は、最初に読んだのが小1、小2の頃。なので、いちばんよく覚えているのは、ルイ15世が天然痘に罹った場面。恐ろしくて、楳図かずお先生と同じカテゴリーで「怖っ！」ってなりました（笑）。

岡村　楳図さんの漫画、怖かったですよね。僕も子供の頃に『洗礼』を読んで震え上がりました。

よしなが　小学生ってそうですよね。怖い漫画の流行が周期的にやって来て、楳図先生の漫画を持ってる子がクラスに絶対1人はいるから貸してくれる。みんなでヒ〜ッてなりながら『洗礼』とか『おみっちゃんが今夜もやってくる』とかを読んでましたから（笑）。

心に刺さる漫画は男女の恋愛ではなく家族の話

岡村　そして、大学生のときに『SLAM DUNK』をネタにしたBL漫画を同人誌で出すようになり、漫画家人生が始まったと。そもそもなぜBLなんですか？

よしなが　BLが好きというより、「ボーイミーツガール」にハマれなかったんです。例えば、私が小学生のときに『ときめきトゥナイト』がめっちゃ流行ったんです。もちろん読んでましたし大好きでした。でも、「真壁くんかっこいい！」ってみんな言うんですが、私にはその気持ちがわからなかった。『ホットロード』もそう。「春山かっこい！」がわからない。結局、刺さるのは、男女の恋愛ではなく、「それ以外」。それ以外はＢＬだったりもしますが、親子関係が実は大きくて。『日出処の天子』もそうなんです。

岡村　聖徳太子とその母の。

よしなが　そう。お母さんは弟ばかりかわいがり、優秀な長男を愛さない。しかも、彼が超能力を使うところを見てしまい、「この子は尋常ではない」と怖れてしまう。ですから、母に愛されなかった子の話でもあって。母の愛を得られなかったというその一点が厩戸の心に大きな穴を作り、それを埋めるために蘇我毛人を好きになる。

岡村　深いですね。

よしなが　ＢＬの祖ともいわれる竹宮惠子先生の『風と木の詩』もそうで、父と子の話なんです。主人公のジルベールが、自分の愛人だと思っていたオーギュストが実は父親だったとわかるという、めちゃくちゃ業の深い話なんです。私は、山岸先生、萩尾先生、竹宮先生、大島弓子先生など「24年組」（注：昭和24年前後生まれの女性漫画家たち）の先生方がお描きになった作品が大好きなんですが、それらは恋愛ものとして楽しむだけじゃなく、家族の話であることも大きいんです。

何年一緒にいてもどこか緊張感がある２人

岡村　そういう意味でいえば、『きのう何食べた？』も家族の話ですよね。料理好きのシロさんと天真爛漫なケンジを中心に、彼らの親がゲイの息子とどう向き合うのか、社会は彼らをどう受け入れるのか、彼らは社会とどう折り合うのか、２人がどんな家庭を築くのか。そして、面白いと思うのは、ゲイカップルだからなのか、やっぱりどこか緊張感があることで。ちょこちょこ出てくるじゃないですか。実は2人は二丁目で知り合ったとか、知り合う以前はお互いにいろんな色恋を経験していたとか。だから、ちょっと間違えれば浮気してしまうのかも、壊れてしまうのかも、そんな一抹の不安もどこか匂わせていて。

よしなが　そうなんです。ちょっと緊張感があるんです、ずっと。何年一緒に暮らしていても。

岡村　その関係性が、高橋留美子さんの『めぞん一刻』の五代と響子さんを彷彿するものがあって。読んでました?

よしなが　もちろん大好きです。自分が年を取ったら、「一刻館」のようなアパートで、プライバシーは確保されているけどちょっと穴が開いているから、死んだら誰かが見つけてくれるような感じで、響子さんのような管理人さんがちゃんと居てくれて……みたいなところで暮らしたいなって(笑)。

岡村　『きのう何食べた?』の2人はもっと繊細ですが、「浮気してるんじゃないの?」って怒ったり

『きのう何食べた?』3巻より

する感じが響子さんっぽいなって。響子さん、いつも怒ってるじゃないですか。嫉妬したり。

よしなが　確かに。今、言われて思い出しました。そうでしたね。本当は両想いなのに、いつもすれ違っていて両片想い、みたいな。

岡村　シロさんとケンジもそう。お互いに想い合っているはずなのに、という。でも、そこがキュンキュンしていいんですよね。

よしなが　本当ですか！　ありがとうございます。カップルになってからのキュンは結構難しいんですが、どこかずっと緊張感があるし、2人の「好き」の感じがちょっと違う、というのもあって。

岡村　シロさんには、ケンジは本当は好みじゃないけど……という気持ちがあったりするけど、ケンジは、シロさんは『シティーハンター』の冴羽獠にそっくりだと思ってて(笑)。ベタ惚れですよね。

よしなが　わかりやすくずっと恋してる感じなんです。

岡村　しかし、連載が始まって16年。彼らを取り巻く社会もすごく変わりましたよね。

よしなが　激変しました。だって、最初はLGBTQという言葉がなかったし、同性婚が議論の俎上に載ることも想定できなかった。

岡村　でも今は、もしかしたら2人は結婚できるかも？　って。

よしなが　そこを描けるとはまったく思ってなかったんです。そんなものはない前提だったので。

岡村　連載開始当時、2人は40代前半でしたよね。今は……。

よしなが　59歳と57歳です。

岡村　面白いですね。読者も主人公たちと一緒に年を重ね、社会の変遷とともに変化していく。本当に稀有な作品ですよね。ピリリとしてるけれど温かい気持ちになれるという。特に、お正月に親に会うシーンは感動的でした。

よしなが　そろそろ還暦を迎える彼らなので、親との付き合いを断絶することはまずできない。その中で、パートナーとのバランスをどう取るのか。長く続けてきたからこそ描けたことですし、描きがいもある。自分と重なる部分ももちろんあるし、男女のご夫婦でも同じような境遇の方はたくさんいらっしゃると思うんです。

岡村　ですよね。親の介護の問題なんかは、僕ら世代は必ずぶち当たる問題だったりしますし。

よしなが　シロさんの親も、最初はケンジに対して拒絶反応があったけれど、今となっては、息子の死に水はこの人が取ってくれるんじゃないか、と思い始めていて。「時代も変わっている」わけですから、ゲイに対する眼差しが変わりましたし、結婚しない人に対する眼差しそのものも変わった。だからたぶん、シロさんの両親の周囲も、子供がずっと独身のままだったり、結婚してもうまくいってなかったり、子供がひきこもりだったり、悩みを抱えている人は多いはずで、うちの息子はそれほど親不孝じゃない、そんなふうに思うようになったんじゃないかなって。

思いどおりにならない関係　ままならない感じを描きたい

岡村　よしながさんのもう一つの代表作『大奥』は、江戸時代の徳川家の話ですが、疫病で男の数が急激に減り、女が将軍になり、男がそれに仕えるという、男女逆転のファンタジーですよね。それを連載している最中に、『きのう何食べた？』を始められたと聞いて、この2つを同時進行するのは非常に面白いなと思ったんです。というのも、

『大奥』2巻より

『大奥』は「お世継ぎをつくる」ことが第一義の、それが何よりも大事な人たちのお話だから、シロさんたちとは真逆ですよね。なんだけど、両方ともやっぱり家族がテーマになっていて。

よしなが　そうなんです。『大奥』を最後まで描き切ったとき、結局同じものを描いてるのかなって。最初は、まったく逆のものを描いているつもりでしたけど。

岡村　子供をつくりたいのになかなかできず、家光の側から強制的に離されてしまう側室・有功（ありこと）の悲恋話は胸が張り裂けそうでした。

よしなが　史実なんです。有功は家光の最愛の側室でしたが、子供が生まれず、別の側室に、という。

岡村　ただ、逆転してるとはいえ男と女の恋愛ものですよね。男女の話は苦手とおっしゃったけど、苦労はなかったわけですか？

よしなが　男女逆転の荒業でファンタジー世界にして何とか（笑）。世界をゆがませないとやっぱり描けないんです。あと、『大奥』って強制的につがわせるじゃないですか。「さあ、お世継ぎをつくりなさい」という感じで。

岡村　出会ってドキドキ、恋の駆け引きがないのがよかった？

よしなが　苦手なんです。だから、『きのう何食べた？』も、くっついた後から始まっているので、出会って好きになる過程は省いていて。暮らし始めた後、すり合わせをしながら関係性が深まっていく。そういう話が好きなんです。

岡村　僕も家族をテーマにした作品を作りたいと思ったことがあるんです。例えば、小津安二郎の映画が好きなので、自分が育ってきた環境のことも反映させて小津っぽい世界観の曲を、とか思ったけれど、やっぱり「好き」と「作品にしたい」は全然違う。作品に昇華させるためには、自分の泣き言を書いてもしょうがない。結局作品にはならなかったんです。だから、僕は「家族もの」がいちばん難しい。どうして家族ものを描きたいと思うんでしょう？

よしなが　やっぱり、思いどおりにならないところ、ですよね。恋愛のように自由に相手を選べない。親も子も兄弟も。好きならくっつき、嫌なら別れることもできない。「もうそこにある」という、ままならない感じに惹かれるというか。私が描きたい物語にその自由度は要らないんじゃないかなって。

「ひと手間」をかける シロさんにめっちゃ萌えます

岡村　『きのう何食べた？』はシロさんがつくる料理が本当においしそう。料理はご自身でも？

よしなが　毎日します。仕方なくやる日もいっぱいありますが。

岡村　僕も以前はやってました。過去形なのは、ストレスを食で解消するタイプなので、作りすぎてしまうんです。しかも、エビの背ワタを抜くとか、枝豆は茹でる前に両端をカットして塩もみをするとか、そういった下準備がめんどくさくてつい端折ってしまう。だからせっかくつくっても62点（笑）。

よしなが　満足できませんか？

岡村　うーん。だから、シロさんが、というか、よしながさん自身が相当几帳面なんだなって。

よしなが　食への執着なんです、私の場合。これを事前にやっておくとおいしさがだいぶ違う、となると、ちょっと手間だなと思ってもやっちゃう。ただ、漫画でも描いてますが、手抜きはすごくするんです。ここは一から出汁を取っても差がないなというところは麵つゆを使ったりします。

岡村　しかしなぜ、料理をテーマにしたんですか、そもそもは？

よしなが　執筆中、お話を考えるときの用紙に今日の献立を書いて、「どうしよう、ご飯……」と思い、ふと気がついたら1時間ぐらい経っていて仕事が全然はかどらなかった、みたいなことが結構あって。こんなに食べることに執着があるんだから、いい加減仕事に還元したいなって（笑）。

岡村　一石二鳥で（笑）。

よしなが　ただ、結局やってみたら、自分でつくりながら写真を撮ったりするので時間がかかってしまい、すぐに後悔しました。めんどくさいなって（笑）。でも、1巻が出たときに、すごく反響が良くて、参考になるというご意見をたくさんいただいたんです。特に副菜についての評判がよく、編集者さんと、なるべくワンステップでできるもの、例えば、茹でるだけ、材料は1個に絞る、みたいなことを考えて。長ネギをコンソメで茹でるだけ、とか。

岡村　しかし、シロさんのように「ひと手間」をかけられる男性は魅力的。めっちゃ萌えますよね。

よしなが　そうですか？

岡村　萌える、萌える（笑）。

コマが割ってあれば
なんでも読む「漫画依存症」

岡村　以前のインタビューで「漫画に散財してきた」とおっしゃってましたが、いまも惜しみなく？

よしなが　トップオブトップで漫画です。ただ、ありがたいことに、今はいろんな方から献本をいただくので、そこはすごく助かってます。献本は、ほぼ100パーセント読むんです。みんなから「ゲッ！」って言われますけど（笑）。

岡村　月どのくらい読みます？

よしなが　わからないです。とにかく毎日読まないと生きていけないので、毎日新しい漫画を読むんです。平常心を保つために（笑）。

岡村　それはどんなジャンルでも？　若手の作品とかでも？

よしなが　読みます。

岡村　『チェンソーマン』とか？

よしなが　読みます。

岡村　和山やまさんは？

よしなが　『女の園の星』、めちゃくちゃ面白いです。

岡村　新しい人もすごくチェックされるんですね。漫画家さんってみんなそうなんですか？

よしなが　まったく読まない方もいっぱいいらっしゃいます。そして私は、勉強のために読むのではなく、単なる依存症なので（笑）、コマが割ってあればなんでも読むんですよ。広告でもなんでも。

岡村　あははは。

よしなが　そうだ、最近読んだ中では『クロエマ』が面白かった。『逃げるは恥だが役に立つ』の海野つなみ先生の新作です。あと、『別冊マーガレット』で連載中の河原和音先生『太陽よりも眩しい星』。高校生ものでかわいい。

岡村　キュンキュン、苦手なんじゃないですか？

よしなが　描けないんですが、読むのは大好き（笑）。でも、たくさん読んでいたらそのうち描けるかも、とは思ってて。最近のラブストーリーって多幸感に満ちあふれているものが多いんですよ。

岡村　へえ～。

よしなが　主人公がいじめられるとか、恋路を邪魔されるとか、昔は多かったんですが、今はそうじゃない。失恋しないんです。それが寂しいという人もいますけれど。

岡村　ということは、みんなハッピーエンドなんですか？

よしなが　成就します。でも、そういうのってグルグル繰り返すので、どこかのタイミングで大悲恋漫画が登場しヒットするんじゃないかとは思いますけどね。

岡村　ところで、今晩はなに食べるんですか？

よしなが　今日は、あさりミートソーススパゲティーと、明太ひじきと、レタスのマリネと。

岡村　ミートソースで思い出しました。あるとき、朝までレコーディング作業をして家に帰ってきて、食でストレスを解消しようと、パスタをつくろうと思ったんです。で、ミートソースを缶詰のまま湯煎しようと鍋に入れて。すると、突如眠気に襲われてしまったんです。で、爆発音で目が覚めました。

よしなが　あ～っ!!

岡村　天井にすごいでっかい穴が開いて、壁一面がミートソースだらけ。棋図かずおの世界でした。

よしなが　ホラーですね（笑）。岡村さんがご無事で本当によかったです。

対談を終えて

食べることと漫画を読むことが何よりも好きで、そうしている瞬間にこの上ない幸せを感じる、とおっしゃっていたよしながさん。予想していた通り、知性にあふれ、ユーモアもたっぷりな方でした。そして、献立を考えながら漫画を描く、ということから、家族との生活をとっても大切にしていらっしゃることが覗えました。『きのう何食べた？』で人気を博した「長ネギコンソメ」は下準備が苦手な僕でも作れそう。今度トライしてみます。

よしながふみ

ヘアメイク：市川摩衣子（斉藤和義）

WHAT IS HAPPINESS TO YOU?

斉藤和義

やりたいことをやり切って ロックンロールドリームを 叶えたいんです

2024年1月

さいとうかずよし
1966年栃木県生まれ。ミュージシャン。オーディション番組への出演をきっかけに93年デビュー。代表曲に『歌うたいのバラッド』『ウエディング・ソング』『ずっと好きだった』『やさしくなりたい』など。2024年、岡村靖幸とのユニット「岡村和義」の活動を開始。

2024年に入り、斉藤和義さんと結成したユニット「岡村和義」が始動しました。「なぜこの2人?」とよく言われます。それぞれソロとして30年以上活動していますが、デビュー時期も違えばジャンルも違う。僕は構築したものを作るし、彼はプリミティブなロックをやる。そういった意味では対照的。でも馬が合う。結成理由を強いて言うなら「親友だから」。お互いに人となりに惹かれたからなんです。ということで、斉藤さんと僕の「親友への道」対談です。

岡村　斉藤さんと初めて会ったのは2013年。坂本龍一さんのイベント「NO NUKES」だったんですよ。

斉藤　覚えてます。

岡村　でも、ステージや楽屋で話をして仲良くなった、というわけではなく。そのときは〝Say Hello〟くらい。打ち解けたのはその後、雑誌『VOGUE』のロックミュージシャン特集（2015年）。僕も斉藤さんもそれぞれ別ページに登場していたので、取材の打ち上げ的な場所で会って。そこで初めていろいろと話をして。そこからです、お互いの人となりを知るようになったのは。バーだったからお酒も入ってリラックスできる環境だったというのもあって意気投合して。

斉藤　その店に楽器が置いてあったんですよ。ウクレレとか壊れたギターとか。それを弾いて一緒に遊んで。

岡村　そうそう。

斉藤　俺はそういうセッションをするのが大好き。岡村ちゃんはすぐに乗ってきてくれて、インチキブルースセッションを始めて。「面白いなあ。こういう人だったんだなあ」って。

岡村　こういう人？

斉藤　今もそうだけど、岡村靖幸といえば「孤高の存在」。ちょっと近寄りがたい感じじゃないですか。「ああ、こういうお遊びをやっちゃえるんだな」って。

岡村　全然やっちゃえます。年も1つ違いで同世代だし。共通言語もたくさんあるし。

斉藤　ただ、業界歴は岡村ちゃんが大先輩。俺のことなんか全然知らないと思ってたし、畑が違うと思ってた。でも、俺のスタジオでジャムって遊ぶようになってからは岡村ちゃんが急にぎゅーっと降りてきて。なんだ、全然こっち側の人だったんじゃんって（笑）。とにかく、音を一緒に出してすぐにわかった。本当に音楽の人なんだなって。楽器を持ったらすぐその瞬間にバンッと入っちゃうじゃない。音楽に関してはもう「羞恥心ゼロ」になるというか。

岡村　距離がなくなるよね。

斉藤　その日本人離れしてる感じがすごく好き。やっぱ、俺の中でインチキジャムセッションができるかどうかはすごく重要なんです。

岡村　音楽好きのティーンが部屋で楽器を触りながら延々と朝まで遊ぶ、みたいな感じだもんね。

斉藤　そうそう。

岡村　その結果として、2人の合作がいろいろできてきたわけで。「もしかしてこれ、いける?」って話になり、「じゃあ、それぞれのスタッフに話してみる?」って。それが「岡村和義」の始まり。

斉藤　ですね。

岡村　だから、僕らのこの関係性は普通の友人になったところから始まっていて。聴いてきた音楽や好きだったテレビ、影響を受けた本や雑誌。同じ昭和の空気を吸い、同じ時代を生きてきたから、そりゃもう話も当然合うわけで。

斉藤　音楽の話ばかりではないもんね。6割はシモの話（笑）。

岡村　いや、恋バナです（笑）。

斉藤　あははは。

岡村　だから、僕は親友だと思ってます、斉藤さんのことは。親友だから悩み相談もするし、泣き言を聞いてもらったりするし、アドバイスをもらったりもする。親友、現時点では2人くらいしかいないから。斉藤さんともう1人。

斉藤　俺もそんなもんです。

岡村　どうでもいいことをＬＩＮＥしたりもするしね。

斉藤　夜中の3時、4時に。普通はこの時間だと誰とも会話できないなってときに、岡村ちゃんは起きてるだろうと思って送ってみるとだいたい大丈夫っていう（笑）。

岡村ちゃんは楽器を持つと突然スイッチが入る

岡村　本当に混ざり合って、一緒に顔を突き合わせて作ってるんだよね、岡村和義は。そもそもは、『ザ・ビートルズ：Get Back』（注：69年1月に行われたビートルズの「ゲット・バック・セッション」を記録したフィルムをもとに映画監督ピーター・ジャクソンが新たに制作した長編ドキュメンタリー。2021年公開）を観たのが大きくて。ビートルズのメンバー全員が久々に顔を突き合わせてアルバムを作ろうとする中、どんどん追い込まれていく内容ではあるけれど、僕らはあの映画からの刺激をかなり受けていて。

斉藤　お互いにいつもソロだから、というのもあると思う。俺は昔からバンドに対する憧れがあって。1人きりじゃないから、「ここまで作ったから、次なんかない？」って話し合いながら作れるんじゃないかって。でも実は、バンドも1人で作る場合が多いし、みんなであぁだこうだと言いながら作るバンドはあんまりいない。でも、そういうことをやってみたかった。メロディとかコード進行とか、アレンジ、詞も、お互いに「次なんかない？」って言いながら作りたい。だから今回、岡村ちゃんとそれが完全にできるのがうれしくて。

岡村　楽しいよね、すごく。お互いに作詞・作曲・編曲、いろんな楽器もできるから、「ここでこの手を出してきた」とか「ここはこう行くんだ」とか刺激を与えあってる感じがするし、これはどっちがやるのかという押し引きもある。「これ歌詞どうする?」「『鼻水垂らして』って入れてみる?」。僕、自分の曲だと「鼻水」は入れないからそういうのも面白くて。(注:岡村和義の第1弾シングル「I miss your fire」は「さっむい冬の夜 月まで鼻水垂らしてる」という詞から始まる。ローリング・ストーンズを彷彿させるゴキゲンなロックナンバー)

斉藤 あれって俺? 「ティッシュ」は俺が言ったと思うけど。

岡村 僕は「鼻水」は絶対言いません(笑)。結構飲みながらやるから、記憶が曖昧なところもあるけど、歌詞はわかる。自分の筆致があるから、絶対に書かない言葉や得意としてる言葉があるんですよ。メロディはどっちだったたっけ、みたいなことはあるけれど。

斉藤 お酒を飲みながらやるのも、『Get Back』の影響だよね。みんな昼間っからワインを飲みながらやってて、いいなって(笑)。

岡村 やっぱ僕ら、2人ともシャイだから。ちょっと飲むと曲づくりが進む、というのもあって。

斉藤 ただ、岡村ちゃんは楽器を持った瞬間バーンッってスイッチが入るから、俺は飲まないとついて行けない、というのが正直なところ。岡村ちゃんは、お酒も何も関係なく、ピアノでもベースでもギターでも、持ったらいきなりトップギア。あぁ、ちょっとちょっと置いてかないでって(笑)。

楽器が大好き ギタリストになるのが夢

岡村 斉藤さんが最初に音楽に興味を持ったのはどこから?

斉藤 やっぱり、ジュリー(沢田研二)とかだよね。

岡村 僕らが子供の頃ってみんなそう。テレビの歌番組を観てたんだよね。『ザ・ベストテン』とか

『夜のヒットスタジオ』とか。

斉藤　だから、最初は歌謡曲が入口。で、楽器を触るようになったのは小学生のとき。4年生ぐらい。吹奏楽部に入ってトランペットだったんですよ。あと、トランペットを始めると同時に、姉妹が俺の上と下にいるんだけど、姉貴たちと一緒にピアノも習い始めて。

岡村　そうだったんだ。

斉藤　でも全然つまんなくて、赤いバイエルを習ってやめて。で、近所の大学生がギターを持ってるっていうからその人の家に行って弾かせてもらうようになって。

岡村　じゃあ、そのお兄さんにギターを習ったの？

斉藤　いや、その人もあんま弾けなくて、単音で「かえるのうた」を弾くだけ（笑）。で、中学生になると、みんなアコースティックギターを弾くようになるじゃない。

岡村　『明星』の歌本を見ながら。

斉藤　そうそう。そこでコードというものを覚えて。ああ、ギターってこういうことができる楽器なんだと。そしたらドーッとハマって、周りの誰よりもギターが大好きになっちゃった。それで、同級生たちとバンドを組んで。田舎だったから、家の周りが畑で広い納屋を持ってる家の息子をドラマーにしてドラムセットを買わせて。でも結局叩いてるのは俺ばっかり、っていう（笑）。

岡村　ありとあらゆる楽器が好きだったんだ。僕もそうだけど。

斉藤　楽器はその頃からなんでも好き。そのうちデモテープ作りをするようになるんだけど、あの時代だからラジカセ2台でダビングして。やったでしょ？

岡村　やった。ピンポン録音。

斉藤　1台目に録音したやつを流しながら演奏し

て、2台目に録音して、それを何度か繰り返して「音が重なったぞ！」って（笑）。そういうのが大好き。だから中学生の頃には「将来はギタリストになりたい」と思ってたんですよ。

岡村　シンガーソングライターっていうより、ギタリスト？

斉藤　そう。高校生になるとメタルバンドみたいなのをやってたし、そこでは完全にギタリストで、ヴォーカリストはほかにいたし。

岡村　ヘヴィメタルの系譜って、ディープ・パープルやレッド・ツェッペリンの後にマイケル・シェンカー・グループとかが出てくるんだけど、そっち？

斉藤　そっち。パープルとかツェッペリンも聴いてたけど、俺が中高校生だった80年代初頭、それこそ「ヘヴィメタル」という言葉も出てきて、オジー・オズボーン、デフ・レパード、アイアン・メイデン、AC／DC、ヴァン・ヘイレン、そういう人たちがブームになって。やっぱギターの早弾きに惹きつけられるから、「わあ、すげえ！」ってなって完全に興味がそっちにいっちゃって。キース・リチャーズやジミ・ヘンドリックスの良さはそのときはよくわからなかった。でも、83年になって日本にザ・ストリート・スライダーズが出てくると、それまでラウドネスをやってた連中が急にスライダーズのコピーバンドになって、とんがったヘヴィメタギターのまんまスライダーズをやるようになったっていう（笑）。

岡村　バンドって掛け持ちしてやったりしてた？

斉藤　5個ぐらいやってました。同級生とも遊びのバンドはやってたんだけど、自分がメインのバンドは先輩や社会人のメンバーとやるようになって。それくらいの時期に、ヘヴィメタも飽きて、ローリング・ストーンズとかをちゃんと聴くようになって。「ああ、こっちの方が断然かっこいいな」って。それで大学生の頃には、アコースティックギターを持って、首からハーモニカをさげて、適当に歌もうたうようになったんです。

あの頃僕らは吉祥寺ですれ違っていた

岡村 ヘヴィメタからブルースへ。

斉藤 気分は憂歌団。「ああ。歌も楽しいな」って。でも、気持ちとしてはギタリスト半分、いや、ギター7割、歌3割かな。サラッと弾いてるけどこれ意外と難しいんだよ、みたいなのを弾いたり。でも、それを友達に聴かせたりするんだけど、みんなギターには興味がないから、歌はどうだとか声はどうだとか歌詞がどうしたとか。「誰かのB面みたいな曲だね」って言われたりしました(笑)。

岡村 斉藤さんの古いインタビューを読んでたら、昔、吉祥寺の「曼荼羅」でよくライブをやってたとあったんだけど。その頃僕、吉祥寺に住んでたの。「いせや」って焼き鳥屋があるじゃない、曼荼羅の近くに。僕が住んでたのは「いせや」のすぐ近くの小っちゃいマンションだったんだけど。

斉藤 え、そうなの? 俺も「いせや」の近くに住んでたよ。

岡村 ホントに? 僕は87年頃までそこに住んでて。

斉藤 あー、俺が上京したのは88年だから重なってない。でもたぶんすごく近い場所に住んでた。俺んちは風呂なしアパートだったから近くの「弁天湯」って銭湯に通ってたんだけど。

岡村 でも、たぶんどっかですれ違ってたはず。吉祥寺が好きだったから引っ越してからもしょっちゅううろうろしてたし、通ってた歯医者さんも吉

祥寺だったし、吉祥寺パルコでよく買い物したし、吉祥寺にはいいレコード屋さんが多かったし。曼荼羅の隣に「三鷹楽器」があったの覚えてる?

斉藤　あった。その三鷹楽器の向かいに、名前忘れちゃったけど、いいレコード屋さんがあって。結構マニアックな品揃えだった。

岡村　入口が木戸のレコード屋さんでしょ。よく行ってた、僕も。

斉藤　そうなんだ!

岡村　もしかすると同じレコードを見てたかも(笑)。結構長い時期いたんですよ、吉祥寺に。

斉藤　俺も7年ぐらいいました。吉祥寺の東急百貨店の魚屋さんでバイトしながら。岡村ちゃんは吉祥寺時代はデビュー してた？

岡村　してたね。

斉藤　そっか。その頃の俺は2万5000円のアパートに住んで、1年半ぐらい家賃を滞納して。夜逃げするつもりだったけどバレて借金してお金返して、また同じ吉祥寺内で引っ越して（笑）。

岡村　あはははは。

斉藤　当時は結構モンモンとしてました。それこそ岡村ちゃんは10代で作曲家デビューしてるし、当時としては10代のうちに、せいぜい22歳ぐらいまでにデビューしないと一生アマチュアだ、くらいの空気があって。その頃の俺はすでに23とかで。親にも25までになんとかならなかったら何か職に就くからそれまで自由にやらせてくれって言ってたんだけど、どうすればデビューできるのかがわからず、バイトをやっちゃ辞めるの繰り返し。かといって曲をバシバシ作るわけでもなく、熱心に売り込みをするわけでもなく。

岡村　レコード会社にデモテープ送るとかはやってたの？

斉藤　あんまりやってなかった。たまにテープを送ってみても返事なんてまったくないし。そのうち、テレビで「イカ天」（注：『三宅裕司のいかすバンド天国』。アマチュアバンドのオーディション番組）が始まりバンドブームが起こって。最初は「あんな軽薄なノリでテレビに出やがって」みたいに思ってたけど、気になるからちょこちょこ観たりはしてて。そのうちにジュンスカ（JUN SKY WALKER(S)）だ、UNICORNだと、同世代の人たちがどんどんデビューしていって。でも俺は、どうやってデビューしたらいいのかわからないまま。

岡村　斉藤さん、「イカ天」の後に始まったオーディション番組（注：『三宅裕司の天下御免ね！』）に出て優勝したんだもんね。

斉藤　そう。あれに出たのはうちの姉貴に説教されたからなんですよ。「ああいうのに出て利用するくらいの気持ちがなきゃダメ」って。まあそれもそうかなと思い、応募したら「来てください」と返事があって。その頃勘違いだけは甚だしいから、連絡がきた時点で「これでデビューが決まったな」と思ってましたけど（笑）。

岡村　でもね、そのときの映像がYouTubeに上がってて、観てみたら、もうちゃんと完成されてるの。お姉ちゃんに説教されなかったら今の斉藤さんはなかったかっていうと、そんなことは全然ない。番組に出なかったとしても誰もほっとかないなって思ったもの。

斉藤　ただ、その番組、5週勝ち抜くとCDデビューができるという話だったけど、オリジナル曲が5曲しかなかったから本当にギリギリ。「来週も来てください」ってなると、帰ってからストックの曲を3分に縮めなきゃいけないから徹夜で作業して。恥ずかしかったから誰にも言わずに出てたのに、次の日バイトに行ったら「昨日出てましたね」ってみんなに言われ、いつも行ってる定食屋の親父さんに「頑張れよ」って声をかけられるようになって。番組に出演してる最中にライブをやったら、それまで4～5人しかいなかったお客さんが急に200～300人に増えたり。ライブをやって初めてギャラというものももらいました（笑）。

岡村　効果絶大だったね。

大借金をして背に腹は代えられぬ状況に

斉藤　前に岡村ちゃんのデビューの頃の話を聞いたとき、高校を卒業して東京に出てきて、300

万だか400万だかのお金を借金して録音機材やシンセサイザーなんかをダーッと一式買い揃えたって言ってたじゃない。すごいと思ったんだよ。実に岡村ちゃんぽい（笑）。俺は18やそこらでそんな大金を借金して自分のために投資するという発想がなかったから。

岡村　うまくいかなかったら修羅場なんだけど（笑）。でも、ヘヴィメタルのアーティストが体に刺青入れるのと同じで、元に戻れないようにしようと思ったの。

斉藤　おお、なるほど。

岡村　自分の力を100信じてたわけじゃないし、自分の未来を100信じてたわけじゃない。でも、背に腹は代えられない状況に追い込もうと。それと、スティーヴィー・ワンダーとかポール・マッカートニーとか、自分でマルチレコーディングをするアーティストに憧れてたというのもあったし。

斉藤　それが吉祥寺時代？

岡村　そう。

斉藤　そのとき歌は？　最初は作家としてデビューしてるでしょ。

岡村　そりゃあ歌で行きたかったけど、曲を書いたりアレンジすることからやってみたら、とレコード会社の人に言われて。

斉藤　最初はどこにデモテープを送ったの？

岡村　ソニー。当時『ヤングセンス』って音楽雑誌があって、そこにレコード会社の電話番号と担当者の名前が書いてあったの。それで電話して。「聴いてほしい」って言って。でも、とりあえず預かります、って感じだった、最初は。

斉藤　でもそこから返事がちゃんときたわけでしょ？

岡村　試しに作曲家として使ってみよう、ということだったんだろうね。で、その曲が成功したことによって、当時のソニーの人たちが、コイツをデビューさせたいと思ってくれた……のかな。でも僕、よく言われたんですよ、作曲家時代に。「いい曲はギター1本でやってもいい曲とわかるから」って。つまり、いい曲にギミックはいらない、あれやこれやと機材なんて必要ない、ということだけどね。

ジョン・レノンか ミック・ジャガーか

岡村　斉藤さんがブレイクしたのは子供番組『ポンキッキーズ』のテーマソング（注：94年発表の「歩いて帰ろう」）だったでしょ。僕が斉藤和義という人を知ったのもそこから。毎日毎日テレビで流れるんだもん。朝だっけ、夕方だっけ？

斉藤　最初は朝。お母さま方が子供にあれを観せてる間にお弁当を作ったり、朝の用意をしたりしてたみたいなんだけど、番組が夕方に移動して、今度は出勤準備をしているキャバ嬢たちに喜ばれたらしく（笑）。あの曲はデビュー2年目だったんだけど、あの頃ずっとモヤモヤしてたんですよ。当時って3カ月に1枚シングルを出す、みたいなノリがまだあって、ラジオ番組を週4〜5本持たされ、プロモーションだなんだとやるうちに、曲もまだ浸透してないのに、え、もう次の曲作るの？って。すごいストレスが溜まっちゃって。そういうイライラをあの曲にぶつけたんです。「子供向けじゃなくていい」と言われたのもあったし。「子供は子供向けに作ったことをすぐに察するんで、普通に作ってください」って。

岡村　とにかく、斉藤さんの曲はビートルズが好きな匂いはプンプンしてたので、ああ、世代が同じだな、というのは思いましたね。ただ、この頃に僕らが出会っていたとして、一緒にバンドを組むことができたかというと、そこはたぶん、無理だよね（笑）。

斉藤 あはははは。

岡村 20代の僕は「引く」ことができなかったから。というのも、僕は、自分をビートルズで譬えるなら、天真爛漫なジョン・レノンタイプだとずっと思ってたの。でも、斉藤さんと一緒だと、斉藤さんがジョンで僕はポールになっちゃう。まとめ役。

斉藤 え、俺がジョン？　そう？

岡村 こんな写真を撮ろう、こんなポッドキャストをやろう、斉藤さんっていろんなアイデアをボンボン出すんだもの。僕はもう、ついていきます！って（笑）。

斉藤 いや、俺1人ならやらないようなことを、岡村ちゃんとだったら楽しめそうだな、って（笑）。

岡村 だからもう必死ですよ、ポールとしての調整が（笑）。

斉藤 そういうことで譬えるなら、岡村ちゃんはミック・ジャガーですよ。みんな岡村ちゃんに対してそういうイメージはないかもしれないけど、完全にミック。日本人でいうと、もちろん、忌野清志郎さんが一番ミックなんだけど、岡村ちゃんもかなりミック感がある。パフォーマンスでもそれを恥じらいなくできる日本人は、あんまり見たことがないもん。

岡村 矢沢永吉さん。

斉藤 ああ、矢沢さんもそうかも。でも、ダンスもっていうところでいうと、清志郎さん、そして岡村ちゃんなんですよ。だから、僕ら岡村和義でも、俺はキースに徹します、っていう曲を作りたくて。頭のギターだけ俺が弾いて、後は岡村ちゃんのヴォーカルに任せます、っていう。俺はそこは楽しみにしているところなんです。

岡村　ということで。この対談では「あなたにとって幸福とは？」をいつもシメで聞くんだけど。

斉藤　幸福……。何だろう……。

岡村　例えば、斉藤さんは時間が空いたりするとＤＩＹでギターを作ったりするじゃない。そういう豊かな生活を送るのが幸福？

斉藤　ギター作りは好きですよ。出来としては全然大したことはないんだけど、木を切ったり彫ったり削ったり磨いたり、そういう作業を一日十何時間、ずーっと没頭してやってるのは幸せ……ですけど、やっぱりミュージシャンとして、やりたいことをやることが一番かな。ビートルズやストーンズの何がすごいって、やりたいことに関してはまったく譲らず、やり切ってることだと思うんです。だからこそ、世界中の人に大きな影響を与え続けているわけで。そういう意味でも、もっと売れたいし、その方がかっこいいと思うし。古いと言われるかもしれないけれど、昔ながらのロックンロールドリームみたいなものはずっとあるんです。かっこいい車が欲しいとか、スタジオが欲しいとか、いいギターが欲しいとか。

岡村　そうだ、斉藤さんの車、めちゃめちゃカッコいいんだよね。

斉藤　やっぱ「ピンク・キャデラックに乗るのが夢」みたいな部分はまだあるんですよ、俺には。

対談を終えて

50歳を超えてから親友が見つかるなんて奇跡だと編集部に言われましたが僕もそう思う。やっぱり、お酒を飲めるようになった、というのは僕には大きい。実は、お酒を嗜むようになったのは46歳になった頃。デビューが遅いんです。この対談でいえば、ジュニアさんや絵音くんもそうだけど、お酒で仲良くなることはわりとあって。斉藤さんとも最初は飲み友達で始まりました。まだ道半ばの岡村和義。これからどう進化するのか、楽しみです。

WHAT IS HAPPINESS TO YOU?

鈴木おさむ

「お前、その人生面白いよ」その一言で僕の〝破壊〟が始まった

2024年5月

すずきおさむ
1972年千葉県生まれ。19歳で放送作家デビュー、2024年3月31日に放送作家を引退。映画・ドラマの脚本や舞台の作・演出、映画監督、エッセイ・小説の執筆など、さまざまなジャンルで活躍。近著に『もう明日が待っている』、『最後のテレビ論』など。

放送作家といえば、昭和世代の僕は、青島幸男さん、高田文夫さん、景山民夫さんといった方々が頭に浮かんできます。そして、彼らに共通していたのは、放送作家という枠に収まらない活躍をしていたこと。放送作家って一体どういう仕事なんだろう、とよく不思議に思ったものです。そして、平成時代にそれを引き継いだのが鈴木おさむさんだったと思います。おさむさんはこの春、放送作家業からの引退を宣言。あらためて彼の放送作家人生の話を訊いてみました。

岡村　おさむさんが放送作家デビューしたのはいつでしたか？
鈴木　１９９２年ですね。ラジオの仕事が最初でした。
岡村　放送作家になりたいというのは昔からの夢でしたか？
鈴木　中学3年生の頃からですね。学校へ行くとみんなとんねるずの話をしていた87年、とにかく、テレビがキラキラしてた時代で、夢中になって観てましたから。
岡村　放送作家がどんな仕事をする人なのかもわかってました？
鈴木　それはもう、高田文夫さんとか秋元康さんとか、番組の中身を作る人だと。ただ最初は、ラジオで芸能人と一緒にしゃべってる人、という認識でした。そのうちコントの台本を放送作家が書いてるとわかって。そこからは、めちゃくちゃ憧れました。ダウンタウンとウッチャンナンチャンの『夢で逢えたら』が大好きだったから、こんな番組を作りたい！　と。で、上京したのが91年。翌年、テレビに大革命が起きた。『進め！電波少年』が始まったんです。
岡村　ああ〜。
鈴木　そして、若手放送作家が一気に出てきた。おちまさとさん、都築浩さん、そーたにさん。その後のテレビ界を牽引していく放送作家集団が、小山薫堂さんを含め『電波少年』から登場して。僕はとてつもない嫉妬を覚えました。
岡村　過激な番組でしたよね。若手芸人がわけもわからず世界一周の旅をさせられたり。
鈴木　破壊的でした。
岡村　じゃあ、地団駄踏んでたおさむさんのその頃は？
鈴木　太田プロでネタを作って舞台に立ってまし

た。僕、大学1年のときに太田プロへ行ってオーディションを受けたんです。芸人じゃなく「放送作家になりたいです」と言って。そういう小ずるい作戦をするやつがいないから珍しかったんでしょうね。月1回ネタを作って半年間舞台に立って、演者の気持ちを理解できる作家になれと、放送作家の師匠である前田昌平さんに言われたんです。で、その頃に松村邦洋さんに出会って気に入ってもらって。ちょうど「バウバウ」を始めた頃。高田文夫さんのモノマネで「たけちゃんバウ！」のネタを2時間ぐらい見せられて（笑）。

岡村 あははははは。

鈴木 そして、松村さんが出演する『電波少年』が始まった。番組で松村さんが渋谷のチーマーを更生させる企画があったでしょう。チーマーたちの怒りの火に油を注ぐことになった伝説の。

岡村 ありましたね。

鈴木 松村さんに連れられご飯を食べに行こうって中野の商店街を歩いてただけでヤンキー30人ぐらいに追っかけられて（笑）。

岡村 前もおさむさんに言ったことがあるけど、おさむさんにすごく『電波少年』を感じるんです。おさむさん自身が『電波少年』みたいだなって。だって、交際0日で大島美幸さんと結婚するとか、人生そのものが「企画」な感じがするんです。そして、バラエティはもちろん、ドラマもやる、作詞もする、小説も書く、映画も監督する。いろんなことをやられて、しかもどれもインパクトがあって、ちょっと露悪的な部分もあって。「人生バズってなんぼ」みたいなことを、おさむさんに感じるんです。ただ一つのことを丁寧に、陶芸家のように紡ぐのとは対極ですよね。

鈴木 苦手です、そういうの。

岡村 でしょう（笑）。

鈴木　そもそもは、『めちゃ×2イケてるッ！』のプロデューサーだった片岡飛鳥さんの影響が大きいんです。僕、放送作家業が軌道に乗り始めた25歳のとき、実家に多額の借金が発覚して、マジで人生終わったと悩んでいて。そのとき、飛鳥さんに言われたんです。「お前、その人生面白いよ」。その瞬間、人生観が変わったんです。

岡村　確か、家業がうまくいかなくなっての借金でしたよね？

鈴木　父親が千葉の田舎でスポーツ用品店を営んでいて。知らないうちに1億円以上の借金を抱えてしまったんです。で、僕が月々多額の返済を背負うことになって。

岡村　じゃあ、そこで「鈴木おさむ」というペルソナを被ったということですか？

鈴木　というか、壊れたんです。それで開き直りましたね。

岡村　僕とおさむさんは一緒に飲んだりするし、結構交流があるんだけど、おさむさんの言うことがどこまでが本気で、どこまでがキャラかが読めなくて。鈴木おさむの本質に迫れば迫るほどわからなくなる。だいたい2人っきりで会うことがないですよね。いっつも誰か呼ぶの。お相撲さんとか。

鈴木　岡村さんも呼ぶじゃないですか、蔦谷好位置さんとか（笑）。

SMAPとの出会いが八面六臂の活躍につながった

岡村　そもそもなんでそんなにいろんなことをやるんですか？

鈴木　僕の中ではそれが全部放送作家の仕事だからです。放送作家が作る映画、放送作家が書く小説。だから僕の肩書きは何をやっても「放送作家」

だった。もちろん、専業の人の作品のほうがいいに決まってるんです。ただ僕は、放送作家にしかできないことがあると思っていたので。

岡村　もちろん、それぞれの仕事に対して放送作家としてのスタンスやプライドは感じます。ただ、何をするにしても強烈なトピックを持ってくる。だから『電波少年』的だと言ったんです。人の心をザワザワさせるから。

鈴木　たぶんそれはSMAPに対する反骨心もあるんですよ。

岡村　どういうことですか？

鈴木　SMAPって巨大な船なんです。ときには暴れたりもする。その船に乗り続けるには、彼らにとって必要な存在じゃないといけないんです。だから、SMAP以外でも成果を出したいという思いが、いろんなことをやることにつながっていたりするんです。

岡村　おさむさんが書かれた本（『最後のテレビ論』）にもありましたが、SMAPとはマネージャーだった飯島三智さんと出会ったのが始まりだったと。

鈴木　22、23歳ぐらいだったかな。当時僕は、KinKi Kidsのラジオ番組をやっていて、（堂本）光一くんがドラマ『家なき子』に出ていて、安達祐実ちゃんとのキスシーンがあったから、「彼女の唇はどんな感触だったか」という企画をやったんです。いろいろな食べ物を用意して「キスの感触がどれにいちばん近いかを検証する」っていう（笑）。すると飯島さんが、「あの作家の子、面白いね」と。その後、木村拓哉くんのラジオ番組が始まるときに声が掛かったんです。

岡村　フックアップされたんだ。

鈴木　他の放送作家とは違って、アイドルをアイドルとして扱わないからでしょうね。あとは、SMAPのメンバーと年齢が近いというのもあったと思います。

岡村　そうなんですね。

鈴木　木村くんと中居（正広）くんと俺、同い年なんですよ。『ＳＭＡＰ×ＳＭＡＰ』に僕がいて良かったところって、実はそこなんです。岡村さんって何年生まれですか？

岡村　65年です。

鈴木　65年生まれの人と僕が会議をすると、『3年B組金八先生』の観てたシリーズが違うから、センスも全然違うし、どうしてもズレが出てくる。でも『スマスマ』の場合、僕はメンバーと同い年だから、好きなものや好きな音楽、観てたテレビが一緒。ジャストのものを作れるんです。例えば、香取慎吾くんがＭ.Ｃ.ハマーのパロディをやって人気になりましたが、ハマーがブレイクしたのは80年代末から90年代初頭で、90年代後半になると完全に過去の人だった。そんな彼をいま掘り返したら面白いと思うのは、当時25とか26とかその辺の年齢層の人たちで、30歳以上の人は興味がない。そのリアルな興味をジャストなタイム感でテレビから放つことができた、それが番組にとって僕がいることのメリットだったし、ＳＭＡＰにとっても良かったと思う。そういう作り方って意外と新しかったんです。

岡村　90年代から２０００年代のテレビは完全にＳＭＡＰやダウンタウンが中心だった気がするんです。中でもＳＭＡＰは、歌だけじゃなく、演技もできる、コントもできる、バラエティのＭＣもできる、アイドルの形をガラッと変えた。ブレーンとして関わっていたおさむさんの力もあるけれど、おさむさんを引き入れた飯島さんの直感力がすごかったんだろうと本を読んですごく思ったんです。飯島さんはどんな方ですか？

鈴木　簡単に言うと、「東映まんがまつり」みたいな人（笑）。みんなが見たいものを見せて喜ばせる、楽しませるという意味で。そして、岡村さんも言うように、それまでのアイドルがやらなかったことを積極的にやらせた。光GENJI以降、90年代になるとアイドルがダサいと言われる時代になったんです。そこから、バラエティでコントをやったり、音楽面ではクラブミュージックに傾倒したり、『an・an』の「抱かれたい男」特集に出てみたり。アイドルとは離れたところにあるものをどんどん取り入れ、それを巧みに掛け算することで世の中をわくわくさせていった。その手腕がすごかったんです。

岡村　そんなSMAPとともに『スマスマ』という番組自体もバケモノになっていって。高倉健さんが出るとか、マイケル・ジャクソンが出るとか、番組の格がぐんぐん上がっていった。目の当たりにしてどう感じてました？

鈴木　でも番組が始まる前は、いろんな人に「当たらないよ」ってすごく言われたんですよ。『スマスマ』って96年4月から始まったんですが、その前の時間帯は「月9」で、木村くんと山口智子さんの『ロングバケーション』。視聴率30％越えのドラマだったけれど、ドラマが終了したら数字は下がると言われたんです。でも下がらなかった。森且行くんがSMAPを脱退することになったときも、彼がいなくなったら絶対ヤバいと言われたんです。でも逆にどんどん上がっていった。そして、高倉健さんが出たのが97年の秋なんですが、そうなってくると、たかがアイドルの番組とバカにしてた人たちが無視できなくなってくる。中でも男の人たちが観てくれるようになったのはデカかった。これまでのアイドルとはまったく違うと、世間の評価もガラッと変わりましたから。

岡村　エキサイティングだったでしょう、そのど真ん中にいて。

鈴木　それはもう。ただ、僕は彼らの番組にほぼ全部関わらせてもらいましたが、ドラマだけはやってなかったんです。だから、僕の中でいちばん嫉妬して焦ったのが、ドラマスペシャル『古畑任三郎vsSMAP』。三谷幸喜さんはなんて面白いことを考えるんだろうと。そして、飯島さんが三谷さんのことを褒めれば褒めるほど、内心「なんだよ！」と（笑）。アートディレクターの佐藤可士和さんもそう。SMAPのアルバムジャケットを手がけ一気にブレイクするんですが、彼の名前が有名になればなるほど、「なんだよ！」と（笑）。ただ、三谷さんはもちろんですが、可士和さんもそれ以外の仕事もすごい。僕はSMAPだけをやっていたらそのうち彼らからも世の中からも必要のない存在になっちゃうなと。だから当時、『めちゃイケ』も並行してやっていたことが本当に身になったんです。お笑いのすべてを飛鳥さんに教わりましたから。

岡村　俺はSMAPだけの鈴木おさむじゃないぞ、と知らしめたかった。

鈴木　実際、『いきなり！黄金伝説。』という『電波少年』っぽい番組を始めたり、『￥マネーの虎』という番組を始めたり。『￥マネーの虎』は起業を目指す人が投資家に事業計画をプレゼンして出資を募る番組ですが、すごく褒められたんです、SMAPのメンバーに。タレントに頼る番組ではないものが当たったのはうれしかったですね。

テレビの最盛期は90年代　視聴率重視が寿命を縮めた

岡村　おさむさんがいちばん忙しかった頃は、SMAP関連の番組をやり、片岡飛鳥さん関連の番組をやり、加えて『笑っていいとも！』とか『27時間テレビ』とか。当時話題になった番組はほぼすべて関わっていた。睡眠時間なんて全然なかったんじゃないですか？

鈴木　なかったです。借金もありましたし、自分を追い込んでいた部分もあって。だいたい、放送作家の収入として月200万とか入ってくるようになるわけですよ、20代で。するとだいたいみんな勘違いするんだけど、僕は借金があるから遊べない。その足かせがあって良かったなといまは思います。とはいえ、月に百何十万とか返済に充てなくちゃいけない。

岡村　それは厳しいなあ。

鈴木　銀行、消費者金融、商工ローン。商工ローンって問題が多くて年39％もの利子がつくんです。毎月100万ずつ利子が増えるから、もう必死。俺の人生は破天荒だと思い続けるしかなかった。本当に破壊してました、自分自身を。

岡村　しかし、いまとなってはあの絶頂期の頃の『スマスマ』や『めちゃイケ』みたいな番組ってもう作れないですよね。

鈴木　絶対無理です。コンプライアンスの問題もありますが、予算ですよね。1回の収録で何千万とかけるわけですから。すごくよく覚えてるのが、『めちゃイケ』でスタジオに作ったプールに一本橋をかけてそれを渡るゲームがあったんですが、そのプールを全部マヨネーズで埋めたんですよ（笑）。

岡村　えーっ！

鈴木　マヨネーズだけで何百万。匂いなんて観てる人に1ミリも伝わらない。でも、それを「アハハハハ」と笑ってた。90年代は失われた時代の始まりというけれど、90年代後半まではバブルの残り香はあったんです。世の中は小室哲哉ブームだったし。でも、90年代後半から00年代になってくるとテレビを観ない若者が増えてきて、F3やM3と言われる50歳以上の視聴者の取り込みが始まったんです。それによって医療ドラマや刑事ドラマが一気に増えた。それがテレビの寿命を縮めてしまったと僕は思っていて。多くの若者は、テレビはもう自分には関係ないと思うようになり、そこにYouTubeが登場したんです。

岡村　おさむさんは、当時の25歳に向けてテレビを作っていたと言いましたけれども、いまの25歳との違いって感じます？　というのも、年々、人間が幼児化しているような気がちょっとするんです。例えば、高倉健さんとか石原裕次郎さんとか、彼らが25の頃の写真を見るとめちゃめちゃ大人。言動もそうだった。僕が25のときも自分たちは幼児化してると思ったけれど、それがどんどん加速しているというか。テレビも含めて世の中のホワイト化が進んでいるような気もするんですが、その帰結なのかなって。

鈴木　そもそも、大人に憧れることがないです、いまの若者は。僕らが20代の頃は、30代40代の人に三宿（みしゅく）に連れて行ってもらい、大人の遊びを教わった。岡村さんの「カルアミルク」じゃないけど、飲めないカクテルを教わるカッコよさがあった。でもいまの20代が、いまの40代に教えてほしいことはなにもないんですよ。

岡村　アイドルはどうですか？　SMAPとSMAP以降の違いは。

鈴木　自虐できるかできないか、ですよね。SMAPは入口が自虐なんです。アイドルなのに売れてない、アイドルなのにコントをやる、アイドルなのに司会をやっちゃう。彼らは「アイドルであることが最高にダサいことだ」というところから始まっていて、実はその自虐がずっと続いているんです。中居正広はそこが天才的。アイドルなのに歌が下手、でもちゃんと歌おうとする（笑）。僕はそこがやっぱり面白いなと思うんです。

ソウギョウケは絶対だった8年前の「あのとき」

岡村　SMAPの例の会見があったじゃないですか。会見？

鈴木　謝罪放送。

岡村　あの台本をおさむさんが書きましたよね。手を貸すのは嫌だと思わなかったんですか？

鈴木　いやもう、謝罪放送になるとは思ってなかったんで。僕ら、その前日の夜に呼ばれて、「明日生放送をやることになりました」と告げられて。僕は最初「歌をうたうのかな？」ぐらいにしか思ってなかったんです。でも、会ってみるとそんな温度じゃない。とにかく、騒動をみんなで謝るから「心配かけてごめん」ということを色を変えて書くのが僕に与えられたミッションでした。とはいえ、メンバーそれぞれの思いはあるだろうけど、言えることは何もない。みんなで話し合って、何か言ってるようで言ってない言葉で切り抜けようと。でもそれが「ソウギョウケ」にスパーンと見抜かれた。「甘えたことを言ってんじゃないよ」と。結果、「ソウギョウケ」が入れろという言葉を入れざるを得なくなり、（稲垣）吾郎ちゃんと（草彅）剛くんにその任務を負わせてしまったんです。

岡村　おさむさんの小説（『もう明日が待っている』）にその辺のことは詳しく書いてあるけれど、テレビ史上類を見ない異様な出来事だったんでしょう？　屈辱感やテレビへの失望はなかった？

鈴木　屈するもなにも、そんなことを言ってられる状況じゃなかった。放送まであと何分というギリギリのところだったし。しかもあの頃、「ソウギヨウケ」は「絶対」。テレビ局の偉い人も全員。いまだからこそ「おかしい」という感覚を抱くけど、2016年1月18日の時点では、そういうことを言える環境じゃなかった。

岡村 それから8年の時が流れ、テレビを作る側も観る側も、ずいぶん意識が変わりましたよね。

鈴木 めちゃくちゃ変わりました。良くも悪くも変わった部分、失った部分はすごくありますよね。

岡村 そういえば。今日、僕が『スマスマ』に出たとき（14年11月放送）の写真を持ってきました（とカバンから写真を出す）。

鈴木 うわ、いい写真！

岡村 SMAP5人と僕。もう二度と撮れない写真だから写真立てに入れて部屋に飾ってて。

鈴木 岡村さんの曲をみんなで歌いましたよね。「愛はおしゃれじゃない」と「カルアミルク」と、もう1曲は……。

岡村 「彼氏になって優しくなって」。実は僕、SMAPとはそれ以前から縁があったんです。「ビバナミダ」って僕の曲があるでしょう。あれはもともとSMAPのために作った曲だったんですよ。

鈴木 ああっ!!

岡村 SMAPのディレクターの人がやって来て、「青いイナズマ」みたいなアッパーな曲を書いてくださいと。それで「ビバナミダ」を書いて渡しましたが、なぜだかボツになっちゃった。

鈴木 俺、初めて「ビバナミダ」を聴いたときにSMAPっぽい曲だなあと思ったんです。SMAPが歌ってもバッチリの曲だなって。じゃあ、歌い分けも意識したんですか？

岡村 5人のパートを考えました。

鈴木 そうだったんだ！

岡村 「ビバナミダ」はSMAPの曲にはならなかったけど、結果的に番組で僕の曲をいろいろ歌ってくれたので感無量でした。

9歳の息子はテレビをまったく観ません

岡村 そしておさむさんは放送作家を引退。これからは何を？

鈴木 to C（一般消費者）に向けた若手起業家のためのファンドを始めます。結局、似てるんですけどね、放送作家の仕事と。

岡村 じゃあ、鈴木おさむ以後のテレビ界はどうなるでしょう？

鈴木 どうなるもこうなるも、新しい才能はもう入ってこないし、一縷の望みを持っていた人たちも、この1年でテレビから離れていっちゃったし。とはいえ、才能のある若いプロデューサーはいるので、映像に固執せず、テレビの枠を越えたことをやってほしいと思いますね。とにかくいまは毒にもならない番組ばかりが増えすぎ。うちの息子は全然観ないんです。

岡村 息子さんはいま何歳？

鈴木 9歳です。小学3年生。ゲームとYouTubeに明け暮れてます。うちは時間制限がないので、好きなものを好きなだけ観てます。

岡村 どんなYouTubeを？

鈴木 ありとあらゆるものを。全然面白くないコントを観てると思ったら、北朝鮮の武器ランキングを急に観始めたり。そりゃあ楽しいですよ、いろんな情報がどんどん入ってくるから。僕らがものすごく苦労しなきゃ手に入れられなかったエロ本情報も、いまはネットですぐに出てくるし（笑）。

岡村 おさむさんがやってきた膨大な仕事があるじゃないですか。そのアーカイブを観せてあげたらどうですか？

鈴木　僕が観せるより、気づいたときに自分で観ればいいかな。

岡村　じゃあ、最後に。おさむさんにとっての「幸福」とは。

鈴木　やっぱり、脳内にアドレナリンが出る瞬間に幸せを感じるなって。仕事に限らず、プライベートもそう、恋愛もそう。放送作家をやめてからすごく思います。これからもいろんなことに興奮して生きていきたいなって。

対談を終えて

対談でも言いましたが、おさむさんとはプライベートでも交流があるんです。たまに食事に行ったりするし、呑んだりもする、LINEもする。でも、彼と心底打ち解けたと感じることがないんです。彼の「実体」をなかなか摑むことができない、触れることができない、というか。彼の中心に大きな空洞があるんじゃないか、とすら思っていた。でも、この対談で彼の原動力がわかりましたし、鈴木おさむそのものに少し触れられた気がしました。

WHAT IS
HAPPINESS TO YOU?

立川談春

「幸せの基準を決めよ」と立川談志は言ったんです

2024年8月

たてかわだんしゅん
1966年東京都生まれ。84年、立川談志に入門。97年、真打ちに昇進。2008年、前座生活のことを綴った『赤めだか』で第24回講談社エッセイ賞を受賞。近年は、『下町ロケット』をはじめ、ドラマや映画にも多数出演。俳優としての人気も高い。2024年で芸歴40周年。

立川談春さんとは斉藤和義さんを通じて知り合いました。談春さんと和義さんは同い年。音楽と落語のコラボライブを行ったりするほど仲がいい。そんな和義さんに連れられ、談春さんの独演会を観に行ったのが最初の出会いでした。

落語に疎い僕ですが、談春さんの色艶のある芸に魅了され、あらためて、彼の人生を、彼の師匠である立川談志さんの話を訊きたいと思いました。そして、談春さんにとっての「幸せ」とは何なのか。同世代トークで盛り上がりました。

岡村　この前、独演会を観させていただきました。素晴らしかった。芸も円熟していて脂が乗っていて。落語って、漫才と違って一人じゃないですか、座布団の上に座るのは。一人で何役も演じ、観客を笑わせ、泣かせる。人を惹きつけるカリスマ性と色気があるなって。

談春　作曲することも歌うことも演奏することも全部天性じゃないですか。僕ら落語家もそう。だから天性のない人は一生上手くはなれない。だけど不思議なもんで、聴いてくれるのが人間ですから、「じゃあ、上手くなきゃだめなのか?」って話がありますよね。

岡村　あります。

談春　この人の魅力を感じる演奏、この人の魅力を感じる落語というのがあって。実はその魅力って、芸が熟して初めてわかるもの。ところがいまの若い人たちは、最初から自分の魅力ってなんだろう、自分の個性ってなんだろうと考える。当然です。いまの子たちはみんな小さい頃から教えられます。「ナンバーワンよりオンリーワン」だと。ただ、僕らの世界には師匠がいる。師匠の真似をすることから落語家人生が始まりますが、真似をするには自我を殺さないとできないんです。

岡村　修業時代のことを綴られた談春さんのエッセイ『赤めだか』を読むと、相当厳しい世界だなあって。談春さんは、高校を中退し17歳で立川談志さんに弟子入りするんだけど、談志さんの思いつきで築地の魚河岸で働かされたり、無理難題のムチャ振りをされたり。

談春　それを10年ですから。

岡村　談春さんと僕って1歳しか年が違わないので、子供時代の経験がほぼ同じなんです。ドリフターズや欽ちゃんを観て笑って、思春期になるとビートたけしさんに衝撃を受けた。談春さんもそうですよね。

談春　たけしさんにはすんごく憧れました。

岡村　でも、「たけし軍団」ではなく、談志さんの門を叩いた。

談春　これはあくまでも僕の主観ですが、たけしさんより談志のほうが「桁が違う」と思ったんです。なぜそう思ったのか。それはやっぱり落語という形式。そもそも、僕の周りの母や親類は無類の話し好き。だから談志が一人でトークをしている姿に魅了されたんです。あの頃、たけしさんを筆頭に、漫才という話芸の様式を壊す新しいエネルギーが出てきた。当時は「本音トーク」と言われていましたが、談志もその頃「古典落語はもうだめだ」と言い出した。「だから俺はトークをやる」と。「いまウケてる漫才のやつらより俺のほうが鋭いし、激しいし、面白い」と。で、聴いてみたら、これがホントに面白かった。とにかく、根(ね)多(た)は事欠かないわけですよ、国会議員にまでなった人ですから（注：71年、談志は参議院議員選挙に出馬して当選、6年間国会議員を務めた）。それで、この人は一体なんなんだと。調べていくと、落語の正統後継者の一人で名人の候補だと。才能的にもキャリア的にも申し分ない。なのに横道に逸れてしまっている。落語界は全員そっぽを向き、談志の落語を愛するお客さんたちも苦々しく思っていたんです。「落語をやってりゃいいのに。うまいんだから」。でも談志は「違う。現代に合わない。落語を落語ファンの趣味の対象にする気は毛頭ない。自分の中でけじめがつくまで俺はトークをする」と。で、あるとき、談志の30周年記念の落語会というものに行ったんです。それまでも談志の会には行ってました。でも、全然落語をやらない。トークばっかり。ところが、30周年記念では「芝浜」をやったんです。僕にとっては初めての談志の落語。

ぶん殴られたような気分になりました。

——熊五郎は腕のいい魚屋だが呑兵衛でなまけ者。ある朝、芝の浜で大金の入った財布を拾い、これで遊んで暮らせると喜び、しこたま酒を呑んで寝てしまう。翌朝、熊五郎の妻は財布を奉行所に届け、『財布を拾ったのは夢だった』と夫に嘘をつく。それから3年。熊五郎は禁酒し、商売に励み、店を持つ。その年の大みそか。妻は奉行所から下げ渡された財布を見せて嘘を詫びる。そして機嫌直しにと酒をすすめる。熊五郎は言う。「よそう。また夢ンなるといけねえ」——（「芝浜」のあらすじ）

当時僕は15歳。終わった後、身動きができず、客席から立てなかった。何をそんなに驚いたのか。予定調和を崩していたんです。それまで談志のライバルや名人といわれる人の噺を聴いていたので、「落語ってこういうもんだ」と子供心に思ってた。でもそのお約束を全部壊したんです。わかりやすく言うと、「笑えなかった」。胸ぐらを摑まれ引きずり回され、ジェットコースターみたいな感情の起伏を味わいました。だから、落語家じゃなくて、「談志の弟子になりたい」と思ったんです。

僕は立川流原理主義者
若い世代には理解してもらえない

岡村　『赤めだか』では、何度も「コンチクショウ」と、談志さんに対して思うじゃないですか。「ぶん殴って辞めてやらあ！」って。でも心底惚れたんですね。

談春　好きなんです。談志が好き。落語が好き。おそらく世間一般とは全然違うんです、僕の「好き」

の概念が。だからなかなか伝わらない、理解してもらえない。弟弟子が僕のことを「立川流原理主義者」と言いましたが、「イスラム原理主義者」くらいわかりにくいってことなんでしょう。現代っ子にはなかなか通じない。だから、僕はもう弟子をとらないんです。いままでいた弟子たちはみんな辞めていきましたから。

岡村 若い世代とは相容れない?

談春 生きてる土台がまったく違うんです。だから軋轢を生む。まず真似をするじゃないですか、落語の世界は。僕は談志に言われました。「俺が教えた通りそのまま覚えろ。そっくりそのままでいい」と。「真似ができることを芸の質と書いて芸質(げいだち)がいいと言う」と。僕は一生懸命師匠の真似をしました。褒められました。そして「前座」になった。前座になると毎日師匠の家に行って、師匠の身の回りの世話をしますから、24時間自分の自由はないんです。夜中の3時に電話がかかってきても何秒早く着けるかが勝負。それを何年か続けて「二ツ目」っていうのになる。一軍登録のようなものです。僕の場合はそれが5年目。今度は24時間自分のために時間を使っていいよと。すると、「え、自分って何?」って話になってくる。とはいえ、技術を磨くためには真似もまだまだ続けなくちゃいけない。面白れえの面白くねえの、頑張れだの頑張るなだのと言われるようになる。それをまた4年5年と続けてようやく真似をマスターし、「真打ち」になるんです。僕の場合それが14年目。昔は真打ちが栄光だったたんです。昔っていつのことかといえば戦前。真打ちになると世の中が認めてくれたんです。わかりやすく言うと自分の冠番組を持てるみたいなもん。でもいまは、そんな栄光はありません。昔は落語家が少なかったんですが、現在はその5倍はいます。

岡村　へえ、そんなに！

談春　有史始まって以来の多さです。１０００人近くなったかな。僕が入った頃、40年前は３００人ぐらいでしたけど。

岡村　いつ頃から増えました？

談春　落語は自己表現のための一つの道具という価値観を持った若者たちが入門を志すようになってから爆発的に増えました。

岡村　オンリーワンの世代だ。

談春　だから、何が言いたいかっていうと、真打ちになると「ああ、真似って何一つ通用しないんだ」と思い知る。真打ちになる前、真似をするのにいちばん邪魔になるのは自分の癖だった。手癖。これを消さないと真似ができない。師匠に褒めてもらえない。次を教えてもらえない。ところがどんなに消そうと思っても消えない癖がある。嫌だなあ、才能ねえのかなあ。僕は本気で悩みました。でも真打ちになって「これからは真似じゃない」となったとき、消すことができずに忌み嫌っていた癖が、「自分の個性だ」とわかるんです。

人気者の立川談志は隙だらけの人だった

岡村　昔、談志さんのもとには落語界ではない人もたくさん集まってたじゃないですか。たけしさんや高田文夫さん、爆笑問題の太田光さん、あるいは、政治家、作家、文化人。やっぱり談志さんには人を惹きつける魅力がすごくあったんでしょうか？

談春　そもそも言ってることがめちゃくちゃな人なんです。あるとき師匠が「コロッケにソースかけろ」って言って、間違ってとんかつソースかけちゃった弟子がいたんです。「てめえ、コロッケはウスターに限るんだ！」「申し訳ありません！」「どんな育ちをすると、コロッケにとんかつソースをかけるようになるんだよ！」「申し訳ありません！」。僕はもう、そのやり取りがおかしくておかしくて。怒ってる方も怒ってる方だけど、なんでこいつもこんなに謝ってるんだ。六大学出なのに。

岡村　あはははは。

談春　まず、たけしさんに関しては、たけしさんがまだまったく売れてなかった頃、いちばん最初にぶっちぎりで褒めたのは談志でした。それをたけしさんが恩義に感じていた、というのはあったんだろうと思います。

岡村　そうなんですか。

談春　そして、なぜいろんな人たちが集まっていたのか。僕は「魅力」ではなく「隙」だと思います。あんなに脇の甘い人はいません。この人と関わったら絶対マズいでしょ、って人がどれだけやって来たことか（笑）。でも全部オールＯＫ。受け入れてしまう。

岡村　憧れだったたけしさんも、談志さんの門下に入って立川錦之助という名をもらったじゃないですか。でもその後、談春さんの落語に惚れ込み、今度は談春さんに教えを請いたいと弟子入りして立川梅春を名乗る。これってサクセスストーリー中のサクセスストーリーじゃないですか。

談春　いい言葉だなあ。サクセスストーリーのくだり、記事で強調しといてください（笑）。あれはうちの師匠が死んだ後でした（注：談志は２０１１年没）。『赤めだか』がドラマ化され（15年）、たけしさんが談志役をやってくれた、その後。「今度ＮＨＫの特番に出るから、『どうもこんばんは。立川梅春です』って言いたいんだよ」って（笑）。

岡村　弟子といえば、さっき、若い弟子はもうとらないという話をされたでしょ。軋轢を生むだけで育たないと。でも、一人だけ育ちましたよね。女性のお弟子さん。

談春　そうなんです。立川小春志。去年真打ちに昇進したんです。ただ、この話を始めると長くなりますよ（笑）。

男が女に寄り添う落語「これからの芝浜」の真相

談春　僕は落語家になって今年でちょうど40年。ということは、84年にスタートしたということで、その頃生まれた人はいま40歳。それより上の世代までは聴いてくれる人がいるんです、落語をね。でもそれよりも下の世代となるとまったく聴かれなくなっちゃう。だから、「どうすれば20代30代に落語を聴いてもらえるんだろう」とよく考えるんです。「いいじゃねえか同世代だけ相手にしてりゃ逃げ切れるよ」「いや、だけどさ、俺の師匠は若い世代に落語をプレゼンできた人じゃない」「お前とは才能が違うよ」「わかってるけどさ。才能が違うからってうつむいて生きてんのも苦しくない？　名人ぶって」「だな」。なんて自問自答を繰り返して。僕が談志の弟子になろうと決めたのは「芝浜」でした。夫婦の情愛を描いた人情噺。談志の定番といわれた落語です。でもこれをいまの時代に聴いたなら。いま自分があの頃と同じ15歳で、立川談春という落語家がやる「芝浜」を聴いたとするならば、あのときと同じように感動するだろうか。「ああ、こんな夫婦になれるなら悪くないから結婚してみたい」と思うだろうか。「いや、全然思わないな」。

岡村　そう考えるに至ったのは？

談春　「『芝浜』の何が面白いんですか？」と言われたんです、僕が落語家になった年に生まれた女性に。「素晴らしいと思いましたが、可愛い女房というと結局はすがる女を演じるんですね」。目から鱗が落ちるようなショックな答えでした。でも、言われてみりゃそうなんです。「すがる女」は時代錯誤。「将来結婚をしたいか、その必要性を感じるか」というアンケートを10代20代の男女にとれば30％が「結婚はしたくない。必要性も感じない」と答える、いまはそんな時代。男性と同じように稼ぎ自立する女性がどんどん増えている。それは悪いことなのか？　悪いわけがない。じゃあなぜ昔の女性たちは稼げなかったんだ。女は稼ぐ手段が色と芸しかなく、男の稼ぎで暮らし家庭を守るものとされていたからだ。……そんなことを考えるうちにわかったんです。「俺は女性のことを何もわかってないな」。だから、「芝浜」を変えなきゃいけないと思った。それで作ったのが「これからの芝浜」。

岡村　現在、40周年記念公演でやっていらっしゃるんですよね。

談春　夫婦の情愛という核は同じですが、禁酒していた亭主が女房に焚きつけられて3年振りに酒を飲むシーンをつけ加えたり、実は亭主は女房のついた嘘を最初から知っていたという設定にしてみたり。最後のサゲも変えました。

岡村　でも、談志さんから引き継いだ噺を改変してしまうことに抵抗はありませんでしたか？

談春　そうじゃないんです。能狂言やお茶でいうところの「守破離（しゅはり）」。まず守りなさい、そしてその後教えを破りなさい、最後は破った自分からも離れなさい。「芝浜」は僕が憧れた噺です。しかも、落語をあんまり知らない人でさえ、タイトルだけは知ってて、「立川談志といえば『芝浜』でしょ」なんて言う。これはすごいことなんです。それに昨日の夜気づいた。

岡村　え、昨日？

談春　明日岡村さんと話すんだと思ったときに。つまり「守破離」なんだと、40年経ってようやくわかったんです。だから、僕が落語家になった年に生まれた人たちが、女性はもちろん男性も、「これなら聴いていい、憧れる」と思える夫婦噺ができたなら、もうちょっと落語の未来をつなぐことができるかもしれないと。この話をすると、友達を含めてみんなが「いや落語はそのつもりで聴きにくるんだから、少々男尊女卑でもいいんです」って言います。ところが立川流っていう、落語協会から逸脱し寄席やホームを持たないところで生まれ育った僕らです。志の輔であろうが、僕であろうが、志らくであろうが、見知らぬ居酒屋に飛び込みで入って、「落語家なんですけど一席やらせてくれませんか」「はあ？　うちで？」「大丈夫です。ビールケースとウレタンの座布団があればいいので」っていうのが僕らの初高座でした。だから、談志が死んで十三回忌、もっと攻めなきゃだめなんじゃないの？　いまの人たちに落語をプレゼンすべきじゃないの？　俺もそろそろ芸人としての残り時間が少なくなってきてるんだから心の思うままにやるべきじゃないの？　やっぱり、落語はいまの人の心にもどこか響くはずだと僕は信じているんです。それが証拠に、４００年間一度も沸点に達したことない芸能なんだから。沸点に達した芸能はいずれ崩壊する。女義太夫、浪花節、漫才もそうかもしれない。落語は種火のまんまでずっとグツグツしてるんです。

岡村　『赤めだか』に、談志さんがおっしゃった落語の定義の話がありましたよね。主君の敵討ちをした赤穂浪士を例にあげ、「落語っていうのは討入りに行った四十七士以外のやつらの話なんだ」と。「討入りが怖くて逃げてしまったかっこ悪いやつらのみじめな話を拾って、『人間の業』を肯定する、それが落語なんだ」と。

談春　実はね、いま、それを疑問に思っている自分がいるんです。というのは、落語はいままで、男が女の気持ちに寄り添うような、新しい価値観なんていらなかった。もともと落語は男の楽しみ。女子供には見せちゃいけないもんだった。寄席は悪所と言われてましたから。でもいまは違う。女性客も多い。会によっては女性のほうが多いことだってある。そうすると、男が女のことをちゃんと理解して語らなければ、本当の意味で「人間の業を肯定する」噺はできないんです。だから、近年、女性の落語家が増えてきたのはそれをやらせるためじゃないかって。

岡村　というと?

談春　女性の落語家って男でも女でもない存在だなと思うんです。うちの弟子は、国立大学の大学院まで行った子。なのに何で落語家の弟子なんかになるんだろう。何で師匠と言われるおじいちゃんたちに寄席で囲まれてるんだろう。「早い話が介護ですね」なんて笑いながら何で10年も頑張れるんだろう。最初はよくわからなかった。でもね、男でも女でもない視点で落語を作ってくれるのは、女の落語家しかいないと思うようになったんです。だからいまは、ちょっぴり弟子に期待してますね。

今日の自分があるのは女房のおかげと気づきました

編集長　横からすみません。落語と女性について考えたときに、談春さんの夫婦観に変化はあったでしょうか?　談春さん自身の「芝浜」、夫婦観も聞きたいです。

談春　編集長、ご結婚は?　なんてことは聞いいちゃいけないな。

編集長　いえ、大丈夫です。してたんですが離婚しました（笑）。

談春　ですよね。「ですよね」って（笑）。自立してる女性はやっぱりそうだよな、うん、の「ですよね」なんですが。夫婦観。これまた説明するのに4時間かかる。まず、なぜ結婚をしたのかと問われれば、「楽だから」。楽って何か。「わかった」って言ったんですよ、うちの女房が。結婚する前に。「何がわかったんだ」って言ったら、「私は永遠に2番目なのね」って。「何を言ってるの？」「1番は師匠でしょ。私は永遠に2番目」。あ、こいつはすごい。これは楽だと。だから罪深い。太宰治よりも罪深い人生を送ってます。いや、女出入りはありませんよ、僕は。そこは女房だけです。

編集長　ギャンブルですか？

談春　えー、ギャンブルってえのは合法なんでしょ？

全員　あはははは。

岡村　結婚されて何年ですか？

談春　僕が23のときに女房のところに転がり込んで同棲を始めて、30のときに結婚しましたから……。

岡村　相当長いですね。

談春　ほんとに尽くしてくれる、誰が見てもいい女房。彼女の値打ちをいちばんわかってないのは僕だと、どんな知り合いもそう言います。最近なんです。今日の自分があるのは女房のおかげと思えるようになったのは。

岡村　それは何かきっかけが？

談春　何年か前、女房が体を壊したんです。そのときにやっと気づいた。この人はこんなに無理をしてたんだ。こんなにストレスを抱えていたんだ。その原因は？　3時間考えた。俺だ。俺じゃないか。それからは日々看病。僕がそんなことをするなんて彼女は思ってなかった。周りも思わなかった。「あんたみたいに毎日看病できない」って友達がみんな言った。僕は、「え、なんで？　看病するもんじゃないの？」。やっぱり僕は頭悪いんでしょうね（笑）。

岡村　まさに落語の夫婦噺。

談春　ただ読み違えたことが一つありましてね。「私は永遠に2番。1番は師匠」でずっと安心してたわけです。でも、師匠は死にました。そしたら近頃、「ということは、私が1番」っていう意思表示をするようになってきたんです。突然15年前のことを思い出して怒り出したりもするんです（笑）。

岡村　でも、芸の道にいるんだから、酒を呑んだり博打をしたりは大目に見て欲しい、っていうのはあるじゃないですか。

談春　岡村さんが、ですよね？

岡村　あははは。

幸せは、1つ基準を決めたらそれが進化していくもの

岡村　若い客がいないと談春さんは嘆くけれど、談春さんの会に行ったとき、客席は老若男女で満員でした。年季の入った落語ファンもいれば、20代30代もちゃんといる。昔の談春さんのような10代の少年もいる。もう本当に豊かな客層で、幸せな空間。僕はすごく幸せな気持ちになったんです。「ああ、いい噺を聴いたな」って。

談春　「老若男女で満員」「幸せな空間」。この発言も、記事で大きく（笑）。ただ、僕の人生なんて全部「たまたま」。たまたま談志の弟子にしてもらった。たまたま書いてみたらと言われて書いた本がヒットした。たまたま役者をやってみるかと言われドラマに出演したら話題になった。だから、「幸

せな気持ちになった」なんて言われるとおもはゆい。「俺の人生、全部偶然なのにな」って。岡村さんはどうなんですか？　崇められる自分をどう感じます？

岡村　ラッキーだなと思いますよ。僕も「たまたま」ですから。

談春　ああ、そこは同じなんだ。

岡村　結局、談春さんが運をつかむための努力、厳しい修業をなさっているからこそ、「たまたま」にめぐり逢える。最初にも言いましたが、談春さんはとっても華があって色気がある。見た目からそう。着物姿もそうだし、枕から本題に入るときにサッと羽織を脱ぐ所作だったり、いちいちカッコいいんです。粋（いき）なんです。それは修業をしたからこそかもしれないし、天性のものかもしれないし。

談春　でも、結局は談志の弟子になれちゃったことが僕のすべてなんですね。この対談のタイトルに倣うなら、それが僕の「幸福への道」のスタートですから。

岡村　しかし「談春」っていい名前をもらいましたね。名人になることが決まってる名前だもの。談志さんは17歳の談春さんを見たときにピンときたんでしょうね。

談春　ほんと、「キウイ」じゃなくてよかったですよ（笑）。

岡村　あははは。

談春　談志は壮年期、色紙を頼まれると、「幸せの基準を決めよ」ってよく書いてたんです。「足るを知る」じゃないけど、いろいろ求めすぎちゃいけないような気がしていて。師匠も言うように、幸せって、1つ基準を決めたら、それが進化していくものだと思うんです。だから僕の幸せの基準は「落語をやる」。これに尽きる。落語をやることが幸せであり、たとえお客が一人だとしても自分という人間を落語を通じて求めていただけるのが幸せだなって。

対談を終えて

落語家として、豊かな実りの季節を迎えていらっしゃる談春さん。彼はいままで自身の高座の映像や音声を商品化してこなかったけれども、40周年を機に考えているそうだ。「観に行きたくても行けない地方在住のファンや、病室にいて動けないファンのためにあったほうがいいなって」。ちょっと照れながらそう語っていたのが印象的でした。対談後、斉藤和義さん、談春さんの奥さまもまじえての食事会へ。そこでも豊かな話ができました。

僕にとっての「幸福」はささやかなこと。

「あなたにとって幸福とは何ですか？」。本連載で語り合った方々にこの質問をしてみました。すると、みなさんはこんなふうに答えてくれました。

妻に認められるように頑張ろうと思えること、子供の存在を感じること、風のように一瞬感じられるもの、文章を書くこと、ライブに人がたくさん入ってくれること、子育てを終えて第2の人生を生きること、信じる仲間たちと生きていくこと、普通の日々を過ごすこと、女性的価値観を持つこと、ただ結婚したこと、やってきたことが間違ってなかったと思えること、踊ること、好きなことをやり続けるパッションを持てること、満足いく写真を撮ること、何かを信じること、足るを知ること、やって来てはまたどこかへ行ってしまうもの、ファンの笑顔を思い浮かべながら一杯飲むこと、漫画を描いて漫画を読んでおいしいものを食べること、ロックンロールドリームを叶えること、脳内にアドレナリンが出る瞬間に感じるもの、落語をやること……。

人間だれしも幸福を求めます。幸福を求めるからこそ人間なのかもしれません。そして「幸福とは何か」というのは、当たり前ですが、それぞれ違うもの。違うからこそ人間である、といえるのかもしれません。

そんな僕にとっての幸福とは何なのか？　おいしいものを食べること、人と会っておしゃべりをすること、穏やかな日々を送ること。非常にささやかなことだけど、やっぱり一番は、仕事がいい感じでできること、なのかな。しかも、音楽は、僕だけじゃなく、いろんな人とのかかわりで成り立つエンタテインメント。僕はとっても幸せな仕事をしていると、あらためて思います。

そして、この本もたくさんの人に読んでもらえたら。それももちろん幸せです。

２０２４年秋

岡村靖幸

岡村靖幸

おかむらやすゆき
1965年兵庫県生まれ。音楽家。

〈初出〉
本書は「週刊文春WOMAN」2018年創刊号〜2024年秋号に掲載された
「岡村靖幸 幸福への道」をもとに加筆・訂正をいたしました。

構成・編集：辛島いづみ
「週刊文春WOMAN」編集部：井崎彩、中本麗光、ケイヒルエミ
編集：小田慶郎、馬場智子

装丁：小野英作
装画：金井冬樹
校正：佐久間裕

撮影：杉山拓也、榎本麻美（P008〜009）、今井知佑（P212〜213）
スタイリング：島津由行（P284）
ヘアメイク：マスダハルミ

マネージメント：近藤雅信（V4）

幸福への道

2024年11月30日　第1刷発行

著　者　岡村靖幸

発行者　小田慶郎

発行所　株式会社 文藝春秋

〒102-8008　東京都千代田区紀尾井町3-23
電話　03-3265-1211(大代表)

印刷所・製本所　TOPPANクロレ

　ISBN978-4-16-391844-0